别让小情绪害了你

The Fear & Anxiety Solution

[美] 弗雷德曼 · 肖普（Friedemann Schaub）/ 著　　于非 / 译

CNS PUBLISHING & MEDIA 湖南文艺出版社 HUNAN LITERATURE AND ART PUBLISHING HOUSE 博集天卷 CS-BOOKY

谨以本书献给我的父母
埃娃·肖普医生和库尔特·肖普医生

前言

Preface

在这本书完成之际，我的父母都已经去世了，母亲是在父亲去世不到四个月后走的。在母亲葬礼结束后的一天夜里，我大汗淋漓地醒来，大口大口地喘着粗气，完全不知所措。我感到天旋地转，过了好一会儿才清醒过来。这正是惊恐发作[①]的症状。虽然父母的离世不免会对我造成一定的影响，但我没有预料到自己会陷入这种完全失控的焦虑状态之中。当我的呼吸逐渐缓慢下来，我注意到内心深处有个微小但毋庸置疑的声音在问："我要做什么？谁会照顾我？谁来保护我的安全？"

我知道，这些可怕的想法不该出现在一个成年人的正常思维当中。从逻辑上讲，我根本不用去担心这些事。因为在过去的 20 年中，我从未依靠过父母。但我也明白，逻辑推理并不足以解释这次惊恐发作，因为这可怕的声音来自一个更深的地方：我的潜意识。于是，我有意在潜意识当中使用了本书的一些原则和方法，几分钟

---

①又称急性焦虑发作。病人突然发生强烈不适，可有胸闷、气短、心悸、出汗、胃不适、颤抖、手足发麻、伴濒死感等症状。——译者注

之后，我感觉平静多了，心情也放松下来。尽管我仍然想念我的父母，也依旧为他们的离世悲伤，但那天晚上我再也没有感到恐惧。

心灵的力量

你也许想知道关于这种通过“意识—潜意识”克服恐惧与焦虑的方法的所有事情，包括我为什么要开发出这种方法，以及我是如何开发出这种方法的。好的，它实际上起源于我的父母。他们都曾是劳特巴赫的家庭医生，这座小镇位于德国美丽的黑森林中部。父母对病人的奉献精神总是让我很敬慕，许多病人成了他们一生的朋友。他们会花时间倾听病人的诉说，然后仔细思考所有的事情——包括他们的生活状况、心理和情绪的状态，以及病史——最后出具诊断和治疗计划。我的父母教会我把每个病人当作一个整体来衡量，而不能只把注意力放在他/她的症状和病情上。

在父母平日的治疗当中，有一项最吸引我。每当小孩子的手或脚上长了疣时，他们总会拿出一个巨大的瓶子，里面装着一些神秘而色彩斑斓的液体。他们非常小心地盛出一小瓶药水给孩子们，告诉他们用一把小刷子把药水涂在疣上，每天三次。“只要你坚持天天这么做，”他们说，“几个星期之后，那些疣就会消失。”这种治疗的成功率是惊人的。

然而，当我长了疣的时候，父亲并没有拿出那个神奇的瓶子。相反，他悄悄地告诉我，那种液体其实只是用水和食用色素混合成的。“你需要做的就是相信疣会自己消失，它们一定会的。”他解释说。那些疣后来确实消失了。它是由一种病毒引起的，你坚信它会消失的时候，它就会消失。这是我第一次注意到心灵的力量，并且真切地感受到它的影响。

不过，多年以后真正促使我进一步发展和完善这种克服恐惧与焦虑的方法并写出这样一本书的，是另外一件事情。我在医学院读一年级的时候，曾有一段时间在当地的医院实习。我遇到一位上了年纪的农民，他被诊断断了一条腿。尽管一辈子从事着艰苦的体力劳动，但他的身体依然比年轻人有活力得多。他骄傲地宣称，这是他第一次到医院看病。但是一天下午，他悄悄地跟我说，他对即将开始的手术非常担心。“不知道为什么，我总觉得要是医生给我动手术的话，我就死定了。”他说。我向他保证，这只是一个简单的手术，没有什么好担心的，一切都按计划进行，不会有任何的并发症。事实也的确如此。

但是做完手术的第二天早晨，这位农民被发现死在了医院的病床上。因为没有进行尸检，我至今不知道他的死因。我常常怀疑是焦虑导致了他的意外死亡。也许是因为手术带来的身体压力和心理压力超出他的承受能力了吧。

细胞的智慧

在成为一名医生之后，我曾在德国慕尼黑大学的一个很大的心脏病学研究所工作。我诊治过的大多数病人都饱受中风或心脏病发作带来的痛苦。尽管越来越多的研究表明，压力与焦虑会导致心血管疾病，但病人的情感因素从未在治疗方案中被仔细地研究和考虑过，我们的重点都放在对身体症状的诊治和常见危险因素的控制上了，比如高血压、尼古丁摄取、过高的体重，以及高胆固醇水平等所有能够导致慢性压力的因素。我常常想坐下来和我的病人聊聊天，看看疾病是如何在心理上和感情上影响他们的。然而，在一般的大医院中，我们每天花在一个病人身上的时间只有10~15分钟。显然，想要真正了解这些把性命交到我们手上的人，这点时间根本就不够用。

几年后，高强度的工作压力以及对死板的对抗疗法[①]越来越多的不满终于使我精疲力竭。我决定休息一下，于是接受了西雅图华盛顿大学的一个博士后奖学金。四年后，我拿到了分子生物学的博士学位。我的研究方向集中在细胞凋亡上面，或者叫程序性细胞死亡。它描述了一种现象，即细胞为了整个机体获得更大利益而牺牲自己。这其实并不罕见。每一天，我们的身体中有大约500亿个细胞“决定”终止自己的存在，以保持和稳定系统的平衡。

基础研究显著地改变了我对人类潜能的观点。作为一名医生，我过去接受的教育理念认为人类的身体是相当脆弱的，极易受到伤害。然而，科学告诉我一个以前从未充分意识到的简单事实：我们身体中的每个细胞都是有智慧的，并且具有无限的潜力去生长、适应和康复。这种方式非常复杂，我们至今仍然难以完全理解。我们的身体有能力维持数万亿个细胞微妙的平衡、生长、康复直到死亡。这种能力是独一无二的，它表明了冥冥中有一种规范的意识会联系和指引所有的细胞。于是对我来说，下一个逻辑上的问题就是：这种规范的意识到底是什么？我们又该如何通过它来尽可能有效地使用自我康复的潜能呢？

对健康和自我康复的一种全新的观点

那个时候我就知道，上面这两个问题的答案绝不会出现在试管里，也不会从充当研究对象的红眼费希尔老鼠身上找到。那个时候，有两件事情的发生对我的生活产生了极大的影响。

---

①对抗疗法是现代西医使用的理论和治疗系统。对抗疗法即针对症状进行直接对抗治疗，如开刀切除肿瘤、用抗生素抑制细菌等。——译者注

第一件事是我参加了一个瑜伽和冥想的课程，把注意力放在了自己的潜意识上。很快，我就发现练习瑜伽和冥想有助于放松和改善我的心灵和身体，效果比我以前做过的任何事情都好。于是我加强了自己的练习，很快我就发现，在那段时间里我竟然再没有得过感冒或花粉热。而我做的仅仅就是把思想的重点集中在瑜伽上——身体、思想和灵魂的统一。

第二件事是我在自己的书架上发现了保罗·图尼耶博士的书《聆听的耳朵》[①]。这本书是15年前一位朋友送给我的，从那时起，它就一直待在书架上落灰。早在20世纪40年代，瑞士医生图尼耶就宣称，对抗疗法的医学理论未能考虑到人的整体，而根据他的言论，人的整体应该包括身体、思想和灵魂。图尼耶大大地超越了他所处的时代，在实践当中将医学治疗和心理咨询相结合，经常邀请病人到自己家里，一起坐在壁炉旁边聊天。在他的书中，描述了这样一种场景：当给予病人时间和空间来分享他们的思想、感情以及病情背后的故事之后，他们便开始放松下来，打开心扉，进而达到一种自我康复的状态。图尼耶发现，谈话的治疗效果往往要好于服药。

在过去几年的临床治疗中，我有机会目睹了许多类似的情况。我相信，当人们有机会发现并讲出自己的心事时，他们的身体、思想和灵魂便会开始做相应的调整，从而为他们开启自我康复的真正潜能。

我研究“身体—思想—灵魂”之间的联系越久，就越感觉到自己在健康和自我康复方面的传统观念正在迅速地发生转变。治疗不应该是好与坏、健康与疾病之间的战争，医生也不应该是身着闪亮盔甲、手拿强大致命武器的骑士。病人的身体并不是战场，你应该“消极”和“耐心”地等待，直到战争结束。

---

①此处原文为德文。——译者注

当然，医学在很多方面极大地促进和改善了我们的生活，对此，我满怀敬意。我自己也会使用止痛药或抗生素，并且会在必要的时候继续这样做。但是，现行医学中的对抗疗法并不鼓励人们相信自己的先天智慧和自愈潜力。相反，它会使人们滋生依赖感、无助感以及对疾病的恐惧感。从“身体—思想—灵魂”疗法的全新角度来看，疾病并不是健康的敌人，而是一个完整而健康的机体的有机组成部分。在过去的几十万年中，它始终在进化着。疾病的主要目的在于提醒我们：在某种程度上，我们正处在痛苦之中，身体失去了平衡。要想治愈和恢复身体的自然状态，也就是身体、思想和灵魂的协调统一，我们需要去了解这种压力和失衡的更深层次的原因，并且解决它。更重要的是，我们必须学会如何利用自己与生俱来的康复能力。

情感疗法

是什么力量促使身体、思想和灵魂协调统一的呢？我们该如何有意识地利用这种力量来促进健康、加速自我康复呢？

关键就在于我们的潜意识，尤其是我们的情绪，它可以触及我们身体中的每一个细胞。那么它是怎样做到的呢？情绪促使身体释放出神经递质和微小的肽，它们流经我们的身体，到达并停留在细胞的表面。就像用钥匙开锁一样，它们可以激活特定的基因、触发蛋白质的产生、刺激内分泌物和激素的释放等。研究表明，积极的情绪能够强化人体的免疫系统，减轻糖尿病的症状，改善心脏的功能；另一方面，负面的情绪，比如压力、焦虑和抑郁，则会产生相反的效果，引发严重的健康问题。

所以，为了促进健康和自我康复，我们理应利用好自己的潜意识，控制自己的情绪，对吧？嗯，这里还有一个问题。有多少人曾被自己的情绪，尤其是恐惧与焦虑折磨得束手无策过？有多少人宁愿逃避自己的情感，也不愿意受其所累？实话实说，我们中又有多少人相信自己的潜意识，知道如何更好地理解它呢？

一方面，潜意识是我们开启康复潜能的关键所在；另一方面，潜意识创造出诸如恐惧与焦虑这样的情绪，损害着我们的健康和幸福。那么，在潜意识当中，有没有一片空白的地方呢？没有。只不过在我们的意识和潜意识之间，确实存在着一个分界线。通常意义下，诸如恐惧与焦虑这样的情绪，总被我们认为是“负面”的。我们只把它们当作需要克服、束缚或抑制的缺陷和弱点，从未去理解它们，更没有在潜意识当中与它们进行交流过。结果，这些“负面”的情绪得不到充分解决。于是，它们在我们的潜意识中越积越多，最终导致更加严重的情感问题和身体疾病。换句话说，真正的问题就是，我们不知该如何倾听自己的潜意识，更不用说有意识地引导和应对它了。

在弄清楚意识和潜意识的结合可以大大提高自我康复的机会之后，我开始对思维刺激疗法进行广泛的研究，例如神经语言规划（NLP）[①]、时间轨迹疗法，以及临床催眠治疗等。我开发了一项“突破与自我强化计划”，并将这些理论融入我的医学和科研实践当中，帮助人们学会理解、克服并利用这些最具挑战性的情绪——恐惧与焦虑。

根据我的计划，在本书中，恐惧与焦虑将不再被视为问题或阻碍，而是潜意识所表现出的症状和发出的信息：你体内的平衡被打破了，请及时调整。当你踏上这段自我康复、自我强化和自我觉醒的旅程后，每一章讲到的过程和方法都会告诉你如何在意识和潜意

①又译作神经语言程式学、身心语言程式学，是一套原理、信念和技术，其意图为探索心灵和神经学、语言模式和人类感知与认知，安排组织以使之成为系统化模式，以及在互动中建立主观现实的人类行为，属于实用心理学和行动策略的一种。——译者注

识之间搭起桥梁。它们教你精确地找出和理解恐惧与焦虑的根本原因以及深层次的含义，指引你走出情感与情绪的困扰，帮你点亮内心中的火种，使你可以更加清楚地观察自己和整个世界。

与过程和方法相比，更重要的是你将学会如何发现你自己和你的潜力。驾驭这种潜力不仅仅包括抑制那些强大的力量，比如恐惧与焦虑，还包括将这些力量转变为强大的盟友、使者和自我康复的催化剂，这会带给你更多的自信、自尊和自我完善。真正的神医就在你的身体里。

目录

CONTENTS

潜意识当中，有三个特殊的过滤系统，它们可以被看作恐惧与焦虑产生的根源：内心的冲突、情绪的堆积和局限的信念。想要冲破恐惧与焦虑的羁绊，这三个根源就必须得到解决。

目录
CONTENTS

潜意识像一颗有不同切面的钻石，每个切面分别代表思想的一部分。由于这些切面的存在，我们可以轻松扮演众多角色，其中就有由恐惧与焦虑所定义的角色。你要做的，就是重新和这个角色建立联系。

目录

CONTENTS

现在，你已经放下负担，为开始新生活做好了准备，然而，最重要的工作现在才刚刚开始。因为，同释放那些不再对你有用的东西相比，更重要的是保持这种改变和康复的持久性。

第一部分

那些让人无法抗拒的心理问题，寻找小情绪的根源

恐惧与焦虑经常会毫无预期地突袭而来。你会心跳加速，呼吸急促，肌肉紧绷，手心出汗，汗毛倒竖，从头到脚抖成一团！可以说，恐惧与焦虑已经成为 21 世纪现代人的流行病。

第一章

恐惧与焦虑是怎么来的？

“我坐在桌子旁边，心怦怦直跳。我感到胸口发紧，呼吸困难。我的脑子在高速地运转，以至于意识一片混乱。我知道如果现在不冷静下来，待会儿的每周工作例会上我的脸色会很难看。假如我又一次在同事面前丢脸了怎么办？为什么我会感到如此紧张？为什么我这么在意别人的看法？其他人似乎都没有这样的问题。我是怎么了？”最后，史蒂夫，我的客户，喘了一口气说：“我觉得我得了焦虑症。我如何才能摆脱它，重新找回正常的自己呢？”

焦虑是21世纪的流行病。根据美国国家心理健康研究院的研究，在美国，18岁以上的成年人中有大约20%的人被诊断为患有焦虑症，这就意味着有超过5000万的成年人深受其害。

在本书中，我会交替或同时使用“恐惧”和“焦虑”这两个词，尽管两者之间存在着细微的差别。恐惧，通常与特定的环境及已知的（或常常是想象中的）具体威胁相关；而焦虑，则是对未来可能发生某种危险的一种模糊的感觉。根据我的经验，大部分人往往更喜欢称自己焦虑而不是恐惧，当然也有人恰巧相反。这在很大程度上与他们自己对两者中某个词的感觉相关。考虑到两者在产生的方式、所引发的反应以及所遵循的原则上都具有相似性，把恐惧与焦虑放在一起说看起来是比较恰当的。

理性是可以帮你解决焦虑的

一般来说，恐惧和焦虑是指那些令人不愉快的内在感觉，是潜在危险发出的信号：你会心跳加速，呼吸急促，肌肉紧绷，手心出汗，汗毛倒竖，从头到脚抖成一团。这些反应小则令人忧心忡忡，大到引起恐慌的全面爆发。恐惧和焦虑往往会出现得非常突然，而且总让你无法抗拒。

比方说，你正心平气和地走在上班的路上，突然开始怀疑自己忘记关掉家里的熨斗了。就在你开始对种种可怕的后果胡思乱想之时，恐惧就降临了。比方说，某项重要的工作报告被安排在一个星期之后，而你心中现在便开始隐隐地感到焦虑，并且愈演愈烈。再比方说，你从早晨一睁眼就感到心烦意乱，这种感觉来得毫无征兆，而且看起来会困扰你一整天。以上种种情绪发生在你身上，令你感到无能为力，完全失控。

其实，这样的感觉通常并不像大多数人担心的那样会给你带来直接而迅速的威胁。恰恰相反，它更像是对未来可能发生某种危险的一种预期。你或许会问自己：“要是家里的熨斗着了火，把我所有的财物烧得精光怎么办？”你也可能会想：“一旦在陈述工作报告的时候忘了词怎么办？”或者，“万一自己陷入某些无法预知的麻烦当中，又该怎么办？”凡此种种，焦虑总是会随机而突然地从天而降。

不过当你停下来琢磨它的时候，理性是可以帮助你解决焦虑的。就算你忘记关掉熨斗，其实，它点燃任何东西的可能性并不大，你尽可以打电话给你的邻居，请他查看一下你家是不是真着了火；假如你害怕在做报告的时候忘词，你心里其实也清楚，讲话的时候看一眼自己的笔记就好了；对于那些不可预知的恐惧，你则可以告诉自己：从逻辑上讲，当不知道恐惧从何而来的时候，你其实什么也做不了。但是，对大多数人来说，这样的分析方法只能提供短暂的帮助。很快，下一波焦虑感又会袭来。这就说明，焦虑压根儿就不是一个理性的问题。

恐惧与焦虑什么时候成了一个问题呢?

其实，恐惧与焦虑对生活的干预因人而异。但是，当这些情绪变得越来越严重并且亟待解决之时，总会有一些明显的迹象可以体察。这其中包括：

- 经常感到不知所措和忧心忡忡。
- 强迫性思考、过度分析，总是做最坏的打算。
- 计划过度、试图控制他人和外部环境。
- 因为缺乏安全感、质疑和自暴自弃之类的行为，工作和人际关系变得越来越差。
- 因为无法决断而停顿下来，并且难以为继。

- 沉溺于某些易成瘾的行为，比如赌博、暴饮暴食、性或工作。
- 强迫性的行为。
- 使用酒精、尼古丁或其他药物自我麻醉。
- 身体出现不适症状，如失眠、高血压、心律不齐、慢性疼痛、体重波动等。

那么，你该怎么办呢？大家都看过这样的广告吧：背景是一场欢乐的派对，红男绿女云集而至，只有一个年轻人孤独地站在一旁，他面色凝重，表情紧张，把自己与正在尽情享乐的人孤立开来。旁白用关切的语调说："也许你以前也有类似的经历吧。"于是你就想："没错，我也有这样的情况，每当我即将会见陌生人，或者当我需要跟我的姻亲谈谈，又或者当我试图在老板的派对上给别人留下一个好印象的时候。"那个舒缓的声音接着说："新发明的抗焦虑药物可以解除你的恐惧、抑郁和孤独。"这时年轻人身上就发生了明显的变化，他开始谈笑风生，对自己的一言一行充满自信。假如一颗小小的药丸就可以轻松地解决焦虑问题，谁不乐意接受呢？

为了缓解恐惧与焦虑的症状，抗焦虑药物成为美国应用最多的处方药品。每年，人们都会花费数十亿美元在这些药品上，只为了逃避那些"不知道从哪儿来的，也不知道该怎么接受"的感觉。这些药物被如此广泛地使用，甚至连饮用水中也能发现它们残留的踪迹。

在生命旅程中，你可以把恐惧和焦虑想象成一面墙，我们为了克服这些情绪而付出的所有努力，看起来就像是在用一根牙签来拆这面墙。而抗焦虑药物就像大锤，能够轻松地打破这面墙。但是我们真的需要对这些症状进行治疗吗？换句话说，焦虑是一个需要从医学上解决的生理学或生物学的问题吗？或者说，为了我们的健康和成长，真的有什么更深的原因和含义需要去解决和理解吗？

利用好情绪，你能变成更强大真实的自己

你可能有过情绪变化无常、来势汹汹，甚至让你瘫作一团、根本无法控制的时候，尤其是恐惧和焦虑，后果更为严重。也许你会因此困顿、气馁或是沮丧，因为你周围的其他人似乎都没有这样的问题。假如你可以按照逻辑和理性来安排自己的生活，这样会不会好得多呢？假如你能把自己的情绪完全宣泄出去，你是否就能成为生活美满的人呢？

一般来说，在现代社会中我们对于情绪的关注和耐心是很少的。相对于感性和情绪来说，理性与逻辑更易于为人们接受，也更加有价值。不过，我们需要情绪对我们的生活进行指引，给生活以更广泛的意义。它们为我们提供了重要的信息：什么是我们喜欢或不喜欢的、我们的优点和缺点有哪些，以及我们的行为和选择的价值何在。每一天，在我们做出抉择的时候，当我们体验这个世界的时候，情绪都起着比事实和理性更大、更明显的作用。我们最为难忘和珍惜的那些时刻，不正是我们情绪最激动的时候吗？

电影制片人里克·雷为了制作自己的新纪录片而游走于印度及世界其他地方。在旅途中，他注意到一个悖论，那就是：贫穷的人往往比那些富有的人看上去更加快乐。里克·雷从住在贫民窟里的人们脸上看到的笑容，远比从那些过着奢侈生活的人脸上看到的多得多。而从逻辑上讲，这些贫困的人正面临食物缺乏和流离失所的

危险，因此他们更有理由感到焦虑与恐惧。但在现实中，拥有得越少也可能意味着失去得越少，反而会更加珍惜生活中的微小乐趣。

相反，那些富有的人把一生中大部分时间和精力花在积累财富或达到一定的外部目标上，他们可能会更加在意自己的生活。因此，他们也更加依赖这些财富和成就——他们害怕失去，因为那就意味着失去了自己的一切。不过，我可没说卖掉所有的财物，过上一种苦行僧般的生活就能解决你的恐惧与焦虑，那更不会给你带来永久的幸福。这些观点仅仅是为了强调决定我们生活的是情绪，而不是财物或外部环境。

对这些所谓的负面情绪，比如恐惧和焦虑，人们最自然的反应就是尽快摆脱它们，因为我们会感到不适和无所适从。而真正的康复绝不仅仅是修补或摆脱某个问题。康复是关于对我们机体的了解和复原的。从这个意义上讲，负面情绪为我们了解和复原自己的机体提供了机会。当我们发现并理解了它们的深层含义后，这些情绪就会变成强大的催化剂，帮助我们变成更加强大和真实的自己。毕竟，要是恐惧与焦虑没有一个如此重要的功能的话，它们早就消亡在进化之中了。

当初，你是怎样陷入困境的？

首先，正如你所知道的，恐惧与焦虑很容易就会让你感觉困顿和无奈。但这并不是让我们陷入困境的元凶，而是我们回应它们的方式。通常，我们不知道自己该做些什么，我们抗拒改变的发生，或者干脆对这样的情绪听之任之。下面，就让我们来进一步逐一分析这三个问题吧。

· 我们不知道该做些什么。

感觉饥饿的时候，我们就知道吃饭的时间到了；感到口渴的时候，我们知道该去喝水了；感到劳累，我们知道是时候歇一会儿了。我们了解这些感觉的含义，并且知道该如何解决它们，问题解决了，它们自然就会消失。但是当感到焦虑的时候，我们该做些什么呢？我们通常会开始寻找潜在的危险，或者进入“要是……该怎么办”的状态，时刻准备着战斗、逃跑或躲藏起来。我们切换到这种“或战或逃或原地不动”的模式，是因为我们总是把焦虑理解为一个信号：要么是一些外在因素在威胁我们，要么是我们自己的身体出了什么问题。通过这种解释焦虑的方法，我们会更加确认自己的焦灼感并加速崩溃。这样愈演愈烈，反而无助于我们理解其真正的含义，更没办法恰当地解决它了。

· 我们抗拒改变的发生。

最常见的一种恐惧就是对变化的恐惧，这使得对恐惧与焦虑的改变显得更加具有挑战性。改变往往需要人们远离自己感到舒适的区域，这就是为什么我们会觉得有一点不适和危险。舒适区域形成于我们的大脑，以便我们可以在一个安全、熟悉和可控制的区域里体验和掌控自己的生活。舒适区域的内部边界建立在精神、情感和行为的模式之上，区域的大小是由个人空间的半径、我们对情感距离的掌控以及我们与周围环境相互影响的程度决定的。

人们的舒适区域之间存在着很大的差异。它取决于我们在各种生活环境下的亲身感受。比方说，我们在工作中的舒适区域可能会表现得非常狭小而固定，而与之对应的是，与亲人在一起时和在度假期间建立的舒适区域则更加广泛和灵活。舒适区域往往不固定，其边界的界定也十分灵活。随着成长，我们的信念和心态也会发生变化，我们不断扩展自己的舒适区域，以适应自身的改变。

同健康的舒适区域相反的是，由焦虑主导的区域往往起到相反的作用。它的范围会逐渐缩小，而边界则像墙一样缺乏弹性。焦虑把舒适区域变成我们的保护区，庇护我们远离恐惧和不安。就这样，我们的生活圈子变得越来越小，对我们构成危险的人和事情却越来越多。结果，我们开始逃避生活。

我们发现，在某种程度上，不再是我们决定舒适区域的大小，而是舒适区域在控制着我们，掌控着我们的生活圈子。一个狭隘的舒适区域是阻隔在我们和积极的改变之间最大的障碍。待在这个圈子里时间越长，就越会避免和抗拒离开它，即使我们在里面已经待腻了。

· 我们会对这样的情绪听之任之。

当恐惧和焦虑成为我们自身的一部分时，问题变得尤为严重。我们会把自己当成一个焦虑或抑郁症患者，并且开始认同这些情绪。焦虑成为我们心情的默认设置，并且一步一步地限制我们的选择和行动。这种认同感会束缚我们的自我意识，削弱我们探索自身的能力，使我们看不到自己改变、成长和成功的真正潜力。最终，我们甚至无法想象在没有焦虑的环境下该怎样生活。基于此，我们认为，除了生存和安全，我们最大的愿望就是减少对这种情绪的依赖。

听起来很耳熟吧？问题是，我们怎样才能结束与恐惧和焦虑的战斗呢？

如何开始，从哪里开始?

我把这本书定位成一本关于平静内心和自我强化的私人参考书。你需要做的就是坚信，恐惧与焦虑并不是作用在你身上，而是产生于你的身体内部。所以不管你相不相信，这确实是一个好消息，因为假如你能够创造自己的情绪，你同样可以消灭它们。

为了帮助你走上自我康复的旅程，你需要一件最有力的武器——你的大脑。毕竟，正是它首先创造了你的情绪。你的大脑有能力在焦虑或恐惧之墙上打开一扇大门，指引你通向一个充满全新机遇和无限可能的地方。学会使用自己的大脑之后，你不再仅仅是摆脱这些恐惧与焦虑，相反，你可以找出它们的根源，发现它们的真实目的，并且获得它们最核心的智慧和力量。

遵循着本书的经验一路走来，你将获得自己需要的一切：洞察力、灵活性以及力量，由此你可以克服恐惧与焦虑。本书的每一章都会为你提供实用而有效的工具与方法，帮助你发现自己未知的潜力，树立更强大的信心，进而达到内心的平静和成功。因为本书中的每一章都是相辅相成的，构成一个有机的整体，因此我建议大家循序渐进地阅读，以获得最大的收益。另外，你也不必期待着读完整本书后才能看到明显的变化，改变会出现在你阅读的过程当中。在自我康复的旅程当中，请选择适合你自己的节奏。也许你愿意一气呵成地读完它，体会一下痛快淋漓的感觉；或者你会发现某些章节对自己更有意义，在阅读下一章节之前，你愿意多花一点时间来复习和巩固一下刚刚学会的东西。只是你要记住，随着阅读的进行，这本书带给你的好处会呈几何级数增长，而当你读完它的时候，你的生活实际已经发生了天翻地覆的变化。所以，现在请对自己做一个承诺：用好这本书，改变你的生活。

太令人兴奋了，不是吗？嗯，或许读完上面的介绍之后，你还是感到有些不安甚至焦虑。你也许会想："我要是还没准备好怎么办？或者我已经准备好，最后仍然失败了怎么办？如果这是最后的机会，而我没有抓住怎么办？假如我赶走了恐惧或焦虑，结果变成一个自己都不喜欢的人又怎么办？如果没有了恐惧，我会不会反而变得一无是处？"

这些都是寻常的问题，要么你会在阅读的过程中找到答案，要么你会在读完的那一刻发现它们根本就无足轻重。把它们先扔在大脑的某个角落里吧，只要记住：假如我们的梦想和愿望都不能把我们吓唬住，哪怕只有一点点，那就说明它们根本就没什么了不起。

第二章

疗愈、控制小情绪，首先就要改变自我

已经有许多书写过关于如何释放恐惧与焦虑，如何寻找内心的平静，如何增强自己的信心。那么，这本书有什么与众不同的地方吗？

在这本书中，我提出了一些见解和方法，对恐惧与焦虑的定义基本上涵盖了意识的各个方面：包括主体意识（你的聪明才智和分析能力）、潜意识（你的情绪、记忆、信念），以及一种更高级的意识——它代表了你存在的核心，独立于你的思想、情绪或肉体以外。这种更高级的意识与你的真正本体紧密相连，其中的一部分可以被称为你的精神或灵魂。与这部分意识打交道，你并不需要神灵的保佑或皈依任何宗教。即便你从未感受到这种更高级意识的存在，你也会发现，与之接触其实是非常简单和自然的。

根据我的经验，为了克服恐惧与焦虑，为了摆脱困境，在心理、情绪、精力和身体等多方面进行持久而深刻的改变，以上三种意识都需要参与其中。好消息是，如果你兼顾三个方面的话，你进步和改变的速度会比只顾及其中一至两个要快得多，你取得的疗效也会更加好。你将重拾信心，活得更加自信，展现出更真实的自我，成为一个自强和自主的人。

听起来真不错，但是你该如何利用你的主体意识、潜意识，还有更高级的意识，从而达到最理想的结果呢?

这就是我为什么会提出改变的五个原则。遵循这五个原则，你就能动用自己思想和意识的全部力量，赢得与焦虑的战争。这五个原则就是了解自己、头脑灵活、做出选择、付诸实践和重新调整。它们会出现在本书的所有练习、方法和步骤中，帮你找出一个规范的、充满逻辑性的方法，为你提供克服恐惧与焦虑的智慧和能力，帮助你开发与生俱来的改变、康复、成长和成功的潜能。

找到自己内心的情感地图

当你徒步旅行或游历一座陌生城市时，是否有过迷路的经历?如果有的话，你该知道拥有一张地图是多么重要了。地图可以告诉你你是怎么迷路的，以及你该如何找到正确的道路。恐惧与焦虑也可以被看作一个不熟悉的地方，在这个地方，不知什么原因你迷失了方向，而且无论如何也找不到出去的道路。周围的一切看上去如此荒谬和古怪，完全超出了你的理解和掌控。

我的病人比尔就是一个很好的例子，他也迷失在这些情绪当中。比尔是一名非常成功的企业高管，对自己有着极高的期许。每次成功地完成一项挑战之后，他都会立刻把目光投向下一个目标，而且一个比一个难度大。一家公司提供了一份很高的薪水想挖他过去，而他还在考虑的时候，现在的老板为了留住他也决定升他的职，条件优厚得完全超出他的想象。比尔觉得自己已经没有遗憾了。他刚刚四十出头，却已经完成了自己几乎所有的目标。

恰恰在这个时候，一些难以预料的事情发生了。在新职位上做第一次业务报告时，比尔就在所有的生意伙伴和同事面前出了丑。起初，他只是把这次失误归结为睡眠不足或饮食不当。但在连续经历两次类似的尴尬局面之后，他才开始真正意识到有些事情出了问题。他的身体检查结果完全正常，医生诊断他患上了惊恐发作。

这个诊断让比尔大吃一惊。“焦虑？我吗？怎么可能是现在？”这确实不太可能，因为就在几个月之前，他还曾经单枪匹马应对了公司历史上的最大挑战。在那段时间里，他给人的感觉是极其冷静和自信。那么，到底是什么改变了这一切呢？而又为什么是现在呢？这些疑问让他感到更加压抑和不安。比尔既不清楚下一次恐慌什么时候会到来，也不知道恐慌发作起来有多严重，这种不知如何是好的焦虑感令他寝食难安。

我们治疗的第一步就是帮助比尔弄清楚自己的思维是如何工作的，以及恐惧与焦虑是如何产生的。他很快就意识到，自己的新职位正是引发焦虑的罪魁祸首。过去，他的成功和晋职都是建立在努力工作和百分之一百二的付出之上的。但这一次，他觉得自己能够得到这个位置，仅仅是因为他的老板不想放他去另一家公司。他下意识地开始感到不安，他认为这次成功靠的是老板的妥协，与自己的努力和贡献毫无关系。要是有一天他的地位一落千丈怎么办？一旦这种事情成为现实，他就只能把自己的一切拱手让出。

比尔心中始终有一种根深蒂固的潜意识，那就是自己总是做得不够好。这种缺乏安全感的念头始于他的童年，并且一直持续到现在。只有不断的成功才能使他逃避潜意识中的不安。他希望通过自己的巨大成就，最终建立一个全新的、充满自信的自我。可不管这些成功多么令人难忘，他仍然认为自己差得很远。所以当比尔感觉自己不再被他的老板看好时，不自信的恐惧感便从潜意识深处爆发，进而形成那些看上去仿佛毫无道理的恐慌。

比尔终于弄清了这种情绪的来龙去脉，也明白了正是过去的成就限制了自己的潜意识，他如释重负。焦虑也不再像潜伏的猛兽一样会随时毫无预兆地向他袭来。毕竟，我们只要意识到问题产生的原因，就有可能想办法解决它。明白了恐惧产生的深层次原因和根源后，比尔获得极大的安全感，从这以后，他可以主动采取措施来克服这些焦虑与不安，在了解自己的基础上建立真正的自信，重新找回属于自己的力量。

这里需要注意的是：了解自己对待恐惧与焦虑的方式和原因，并不是让你为产生这样的负面情绪苛责自己。当然也不应该去怪罪别人，包括你的父母、兄弟姐妹或老师。你的恐惧与焦虑其实可以从过去发生过的许多事情、经历过的许多情形中找到原因。你尽管早已习惯把自己当作一名受害者，可是其实你并不需要背负着这个名头来度过余生。相反，在了解自己的情感和信仰的同时，你将得到更多的机会来理解和体谅自己。

当你在这本书的指导下走上自我康复之旅后，你也会找到自己内心中的情感地图，明白自己产生恐惧与焦虑的方式和根源，以及该如何克服和迈过这些情感的壁垒。

重新找回你充满灵活性的那些时光

灵活性是物种生存的重要保证之一。进化是建立在“适者生存”原则的基础上的，意思是那些生存下来的物种必须能够适应不断变化的环境。这一原则同样可以被称为“灵活者生存”。灵活性是种与生俱来的能力，我们早在生命的最初阶段就已经开始应用它了。

还在母体中的时候，思维和情感上的灵活性就已经成为我们拥有的最强武器，我们依靠它度过每一天。这种灵活性使我们能够适应重力的影响，在子宫里找出最舒适的浮动角度、最佳的进食时间表，并且与围绕在我们身边的巨人们时刻保持沟通。

有人曾说，从孩子出生到蹒跚着迈出人生中的第一步，我们经历了 100 万年的进化。你难道不觉得，这说的就是灵活性吗？我们曾经抱怨过，却从未放弃。我们努力地学习走路，摔倒，再站起来，调整好姿势，继续努力。但是不管能走多远，我们绝不泄气，也绝不认输。从什么时候开始我们失去了或忘记了这伟大的灵活性呢？我们为什么会失去或忘记灵活性呢？

其中的一个原因就是展示真实的自我与按照社会的需求、融入和适应社会体系之间的持续矛盾。随着我们的成长，完成别人的期待和遵守各种规章制度变得越来越重要，因为这可以保证我们获得成功并在社会中占据一席之地。最终，很多人不再质疑自己的决定和想法是否仍然发自自己的内心，也不再在意这是否基于我们的真实意愿或信仰。我们逐渐被压力、义务和条件限制在一个僵化的框架之中，只是因为我们想要融入这个社会。这种强加的现实逐渐占据我们的整个生命，几乎没有留下一丝的空间让我们可以按照自己的方式去灵活地思考或行动。在某种程度上，因循守旧可能只是因为一成不变会更加轻松和熟悉。于是，我们只能对自己说，现在想改变已经太迟了。故步自封破坏了我们的灵活性。

但是，当你拿起这本书的时候，你正在向自己证明，你对改变和成长的渴望已经战胜了龟缩在一个不断缩小的温床里的想法。换句话说，你的灵活性依然存在。

我五岁的时候就明白了思维僵化是一件多么可怕的事情。有一次，我的父母带我到斯图加特去购物。那可是个大城市，我感觉自己从小长大的小镇似乎与它遥不可及。对那个年龄的小孩来说，购物自然毫无乐趣可言，但我的父母却像发现了巨大宝藏一样越看越兴奋。我无聊地在货架间走来走去，寻找着任何可能引起我兴趣的东西。

突然，我意识到自己身边一个人也没有了。我的父母不见了。我在迷宫般的过道间穿行，试图想起自己是从哪里进来的，可是一切看起来都是那么陌生，周围的环境变得越来越可怕。我迷路了。我惊慌失措，然后开始哭泣。要是我再也找不到我的父母可怎么办？难道我再也回不了家了吗？

终于，一个和善的店员注意到了我。她向我走过来，问道："你是不是迷路了？"

我只能点了点我的小脑袋。

"你叫什么名字？"

我一边抽泣一边说："我叫弗雷德曼·尤利叶斯·瓦尔特·肖普。"

可惜我的拯救者只能记住我叫瓦尔特，因为即便是在德国，弗雷德曼也是一个很不常见的名字。

她走到麦克风旁边说："小瓦尔特，穿着一件灰色的斗篷，他正在寻找他的父母。"然后，她向我保证，我的父母马上就会来接我的。

但是几分钟很快就过去了，更长的时间过去了，我的父母还是没有出现。我真的不记得当时自己在想些什么，但可以肯定的是，那种心情绝不是令人愉快的。

那个时候，我的父母正忙着分头购买自己心仪的商品。出于某种原因，他们俩都认为我跟对方待在一起（至少后来他们是这样告诉我的）。所以直到他们听到第三次广播的时候，心里依然在想：那个可怜的瓦尔特一定很害怕吧。他们俩都很想知道那个瓦尔特的父母是不是出了什么事，为什么不去找自己的儿子。在接下来的某一瞬间，我的母亲才猛地意识到，那个"小瓦尔特"正是她自己的儿子，而她和我的父亲也正是那两个不去接孩子的"坏"家长。但凡头脑有一点灵活性，他们都会记得我的中名[①]，以及我也穿着一件灰色的斗篷。

其实不用说别人，我自己也有缺乏灵活性的时候。我一直没有结婚，是因为我不相信自己可以找到真爱。还有，多年以来我一直坚持认为，那些工作日不上班的人要么是懒汉，要么是失业了，或者两者兼而有之。因此当我自己休假的时候，常常会感到不知所措。因为我觉得，要是这个时候出门被认识的人看到的话，他们就会自然地（至少我是这样想的）认为我丢了工作，或者懒得要死。所以我宁愿待在家里，或者在办公室里工作，也不会走出屋子放松一下。尽管我告诉自己这是一个德国人良好工作精神的体现，其实只是因为我的思想太僵化了，以至于我根本没有意识到我被自己的不安束缚住了。

缺乏灵活性是你面对恐惧与焦虑时最大的阻碍之一，因为它限制了你对内部及外部刺激的理解与应对，并会使你陷入困境。比方说，不管什么时候，只要在走廊里遇见自己的老板，你就会感到紧张；每当想到某个特定的事件，不管它是否存在，你都会感到极度焦虑；在接下一项新任务后，你立刻会有一种挫败感，觉得自己绝没有可能做好它。甚至有时候明明没有任何事情发生，你也会想：我还会忧虑吗？我还会担心吗？一旦你形成了惯性思维，你的反应就会变得机械，再也没有选择的能力。

假如你认为自己是一个焦虑和没有安全感的人，或者把这个世界看成一个可怕而不友好的地方，你就会下意识地寻找证实这些想法的证据。这就是为什么那些不充分的信念最终会变成自我实现的预言，迟早你的生活会变成你所相信的那样。你会感到自己陷入困境。其实你所需要的只是一种更加灵活的思维和情感，帮你找回自

---

①中名是欧美人姓名中的第一个名字与姓氏之间的名字，通常为教名或有纪念意义的名字。——译者注

己的力量和自由。

瑜伽界有句俗话："一个人的年龄并不取决于他活了多少岁，而是取决于他的灵活性有多大。"这句话不仅仅适用于身体的敏捷性，同样适用于情感和思维上的灵活性。有了灵活的头脑，你就可以看穿和抛开自己对现实的误解和假象。你可以多角度认识自己，认清自己所处的境遇，分析细节，进而高屋建瓴。灵活性也可以提升你的情感和心理反应的水平，帮你更快地摆脱低迷的情绪，使你无论在什么情况之下，都能清醒地认识并把握每一次机会。你也可以找出问题的答案，在混乱中理清头绪，在限制中发现可能性。所以说，灵活性是至关重要的，它不仅保障了我们的生存，还能引领我们过上更美好的生活。

去加强思维和情感上的灵活性吧，永远都不会太迟。让时光倒流，重新找回你充满灵活性的那些时光吧！

想要得到真正的自由，必须做出选择

在从恐惧和焦虑通往内心平和与自我强化的道路上，了解自己可以帮你画出自己心灵的情感地图。灵活的思维则允许你从多个角度分析自己所处的位置和对事物的观点，并且及时调整行进路线。但是，只靠加强了解和头脑灵活并不足以帮你获得前进的动力。你可能长时间地盯着一张地图，反复权衡各种不同的路线和可能性，但是除非你下定决心选择自己要走的道路和目标，否则还是哪儿也去不成。想要得到真正的自由和自强，你必须做出选择。

做出选择可以说是最伟大而又最困难的步骤之一。说它伟大，是因为当你有意识地去选择时，你将从人生的过客变成主人，从被影响的一方变成施加影响的一方。你正在重新掌握改变自己命运的权力。而说它困难，是因为选择常常会导致改变。如你所知，改变往往令人望而生畏。如果你做出错误的选择怎么办？或者你根本就不知道应该改变什么怎么办？

每一次的选择也是一个了解自己的过程，从此以后，你将为自己的行为及所带来的结果负责。你不能再把责任推到别人身上。尽管做出选择似乎是件了不起的事情，但其实它经常发生在你身上。甚至当你感到困顿、只想继续任生活摆布的时候，这也是你的选择，只不过这种选择让你无能为力罢了。

你也许会想：说得容易。我生活得很艰难，事事不如意，难道这也是我自己选的？我完全理解你的感受，因为我自己也有这样的经历。我也曾感到困顿，那时我在一家心脏病研究所工作，上司给我的期望和压力让我难以为继。我常常夜不能寐，思考着怎样才能在这种不喜欢的工作环境下继续坚持 30 年。可是，正因为我已经在这份工作上投入了太多的时间和精力，我根本不敢想象去改变它，更不敢失去它。

“不如意的事常十之八九”，这是我的一些同事和“同道”的口头禅。我最喜欢的一位叔叔曾经告诉我，他一直盼望着赶快退休。当时他才四十五六岁啊。后来他终于熬到退休了，结果没多久就死于严重的心脏病。有那么一段时间，我经常发现自己和周围的人总是在重复着“我干不了……”和“我真的不得不……”之类的话。那些关于自由和成功的希望和梦想就这样逐渐消失在永无止境的琐事和压力之中了。

这些年来，我逐渐发现，其实我们的内心中也有选择的力量，只是通常我们不知该怎样去使用它。我们总是为他人所左右，却觉得自己有义务这样做。但是，我们仍然可以选择自己的想法、看事情的角度甚至自己的情感。尽管外部环境可能不会立刻改变，但是只要内心足够强大，生活一样可以发生显著的变化。就拿我来说，最终我选择了忽略上司的影响，更多地专注于自己，专注于建立作为一名医生的自信心。有趣的是，这种态度上的转变却给我带来了更多的赞誉和老板的支持。现在回头看看，也正是这种转变帮助我拿到了博士奖学金，把我带到了美国，并最终让我从事了最适合自己的职业，也包括写了这本书。就像一扇大门上最微不足道的合页，小的选择也会带来巨大的改变。

我有一个朋友在学校里做志愿者，同时兼任那所学校戏剧社的导演，他们的节目可以媲美很多专业的演出。他给我讲了一个小女孩的故事：这个女孩生下来就没有双腿，只有一只胳膊。但是她下定决心要成为一个明星，所以她的言谈举止无不以明星为榜样。当她在轮椅上翩翩起舞之时（有的时候甚至不需要轮椅，只用一只胳膊在地板上支撑身体），她展示出惊人的技巧和敏捷度。她是如此魅力四射，以至于身边的每个人都感觉受到了激励，想要努力去做最好的自己。这个女孩不知道何为限制，只知道人们可以做出两种选择：成为生活中的过客或明星。

当你阅读这本书的时候，请仔细思考我告诉你的方式和方法，好好地读完每一章，把它当作一个选择的机会——一个对自己说“是”的机会，一个重新选择生活的机会。

说做就做，行动永远走在前面

改变的原则可以概括为几个词，那就是耐克著名的广告词：尽管去做吧（JUST DO IT）。不论你找到的是解除束缚的钥匙、灵光闪现的瞬间还是身手矫健的时刻，假如你不立刻采取行动的话，再重要的选择也不过是美丽的梦想和纸面上的想法。多少励志书最终的归宿是在角落里蒙尘，它们或许是书架上最令人印象深刻的点缀，却从未真正地影响过你的生活。害怕改变，其实是对未知的恐惧，是把那些书束之高阁的罪魁祸首，而你注定一无所获。正如有人跟我说的那样："光看不做，只会让你的屁股受苦。"

其实迈出改变的第一步，往往比待在原地更容易。恐惧与焦虑的痛苦就是你的催化剂，推动着你不断前进。因为和痛苦相比，任何改变都是可以接受的。但是，假如你不能立刻完成自己期待的目标，又会发生什么呢？

有句谚语说："黎明之前最黑暗。"这描述了一个有趣的现象，而据我观察，无论从身体的角度还是从情感的角度来说，它都是真的。阻力最强的时候往往就是取得突破的时候。在这个时候，你会认为尽管自己做出了最大的努力、抱有最好的期待，却依然无法阻止失败的到来。其实此刻价值连城，它可以帮你记住自强的几个步骤：了解自己、头脑灵活、做出选择，并付诸实践。

付诸实践意味着有重点和有意识地成长、自我发现和自我强化，不再重蹈覆辙。实践意味着保持集中和专注，持续地完成对自己的承诺。但这并不表示你需要没日没夜地把时间和精力花在对自己的完善上面。事实上，就像健身一样，每天只用相对较短的一段时间来督促自己，往往比一次性把自己折腾得精疲力竭更有效果。

另一种常见的挑战则出现在你朝着自己的目标取得一定进展之时。我的意思是，也许在过去的一段时间内你一直感觉不错，但是突然间，你发现自己似乎又退回到原有的习惯当中。这些陈旧的习惯是如此根深蒂固，令你难以自拔——特别是当你忘了练习和使用那些你刚刚学会的东西之时。最后你相信自己从未改变，过去所有的努力都是一场空，这真是生命中最大的一个误解。

你的生活中不能没有改变。我的朋友克里斯说过，生活就是一个圆，一个不断扩大的圆，不管你有没有意识到这一点。在他第一次（可能也是最后一次）蹦极之后，他脸色苍白、摇摇晃晃地对我说："我其实真不喜欢这种经历，但是现在我的圆变得更大了，再没有什么能使它缩小了。"

发展和成长是我们共同的天性，唯一不同的是我们长大的速度。这就意味着在情感自由和自强的旅程上没有真正的终点，这也使得我们必须不断地投入时间和精力。用你对自己的了解来确定自己是否陷入困顿，用灵活的头脑来找出更新更聪明的方法、想法以及行动方式，用自己选择的权力来决定什么才是真正重要的，然后把一切付诸行动。说做就做，做了又做。

合而为一

这一原则意味着巩固和执行，与一种平衡而可持续的模式以及你已经实现了的改变有关。这本书的目的，是引领你轻松而有效地走过克服恐惧与焦虑的各个阶段。然而对某些人来说，踏上这个旅程可能就像是在走钢丝。开始的时候，你可能对自己抱有过高的期待，甚至还有几分不耐烦。接下来发生的事可想而知。起初，你会很兴奋，冲劲十足打算做出重大的突破。别人能做到的，你当然也能。然而，相对于对旅程本身的关注和对进展的赞誉，你更加在意自己期待的结果，于是你强迫自己做得更多更卖力，最后终于精疲力竭地倒下。或许你一开始就犯了错误，于是很快就放弃了，因为你发现无法达到自己预期的完美结局。以上这两种情况只会带来更多的焦虑、沮丧和对自己的失望。

对另一些人来说，则可能出现相反的情况。你的改变和成长来得太快太猛烈，让你有点不知所措，而这也可能会让你重新陷入熟悉的焦虑之中。

为了保证这次心灵之旅的进程和效果，你需要找出如何保持前进势头与如何花时间去适应自己取得的进步这两者之间的微妙联系。通过这个总结的过程，你可以把自己的思想、行动和情绪不断纳入真实的自我当中。从这方面来说，总结就成了所有原则当中最重要的一环，因为它允许你把握和实现自己的改变，并且赋予它们意义和目的。

当你有意识地按照本书的方法奋勇前进并且做出改变时，你会注意到，随着了解的不断深入，你能看清楚自己的处境以及未来会发生什么不可预知的事情。通过灵活判断和做出选择，你能够学会让思维超脱于所谓的现实之外；通过付诸行动，你可以走出自己的庇护所，发散自己的意识，开拓新的生活；通过总结，你将获得力量和基础来巩固那全新的、真正的和没有局限性的自我。

你迈出的每一步，即使是最小的一步，都会帮助你前进，不断带给你改变。无论你在这本书上花费多少时间和精力都是值得的，当你读完它的时候，你会成为一个完全不同的自己。

第三章
那些谁都难免的抑郁

有时候，恐惧与焦虑就像是一团黑沉沉的乌云，长久地笼罩在你的心中；有时候，它们又会突然迸发，打你个措手不及。但不管是哪一种情况，恐惧与焦虑感觉上更像一种外在的东西，而非内心的产物。为了进一步阐述它们、重新控制自己的情绪，首先你必须了解一些关于恐惧和焦虑的重要事实。毕竟，了解带来知识，知识带来责任，而承担责任才是力量真正的源泉。

焦虑从哪儿来？

也许你经常会觉得自己被焦虑挫败、伤害或欺骗，其实它不过是一种基本的、自发的感觉而已，只是你不知道罢了。感觉是在你脑子中潜意识向主体意识传递的一种信息。它可以使你了解自己的潜意识感知的东西，不管它是愉快的还是危险的。从生理学角度讲，身体感受到的疼痛强度代表了它需要的关注程度；同样的，你对内心情感的敏感度越高，也就越说明潜意识密切、急迫地希望你注意到它传递给你的信息。

恐惧和焦虑的产生基于一种积极的意愿：保护你的安全。它采用了最明智和最适合的方法，就是将你置于一种高度的警惕当中，帮你注意和预测危险的到来，进而采取预防措施，或者恰当地解决问题。轻微的焦虑可以使你保持清醒，使你避免陷入危险的境地。而稍微强烈一些的焦虑则可以帮助你充分地警惕起来，使你调动自己所有的能量和资源，在精神和身体两方面准备好对抗即将到来的危险，或者干脆躲开它。

研究人员相信，有些恐惧始终存在于人类的进化当中，例如对蛇的恐惧或对愤怒的恐惧，一直到今天也是如此。研究表明，儿童，甚至是婴儿，可以很容易地从一堆图片中识别出毒蛇或愤怒的面孔，并做出相应的反应。我们那些石器时代的亲戚每天都身处生死攸关的境地，不管他们面对的是老天爷还是巨大的食肉动物。而恐惧和焦虑则为他们提供了至关重要的信息，使他们可以适应这个环境。比方说，武器和住所的发展为史前祖先提供了安全和生存的保障，帮助他们克服了身体上的弱点、战胜了环境的挑战。因此，产生这些情绪的能力在进化过程中被保留了下来，它们是有意义的。

我们在害怕什么？

自从我们把洞穴变成庇护所，世界就发生了巨大的变化。当人类懂得了如何去克服自身的缺陷、战胜自己的敌人，并成为主宰地球的物种之后，就立刻开始着手灭绝我们的天敌，或者把它们驱赶到荒无人烟的狭小区域。

现在，我们成了地球上最强大的物种。同时，对一切生物来说，我们也是最大的威胁，甚至包括我们自己。这听起来有些残酷，实际上，大多数人并不会对其他同类构成致命的威胁，因为他们一生中都恪守着“不伤害，也不受到伤害”的信条。因此，世界上绝大部分的人，尤其是发达国家的人，并不会生活在死亡的阴影当中。但是世界上仍然有大约 17% 的人被诊断出患有焦虑症。那么今天的我们到底还有什么好怕的呢？

2001 年，盖洛普公司 1 的调查显示，对公开场合发言的恐惧，也就是社交恐惧症，是目前美国第二常见的恐惧症，仅次于“古老”的蛇之恐惧。除了害怕疾病、耻辱和不受尊重，其他常见的现代恐惧症还包括害怕失业、破产、没有安全感、孤独和失恋。乍一看，这些恐惧可以概括为害怕失去一切有价值的东西。然而，在害怕失去对自己很重要的东西的表象下面，还有一个更大的隐忧，这也可以在进化中找到答案：我们害怕失去控制和变得无能。当恐惧与焦虑越来越多地控制着我们生活的时候，就会造成一个恶性循环，使我们风声鹤唳，相信只有事必躬亲，甚至强迫自己保持忙碌，才能保持力量和对生活的控制。

---

①盖洛普公司是全球知名的民意测验和商业调查公司，由美国著名的社会科学家乔治·盖洛普博士于1935年创立。——译者注

焦虑保证了我们的安全，这是真的吗？

许多人相信，如果没有了恐惧和焦虑，生活会变得不再安全。你也许会强调，需要一定程度的焦虑来保持斗志、避免失败。或许你会认为自己越放松警惕，就越有可能犯错误，也就越会辜负他人的期待，越有可能面对批评或是失败。有些恐惧的念头是你从小就学会的，还有一些则来自古老的谚语。比如“靠天靠地不如靠自己”“防人之心不可无”“人不能总犯同样的错误”以及“生活是不公平的”等。这些谚语一代又一代地流传下来，深深地融入你的潜意识，并且向你灌输了这样的观念：为了自己的安全，恐惧和焦虑是绝对必要的。

然而，想一想你现在的日常生活，到底什么程度的焦虑才是你真正需要的呢？你需要用失业的顾虑来说服自己兢兢业业地上班吗？你需要靠担心车祸来敦促自己认真地驾驶吗？你对自己的爱人及其他人保持礼貌和尊重，难道只是因为你不想让他们腹诽你吗？

通常意义下，是经验、常识以及明智的选择在保护着我们的安全，跟恐惧与焦虑一点关系也没有。而且，我们的创造力会因为焦虑而停滞不前，并随着持续的压力和担忧而下降，直至耗尽我们的精力，使我们身心俱疲。难道快乐、追逐目标和实现梦想都不能更好地激励我们、帮助我们保持高水平的创造力吗？

那么，多大程度的恐惧才是真正安全的呢？慢性恐惧和焦虑会耗尽你的精神和心情，影响你的判断，最后使你感到不安和无力。在生理上，即便是最常见的、最轻微的恐惧，都会对你的身体造成极大的压力，并且导致严重的健康问题，比如高血压、慢性疼痛、肥胖、心脏病、糖尿病、自身免疫性疾病甚至癌症。这些疾病是现代社会里最常见的死亡原因。即使是在最恰当的环境下出现，恐惧也会使你反应迟钝——你就像一头被车灯晃晕了的鹿：不知道该做什么，连动都不敢动一下。这显然不是什么安全的处境。

我19岁的时候，有一次和朋友一起骑着自行车在法国南部旅行。在一个温暖但大雨倾盆的日子里，我们决定跳进大西洋的巨浪中游泳和冲浪。我们沉醉于被海浪高高抛起的刺激当中，丝毫没有意识到自己距离海岸越来越远。当我们发现这种情况之后，一度试图游回岸边，但是很快就发现，不管我们怎样用力地游，海岸依旧遥不可及。我开始担心起来。我不想让我的朋友害怕，但依然忍不住问他："要是我们回不去了怎么办？海岸上一个人也没有，没人能够帮助我们。"

我的朋友看上去还很平静，这让我也冷静了下来，我觉得大概没有什么大不了的。但是紧接着，我在他的眼中看到了恐慌。不知道是被我的恐惧传染了，还是他才意识到自己面临的严峻形势。突然，他开始疯狂地挥舞双臂，尖叫道："救命！救命啊！"

我也被他感染了。方才的安全感立刻消失得无影无踪，因为假如他也感到了恐惧，那说明我们一定是遇到麻烦了。我感到自己心中的恐慌在不断加剧，几乎压得我喘不过气来，我也跟着他绝望地喊了起来。仅仅几分钟之后，恐慌已经完全淹没了我。我的心怦怦地跳着。我什么也看不见了，仿佛眼前出现了一幅漆黑的窗帘。我的四肢开始疯狂地划动，拼命地想把头伸出水面。连续涌来的两个大浪把我打翻，巨大的力量将我深深地拍到水面以下。不知过了多长时间，我再次浮到了水面上，我大声地咳嗽着，往外吐着咸涩的海水。我喘着气，感到全然无助，恐惧让我几乎瘫痪。

有趣的是，在那些绝望的时刻你的脑子里总会产生一些稀奇古怪的想法。当我拼命地挣扎求生之时，脑子里想的却是家乡报纸上自己的讣告会怎么写，不晓得会有多少人来参加我的葬礼。不知什么原因，想着自己的讣告即将成为现实，我居然冷静了下来。接着，一个清晰的念头悄然从内心深处升起："记住，恐惧只会浪费你的精力。"

说得没错！于是我停止喊叫和挣扎，开始用尽全力一点一点地向岸边游去。我心里愈加平静，我可以感觉到精神和肉体都充满了力量，我坚信我一定能够拯救自己，也许还有我的朋友，只要他能够感受到我传递给他的力量。终于，我们俩触到了岸边尖锐的岩石，尽管手和脚都被割伤得很厉害，但是意识到又回到了陆地，我们如释重负。后来，这件事作为最幸福的回忆，永远留在我们的脑海当中。

这次经历教会我，恐惧和焦虑只会使我们麻痹和畏首畏尾。或许这些情绪能够有效地提醒我们潜在的危险，但是对它们如不加以控制的话，结果可能是毁灭性的。

焦虑的真相

夜深人静之时，你突然被一阵响动惊醒，你猜可能有人闯入了你的房子。你每天都能在新闻里听到入室盗窃案件的报道，没想到今天会发生在你的身上。电话在楼下，所以你没办法报警，你的心怦怦直跳，脑子里想的都是比抢劫更可怕的后果。你屏住呼吸，悄悄地爬下床，随手抓住一盏台灯、一把火钳，甚至是一根球棒，管他拿的是什么，只要够沉就行。你下定决心，只要入侵者胆敢闯进你的卧室，你就坚决给他迎头痛击。在焦虑中煎熬了几个小时后，你踮着脚走到楼下，结果发现所谓的入侵者原来是你的猫，它打翻了一个花瓶。

像大多数乐于"学以致用"的医学院学生一样，我也曾给自己诊断出各种病症，而且无一例外都非常严重。这些症状通通具备两个共同之处：第一，我刚刚学习过它们特定的症状；第二，和出现时一样，它们消失得也同样迅速而神秘莫测。现在有了互联网，这种现象也就不再局限于医学院校的学生了。我的许多客户都跟我说过，在咨询过“谷歌大夫”之后，他们同样“诊断出”自己罹患了某种不治之症，结果搞得彻夜难眠。

马克·吐温说过：“我一生中经历过许多的灾难，其中大部分从未发生过。”正是我们活跃的想象力把小猫当成大盗，把胃部不适变成了癌症。假如一小部分人的焦虑都成真，地球早在很久以前就不复存在了。

记着，恐惧应该起到内部预警系统的作用，就像是一个小小的红色警灯，提醒你有一些东西需要特别关注。然而，如果你长时间与恐惧和焦虑打交道，这个预警系统就会变得过于敏感，即使是最轻微的刺激也会触发它。比方说，你可能会把老板一次轻轻的皱眉理解为自己即将被解雇的信号。你的配偶买了一副新的太阳镜，或许你就想当然地认为自己恐怕离破产不远了。假如朋友周末没有打电话给你，那不用问了，他们肯定不再关心你了，大概是你做了什么亏心事惹到了他们。而随着时间的推移，你会逐渐地习惯于这些警报，以至于没有它们就活不下去了。

你可能会想：那么，我怎样才能判断一种情况到底是真的危险，还是自己吓唬自己呢？我怎么知道那些“要是……怎么办”的假设是建立在现实的基础上还是虚构的呢？换句话说，怎么才能知道这些警告是真还是假呢？

你当然不知道，至少现在不知道。首先，你需要重新调整自己的内部预警系统，使之能够做出适当的反应。然后，你需要再做一点功课，重新构建一个自信而强大的内在基础。虽然这听起来像一个漫长而复杂的过程，但假如你知道该如何与恐惧和焦虑之源，也就是你的潜意识沟通，它其实并不难。

在我们与潜意识进一步沟通之前，让我们到你的脑袋里看一看，给你来点可以补充理智的东西。

在你的脑袋里发生了什么？

尽管焦虑往往只是基于想象，但是焦虑的感觉却实实在在地出现在我们的头脑和身体里。为了更好地理解焦虑产生的原因，我们需要从神经生理学的角度稍稍了解一点恐惧与焦虑的知识。

想象一下，一个温暖的夏日，你正漫步于森林当中。突然，你发现一条又细又长的东西挂在小路前方的树枝上。你的眼睛把这条视觉信息直接反映到视神经上，再把它发送到丘脑，那是大脑中最重要的一个“中继站”（见图1）。丘脑发送信号到杏仁体，杏仁体，顾名思义，是一种呈杏仁状的细胞群，是大脑边缘系统的一部分，在情绪反应和长期记忆方面起着重要的作用。

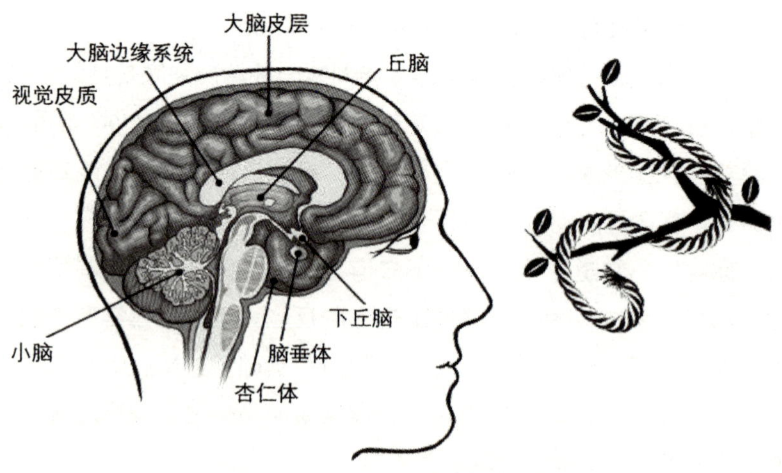

图1：大脑中恐惧和焦虑传递的途径

杏仁体对传递来的信息进行评估，判断这个又细又长的物体图像与你有没有情感关联，这个物体是不是意味着危险或快乐。这时，海马区——大脑边缘系统的另外一部分，也会参与进来。它帮助扫描大脑皮层，或者大脑的外层结构，在你的记忆中搜寻这个又细又长的物体的进一步信息，看看它到底是个什么东西。于是，结果很快就出来了：那可能是一条蛇！

现在，你的大脑判定情况可能有些危险。下丘脑和脑垂体受到刺激开始释放应激激素，比如肾上腺素和皮质醇，它们会加速你的心率、呼吸、排汗，以及血液到身体肌肉的循环速度。所有这些使你的身体做好了“或战或逃或原地不动”的准备。同时，为了处理这个潜在的威胁，大脑皮层也制订出一个总体的计划。

特别有意思的是，早在视觉信息传到大脑的枕骨部分之前，也就是在你真正看清楚那个东西之前，上面所说的应激反应就已经启动了。其实最后，视觉处理中心对这个物体给出的精确分析结果是：那只不过是一条挂在树枝上的旧绳子。于是所有系统都恢复了正常。

为什么恐惧会比真相传递得快？为什么我们的神经系统没等发现事实真相就开始哭喊着“狼来了”？从生存的角度来看，这其实是有意义的，进化更倾向于这种“宁可信其有，不可信其无”的反应方式。这是生死攸关的问题，对任何潜在的威胁都不能掉以轻心。正如我之前提到的那样，我们的祖先每天都不得不面对生死攸关的处境。

但是，这个系统的问题在于，你激活这种应激反应循环越频繁，就越有可能把环境的变化和意外情况转变成焦虑。杏仁体就像一个焦虑的开关：当它被打开，我们就感到焦虑；它被关上后，焦虑就消失了。假如你长期同压力和焦虑打交道，这个焦虑的开关就很容易被触发，甚至干脆被卡在“开”的位置上，它可以激活所谓“或战或逃或原地不动”的反应（比如在开车、坐飞机，或者发现树枝上挂了一个长长的东西时），大多数人在此时都会体会到一定强度的紧张。

那么你会怎样对待这个焦虑的“开关”呢？你怎么才能在不切除杏仁体（你不可能也不会真的想这样做）的前提下控制它呢？药物会是我们的答案吗？

吃药是治疗抑郁的第一步，但绝不是全部

用药物解决心理问题，比如焦虑和抑郁，主要是通过对身体的刺激实现的。最常见的抗焦虑处方药要么是苯二氮卓类药物（比如安定、阿普唑仑），要么是选择性血清素再摄取抑制剂（SSRIs，比如左洛复和百忧解），前者主要针对焦虑，而后者则应用于对沮丧的治疗。苯二氮卓类药物直接作用于杏仁体，通过降低其活性来完成治疗，而 SSRIs 则通过提高大脑中血清素的水平改善情绪。

好消息是，使用处方药来改变大脑的生理和化学机能的确可以有效抑制恐惧和焦虑，使这些情绪更好地得到控制。然而，这种改善通常是要付出代价的。服用抗焦虑药物的危害之一（除了这类药物有副作用，比如嗜睡、恶心、便秘、性欲降低）就是：它们可能会导致药物上瘾，你必须通过戒断才能停止服药。

我治疗过的许多病人都曾抱怨，服用药物虽然减轻了焦虑感，却让他们变得迟钝、过得浑浑噩噩。他们的思想仿佛被包裹在棉花里面，或者被盖上了盖子，什么也感觉不到。而且他们内心深处的恐惧感并没有消失，那些曾纠缠他们很久的根深蒂固的执念也依旧存在。那些诸如“我还差得很远”“世上没有一个安全的地方”之类的想法，即便影响力已大不如前，却仍然横亘在他们心间。就像一名病人所说的：“同样的问题依然存在，只是我感觉它们不如以前强

烈了。它们似乎变得很遥远。但这只是一种缓和，问题并没有得到真正的解决。”

遗憾的是，药物治疗的显著疗效更加坚定了一种看法，那就是情感问题主要是由大脑中神经递质的失衡导致的，因此最好还是用生物化学的方法来解决，心理学是帮不上什么忙的。对此，越来越多的人持一种“让我们吃点药来把它治好吧”的态度，这也就解释了为什么从 1996 年到 2005 年，美国抗焦虑类药物的使用者数量翻了一番。而同一时期，接受心理医生治疗的人数却呈下降趋势。

毫无疑问，改变大脑中的化学物质可以起到调节情绪状态的作用。同样可以肯定的是，抗焦虑药物已经帮助无数人解除了恐惧和焦虑带来的无休止的痛苦，避免情绪失控。但是，搞清“先有鸡还是先有蛋”的问题很重要。大脑神经递质的失衡到底是恐惧和焦虑产生的主要原因呢，还是我们自身情感出现的一种生物化学方面的变化呢？假如是后者，那么靠恢复大脑神经递质的平衡就能够从根本上解决恐惧和焦虑的问题吗？

这里就出现了一个非常基本的问题：到底什么是人呢？难道我们只是一个由受神经递质和激素控制的细胞堆积而成的物体吗？难道我们的情感、思想和信仰只是随机生成的生物化学和电生理信号吗？也许我们的头脑和身体之间的全部联系比这要复杂得多？也许我们所说的“意识”要远远超出目前科学的解释范围？我认为后面这两个问题的答案都是肯定的，人们根本没有意识到自己思维的复杂性和广泛性。在此，我引用一下阿尔伯特·爱因斯坦的话：“你还记得电流和‘看不见的电磁波’是如何被人们嘲笑的吗？人类对自身的认知仍然处于起步阶段。”

我喜欢把抗焦虑药物看作一剂情感上的止痛药。服用止痛药物的目的不在于修补或愈合引起疼痛的伤口，而是为了使恢复的过程更易于忍受。假如你只顾着止痛却没有弄清楚它的根源，那就是本末倒置了。如果把恐惧与焦虑看成身体上的疼痛，那么它们的目的一定是提醒你注意到更深层次的情感和精神创伤。但是，难道光靠关注这些内心的伤口——不管它们是精神上的创伤、自暴自弃，还是执念什么的，你就会变得更加平静、完美和强大吗？是不是有了它你就可以治愈并摆脱恐惧与焦虑的痛苦了呢？难道你不想从它们的真实含义中受益，使自己从里到外焕然一新、激发出真正的潜能吗？这就是我说的恐惧与焦虑的作用。当你按照本书的方法，一步步地将主体意识与潜意识以及更高级的意识联系起来，你将学会如何去解决恐惧与焦虑，并且受益于它们的自愈能力。

别误会。我可没说你不能服用抗焦虑的药物，也不是说你不可能在感到恐惧与焦虑的同时找出它们更深层次的原因。吃药可以是治疗的第一步，但绝不是全部。

关于这个话题，我要说的最后一个注意事项是从我父亲那儿学来的，还记得吗，他可是一个了不起的医生。用他的话说："记住，是病人自己治好了自己，而不是医生或药物。"我们康复的潜能要远大于我们相信的和被告知的。事实上，万事信则灵。临床研究表明，安慰剂和没有药用价值的糖衣片都可以显著地抑制中度抑郁与焦虑。所以请相信，"我会好起来"这样的信念与改变你大脑化学物质的药剂具有同样的疗效。想象一下，当你把这种信念用在强化自己的自我康复、改变和成长当中，会出现不可思议的事情。

第二部分

重新找回你充满灵活性的那些时光

潜意识当中，有三个特殊的过滤系统，它们可以被看作恐惧与焦虑产生的根源：内心的冲突、情绪的堆积和局限的信念。想要冲破恐惧与焦虑的羁绊，这三个根源就必须得到解决。

第四章

潜意识及焦虑产生的根本原因

有一种情况经常发生：病人带着想要解决的特殊问题找到我，但他们很快就意识到，其实自己真正的问题远不止于此。

朱迪，一位50多岁的优秀平面设计师，想要释放她对父亲积攒多年的怒火。在一生中，她从未从父亲那里得到过重视、帮助和关爱。退休后，老头子沉迷于酗酒和赌博，这更让朱迪怒火中烧。可是不管她说什么和做什么，对父亲来说全都没有用，挫折和不满日益占据了她的内心，让她感到无能为力。

我们第一次见面的时候她就信誓旦旦地跟我说，除了对父亲的恼火，她的生活过得很好，没有任何好抱怨的。但是经过30分钟的谈话，她意识到自己的愤怒其实掩盖了内心深处的焦虑与悲伤。在她的童年时期，她觉得自己被父亲忽略、伤害和拒绝，这使她坚信自己是没人关爱的，什么事情也做不好。

少年时期的朱迪非常叛逆。她逃课，接触毒品和性，而这只会导致父亲更多的惩罚和漠视。她20岁出头的时候嫁给了第一任丈夫，一个情绪极不稳定的家伙，而在喝醉了之后（这是常事），他就会变得相当暴躁。“他跟我的老爹一个德行。”她告诉我。五年后，这段充斥着家庭暴力的婚姻走到了尽头，当她的丈夫第一次把怒火发泄到孩子身上时，她终于鼓足勇气离开了他。

离婚后，朱迪变得雄心勃勃。她卖力地工作，很快就在朋友和家人眼中树立了女强人的形象。乍一看，你可能会说，她的生活发生了天翻地覆的变化。然而，内心深处不自信的想法依然在拖累着她。朱迪坦诚地告诉我，多年来她一直感到紧张与焦虑，经常无法安心地入睡。为了缓和自己的焦虑和不安，她愈加埋首于工作当中，待在办公室的时间比任何人都长，她放弃了一切休息和消遣的时间——即使周末也一样。尽管她已经晋升为一家广告公司的经理，备受尊敬，但是因为担心没有人会真的在意自己的意见，她依然不敢在工作会议上发言。

当我问朱迪她真正的梦想是什么时，她流下了眼泪，哽咽着说：“我一直想成为一名艺术家、一个画家。我知道我很有天赋，但我根本没有时间坐下来画画。我担心人们不喜欢我的画，我从不敢相信自己可以从事绘画艺术，哪怕仅仅为了自己的快乐。”直到这个时候她才意识到，自己内心深处其实还有一个更大、更深层次的问题需要处理，比她对父亲的愤怒要迫切得多。

朱迪的例子说明了小时候的往事和回忆会持续地影响和掌控我们，尽管我们可能早就忘记了它们。回首你生命中的每一个阶段，从童年一直到现在，想一想那些导致你焦虑和不安的情景。你注意到它们有什么共同点了吗？它们不是独立的、互不相关的事件，而是具有相同的主题、模式和诱因，会激发你产生相同的思想、感情和行为。

在朱迪的例子中，当她面对比自己更加强大、更有能力或更聪明的人的时候（也许真实情况恰好相反），她最主要的应对模式就是：觉得自己是如此不值一提和微不足道。像大多数人一样，她只知道怎样来忽略或应付这种情况，却不会去寻找事情的根本原因。只有当她比别人更努力，并且放弃任何形式的自我表达之后，她才会感到安全、有把握。但是最终，这种应对机制只会使她感到更无力、更不自信和更加不安，进而导致更加焦虑。但是她不敢也不愿意承认自己的问题，而是将怒火转向了自己的父亲，因为他给她足够的理由让她气愤。

朱迪其实有能力找出并克服自己的焦虑和不安。现在，她已经意识到自己可以成为一名才华横溢的艺术家，她经常与一群朋友共同创作，并且马上就要在一家画廊举办画展了。顺便说一下，当朱迪意识到自己需要找到平静和善待自己之后，她对父亲的怒火就完全消失了，她的心中只剩下对他的宽恕和同情。

当一棵树结的果实总是青涩的或淡而无味时，仅仅靠粉饰水果或是抹上一层蜜糖显然不会真正解决问题。就像畅销书《百万富翁的思维密码》的作者哈维·埃克喜欢说的那样："树根创造了果实。这就是为什么我们做的每一件事情决定了我们的一切。"就像朱迪，你可能已经发现无论是工作得更努力、找到一份新工作或合作伙伴、一项激动人心的爱好，还是对别人发泄自己的怒火，这些都不能真实而永久地解决你的焦虑。为什么？因为有一个因素永远也不会改变，那就是你自己。一位智者曾经说过："无论你走到哪里，你还是你。"所以你该怎样才能真正改变焦虑的根源呢？答案就在你的潜意识当中。

潜意识：我们的朋友还是敌人？

潜意识看上去就像大脑中一个晦暗且异常恐怖的地方，你根本无法控制，却会给你带来很多麻烦，所以根本不值得信赖。你或许会相信自己的知识和分析能力，却不知道这巨大的潜力其实就来自大脑中那深不可测的地方。

主体意识和潜意识之间的关系可以比作一座冰山的两部分：山的顶部（主体意识）露在水面之上，而巨大的山腹（潜意识）则深藏在水下。主体意识是学习知识的基础，并且负责清醒状态下的认知——分析思考、构建逻辑顺序、了解因果、提出疑问并得出合理的结论。思维中主体意识会在事实的基础上做出选择，并指导行动。

而潜意识的运作方式则隐藏于正常的意识之中。它的一个主要功能是过滤和解析周围的海量信息，并且从中找出与幸福和安全息息相关的微小部分，提供给主体意识进行分析。它这样做是有充分理由的。因为在同一时间，我们只能有意识地分析极少量的信息；而在潜意识中，我们可以把注意力投向周围的环境，辨别某些微妙的暗示，找出内外环境中我们还没有意识到的细微变化。例如，我们可以察觉到有人正在暗中盯着自己，或者与朋友一照面就马上意识到什么事情不对头，完全不用说一句话。因为感知中最重要的部分，比如第一印象、化学反应或直觉等，并不是基于逻辑性的思考，而是源于潜意识。

潜意识的另一项重要任务是创造情绪，而这项工作通常并不需要主体意识的参与。这也就解释了为什么我们的情绪往往表现得毫无理性，并且总是无缘无故地失去控制。比如说，星期一的早上，你正走在上班的路上，你感到心情糟糕透了，好像所有的人和事都在跟你作对。但是到了中午，虽然什么事儿也没发生，但你已经心情大好，开始哼唱起自己最喜欢的曲子来了。或者，你突然莫名其妙地对与某人再次约会感到焦虑，不是有点紧张，而是完全陷入恐慌。这跟你对那个人的感觉没有任何关系，尤其是当你们的上次约会非常刺激时。

潜意识还有一项任务便是归纳和保存我们所有的记忆。拿出一点时间，回忆一下你小时候住过的那间卧室。你还记得墙面的颜色或床上的摆设吗？因为你可能很久没有想起这个房间了，你必须从这条信息储存的地方把它调出来。为了防止主体意识被过多的数据所累，大多数的数据储存在潜意识当中，直到我们有意识地寻找它们时才会出现。

为了保护我们，潜意识也会刻意把那些过于伤感和具有破坏性的记忆藏起来。许多在童年受过虐待的人会记不得当年发生过什么，直到成年后，某些事情才会触发这些特殊的记忆，使之重新浮现在意识当中。事故后的失忆则是另一个可以说明潜意识这一有效而良好的功能的例子。

情绪和记忆不仅储存在潜意识里，它们也会转移到细胞当中。一些客户告诉我，他们在接受按摩、针灸或脊背放松治疗时会触及自己隐藏的情绪。那些悲伤、愤怒或恐惧的往事，不需任何的刺激和激发，会自动地浮现在他们的意识当中。还有一些客户对我说，当他们徒步远足时，也会突然想起那些从小就被刻意隐藏起来的痛苦回忆。一旦恐惧与焦虑滞留在我们的身体里，它们就会导致严重的身体问题，比如慢性疼痛、高血压、心脏病和自身免疫性疾病。这些问题可以被视为某种警告，潜意识在告诉我们：是时候解决那些悬而未决的情绪问题了。对于许多来我这里接受治疗的人来说，身体上的不适就是情感和心理治疗之旅的起点。

对于我们的身体来说，潜意识并不仅仅是一个方便的储存设备或通信工具。它还巧妙地监督和协调身体中的数万亿个细胞，使之可以同心协力地工作，并不断地适应快速变化的外部环境。想象一下，假如要你刻意控制自己的呼吸、心率、肝脏功能或消化功能，那该是多么难以置信的乏味啊。而那些相对简单的任务，例如走路或抬手，也需要精确的协调来弯曲和放松十多块不同的肌肉。当主体意识发出迈一步或抬一下胳膊的命令时，是潜意识把这些简单的信号分解成复杂的细节。

这也给我指明了潜意识的另一项功能。你有没有注意到，大部分的时候你不记得自己是如何开车上班的，也想不起来昨晚看电视时是怎么吃掉三明治的。当你在思考一天中需要处理的艰巨任务时，其实你正在洗头或刷牙。潜意识负责监督所有的自发行为和模式，允许你把自己的主体意识留给更重要的事情。事实上，大多数的日常活动是由潜意识操控的。想想吧，你花了太多的时间去思考未来或回忆过去，完全没有关注身边正在发生的事情，但是你依然可以避免交通事故、养活自己、打扮得体，什么事情也没落下。所以你应该感谢一下潜意识这神奇的、令人兴奋的能力。

从潜意识所负责的这些繁杂的任务和职责上，你可以很清楚地看出它的能量和巨大潜力。假如你一定要挑毛病，潜意识还真的只有一个缺陷。它需要我们有意识地指导，才能充分发挥潜能，才能通过协调而有建设性的方式来运行。有些人把潜意识比作一个忠诚而聪慧的仆人，可以忠实地履行某个任务，直到接到去做其他事的命令。当我们学会有意识地使用自己的潜意识时，就可以在所有层面上——精神、情感和身体，改变得更快、表现得更好。通过主体意识和潜意识的协作，我们能够开发出自己真正的潜力，从而更深刻地认识到真实的自己。

我们是怎样被潜意识吓住的?

假如你在赶时间，可是钥匙不见了，你翻遍了所有地方都找不到，心情也变得越来越焦躁。但是最后你发现，其实钥匙就在你经常放的地方。可是你刚才不是已经在那儿翻过至少两遍了吗？

或许你正走在去面试的路上。你感觉很好，突然，你发现衬衫上沾了芥末的污渍。于是，你所有的信心都消失了，你开始感到恐慌。你确定这会造成糟糕的第一印象，因为所有的面试官都会注意到你身上的污渍，就像你自己一样。

为什么你无法找到自己想去关注的东西（比如钥匙），而那些需要忽略的东西却吸引了你的注意力（比如芥末的污渍）？

在生活中的每一秒，我们都被多得不可思议的信息包围着。正如我之前提到的，我们需要过滤掉大部分信息，使生活变得更有意义，同时保证自己不被海量的信息淹没。但是我们该如何从多如牛毛的无用信息当中区分出极小部分的有用信息呢？有意为之的话，我们就什么也别想干了。我们只能把所有的注意力和精力都用于破译和排列周围的每个微小细节。这个时候，潜意识终于派上了用场，特殊的过滤系统会辨析出哪些才是对我们更重要的。

在纽约哥伦比亚大学的一项研究实验当中，受试者先是观看了一些随机抽取的面无表情的人像照片。然后，研究人员又展示了一些同样随机抽取的面目狰狞的人像照片。后一种照片被以极快的速度播放，以确保受试者根本不可能有意识地记住它们。然而，功能性磁共振成像清楚地表明，尽管受试者否认看清了图片，但是大脑还是记住了那些可怕的面孔。这项实验表明，我们的潜意识不仅可以过滤和处理信息，还能够通过比主体意识更快捷、更微妙的方式感知外界信息。

潜意识中的过滤系统包括记忆、情感、内心冲突和信念。它们通过对信息的删除、扭曲和概括，向我们呈现一个浓缩和修改过的世界——一种关于现实的内在解释（见图 2）。由于大多数人不能自发地了解自己潜意识中的过滤系统，他们也就不可能意识到自己的世界其实是“扭曲的”。这也就意味着，不管你思考的是什么，其实都只是真相的一小部分。

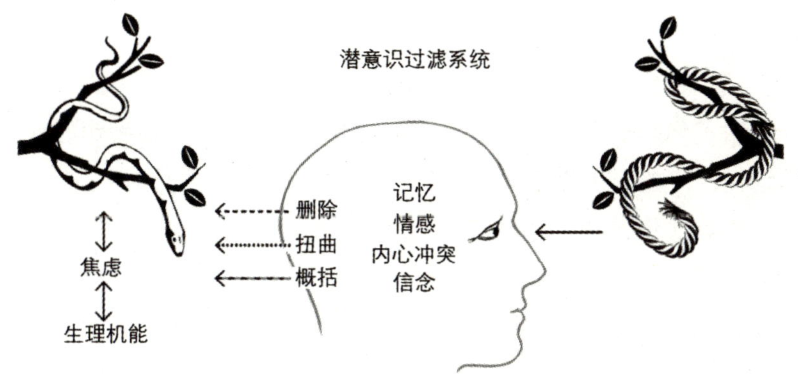

图 2：我们的潜意识是如何产生恐惧和焦虑的

让我们再来看一下那个“是蛇还是绳子”的例子。假如在你步行穿越树林的前一天晚上，因为邻居的吵闹你根本没有睡好觉；或者你刚和配偶大吵了一架，结果一整天的心情都极其糟糕。从潜意识的角度来说，这时的你比平常更加脆弱，因此你需要潜意识的保护。于是，当你发现那东西挂在树枝上的时候，潜意识很快便把这一幕和实际中的场景或你看过的某部恐怖电影进行参照和对比。而在你的潜意识过滤和处理好这些外界信息后，它就会把视觉信号转化成一个内在解释，把一根绳子变成一条蛇。为了保护你，“或战或逃或原地不动”的反应就会启动，准备投入战斗、逃之夭夭或干脆站着不动，假装自己看不见想象中的捕食者。最后，只有通过一种更细致、更有意识的检查，你才会发现那条蛇其实是一根绳子。你安全了。

为什么你的潜意识使你忽视了拼命寻找的钥匙，却放大了你不想看到的芥末的污渍呢？其实在这两种情况下，潜意识的使命都是保护你。通过激活让你焦虑的反应，你会对随之而来的消极影响，比如迟到的尴尬、受到批评或否定等做好准备。你的潜意识把你的思维从现在转移到可能发生不快的未来，于是，当前环境（你的钥匙）的大部分信息会被删除；而使你注意到被芥末弄脏的衬衫也有着同样的意图，那就是保护你的安全。你的潜意识之所以会凸显那个污渍，是为了使你对即将到来的批评和拒绝做好准备。因为从逻辑上讲，你需要专注于自己当前最应该做的事情——找到钥匙或应付面试；好在，在潜意识里，你已经经历过最糟糕的时刻了。

你对这些情况的反应程度，其实取决于潜意识过滤系统的结构。而你如何看待现实中的危险或安全，也是由你的恐惧与焦虑过滤系统掌控的。这些过滤系统的表现越突出，你对诸如找不到钥匙、弄脏衬衫之类潜在危险的反应就越快或越强。你的反应会造成更多的压力，而这反过来又会增加你找不到钥匙和弄洒食物的机会。

还记得在你大脑里的焦虑开关吗？从潜意识层面上说，这个开关是由一些过滤系统构成的，它们不仅可以改变你自身的情绪，还可以通过某种使你更容易感到恐惧与焦虑的方式来改变你的世界。因此，为了克服这些情绪及相应的行为模式，你需要有意识地解除和重置自己潜意识中的过滤系统。

解除这些过滤系统，并不意味着你要永久地关闭甚至拆除掉焦虑开关。就像我之前说的那样，恐惧与焦虑是生活中正常和重要的组成部分。你不应该抛弃产生这些情绪的能力，因为它们为你提供了有价值的信息，并且是你继续成长的强大催化剂。那么，要是你能够把焦虑开关换成一个可以随着熟练程度而任意操纵的开关，又会怎么样呢？

为什么会产生恐惧和焦虑等情绪？

现在你知道，我们对现实的理解，以及一切能感到和能做的事情，很大程度上都取决于我们的潜意识及其过滤系统。通常，潜意识会根据实际情况决定开合还是更换过滤系统。比如，有的时候你感觉心情不错，生活在快乐的海洋当中。在这种状态下，不管遇到什么事情你都会充满信心。也有一些时候，你的心情十分低落，总是看到事物消极的一面。假如前景真的糟糕透顶，那么你的情绪也会随之一落千丈，根本看不到希望。在这样的日子里，你的全部注意力都会放在障碍和缺陷上面。这时，潜意识中的过滤系统开合得越轻易，你的情感和精神就会越轻松。不过你也许也注意到，你在恐惧与焦虑中苦苦挣扎的时间越长，你的灵活性也就越低。这是因为那些焦虑的过滤系统已经表现得更加突出，与你纠缠得更紧密，在你潜意识当中的影响也就更深。

在我们的潜意识当中，有三个特殊的过滤系统，它们可以被看作恐惧与焦虑产生的根源：内心的冲突、情绪的堆积，以及局限的信念。想要冲破恐惧与焦虑的羁绊，强化和解放内心的情感与意识，这三个根源就必须得到解决。

根源一：内心的冲突

对于那些经常和恐惧与焦虑打交道的人来说，内心当中似乎有两伙人马在激烈地战斗着。大多数时候，这些人认为自己就是一个看客，对战局没有任何的影响，更不用说去终结它了。可是你难道没注意到，那个与你作战的不正是你自己吗？也许在某一刻，你感觉相当自信和乐观，敢于接受任何出现在你面前的挑战，可紧接着你又突然发现自己开始焦虑和不安，严重质疑自己能否做好任何事情。那么，这是怎样的一场冲突，又是由谁引起的呢？

在每个人进化的历程当中，我们都会开发出各种各样的身份，它们根植于潜意识中，姑且称之为角色。根据所处的环境和面对的对象，我们会自动地变换身份。在孩子面前，我们为人父母；但当我们去探望自己的父母时，我们又变成子女。同样，我们在工作中的角色也迥异于在朋友和伴侣面前的角色。在潜意识当中，大多数角色可以相生共存，密切协作，相互间没有任何冲突，因而我们可以轻松地完成身份的转化。

但是，当潜意识中的任意两个角色就“怎么做才最好”产生相反的意见时，内心的冲突就产生了。这么说吧，一个惊恐的角色只要确保你安全而没有痛苦就好了，而另一个自信、乐观的角色则希望你过得快乐而充实；一个角色希望你更在意生存的基本问题，但另一个角色执意要你出人头地。或许你曾经听见在自己内心的深处，一个积极、鼓励的声音正在和一个批判、悲观的声音激烈地争吵。那些内心深处的争吵者，他们听起来就像是粗暴的家长或爱训人的老师，逼着你重温童年听到过的那些声音，比如“你还差得远”“你以为你是谁？”“你一定会惹上麻烦的”。

在潜意识中，两个角色的冲突经常会让你表现出拖延和不一致，甚至做出自暴自弃的行为。你装模作样地向前迈了一步，却又唯唯诺诺地退后两步；你想出了有创意的想法，做出过有力的承诺，结果却从未践行。对一些人来说，内心的冲突就像一只脚在拼命地加速，另一只脚同时踩着刹车，费了好大的劲，却几乎一步也没动。而对另一些人来说，这些内在冲突就像鞋子里的小石头，让你举步维艰。不管是哪种情况，最终都会让你感觉矛盾、不安和困顿。那么，你怎样才能解决这些潜意识的冲突呢？

在过去，你可能只是想摆脱这些焦虑、恐惧或自我抨击。但是通过消除自己的某个角色（哪怕这个角色是消极的、危险的、自暴自弃的或焦虑的）只会导致自己的潜意识濒于破碎，与你想要的自我康复背道而驰。你也许已经注意到，自己越努力试图忽视或消除某个角色，它就会变得越发强大和令人厌倦，最终你会发现，你根本无力发出自己的声音。在本书的第六章和第七章，你将学习如何通过重建自己一直扮演的角色来解决内心的焦虑与不安，这也是创建持久完善和内心平静的最强大方法之一。

根源二：情绪的堆积

草原上，一只羚羊和一头饥饿的狮子正在展开生死竞速。狮子准备发动最后的攻击了，而羚羊却在绝望边缘奋力一跃，最终得以逃脱。当危险过去之后，羚羊会开始剧烈地抖动，上下跳跃数次，然后才平静地离开。你也可能见过自家的小狗在看过兽医之后，全身上下抖作一团。而每当我打断自家猫咪寻找食物、把它从厨房的操作台上抱下来时，也会见到同样的情形。起初，我以为这种抖动是对我的行为表示反感；后来我发现了这种行为的真正原因，动物们需要借此摆脱焦虑和先前压力环境下出现的情绪变化。通过把负面的能量从自己身上摆脱掉，它们明白之前发生的事情已经结束和解决了。大自然再一次被证明是极具智慧的。

婴儿和孩童也会表现出这种有益健康的本能。它体现在一种与生俱来的能力上，那就是能够随心所欲地表达情绪。而随着年龄的增长，这种自由释放情绪的能力渐渐失去了作用，更会被成年人禁止。男孩子被告知要坚强起来，不可以再哭泣。就像我的一个朋友说的那样："到了幼儿园，小孩会经常摆出漠然的表情，以便不暴露自己的情绪。他们站在那里，双手插兜，装出一副小硬汉的模样。这场面真是令人心碎。"女孩子也非常努力地避免被当作爱哭的小娃娃，这样就不会被别人取笑或是拒绝了。在学校里，孩子们必须很快学会安静地坐在座位上，控制自己突然站起来大声说话的冲动，否则他们将不得不面对不愉快的后果。在他们还很小的时候就已经逐渐明白，表达甚至过分在意自己的情绪已经是不恰当的了。想要适应和被周围的环境所接受，他们必须学会平复和抑制自己的情绪。

难道你不承认，至少某些情绪带来的压力仍在影响着你吗？作为一个成年人，你难道没有试图隐藏自己的焦虑和忧愁吗？也许是因为你相信，宣泄情绪是弱者的标志，也许根本没有人愿意聆听你的焦虑和恐惧。也许你已经决定不再在意自己的疑虑，这样你就不会继续为它们分心。无数的理由可以逃避恐惧与焦虑，你可以装作感受不到它们，也可以拒绝把它们表达出来，但结果都是一样的：你会积累一大堆悬而未决的情绪能量。

也许你在问自己："为什么关注和释放这些过去的情绪如此重要？难道我不应该把注意力更多地放在现在和未来吗？"我同意，花太多时间在过去上可能会妨碍我们充分地体验现在。但是，请想象一下吧，为了平复这些情绪，你需要花去多少力量呢？这就像去压一个弹簧，你越使劲压它，它反弹回来的力量也就越大。所有这些得不到解决的情感包袱将耗尽你的能量，使你感到沮丧和无能为力，甚至还会带来严重的身体问题。而通过释放堆积下来的焦虑，你不仅可以从情绪的负担中解脱出来，还可以重新调整自己的潜意识，从而更加灵活和机智地选择自己的情绪反应。

那么，我们该怎样摆脱积累下来的恐惧与焦虑呢？在接下来的章节里，你将通过几种不同的方法轻松而有效地撇开这些情感的包袱，在潜意识当中，在每一个细胞当中，都清理出一片干净的空间。

根源三：局限的信念

那些自我限定、毫无根据的核心信念可能是最为重要的，同时也是最被低估的恐惧与焦虑的根源。一般来说，核心信念是我们每个人处世的基本法则。它们决定我们如何看待和感受自己与这个世界，也决定我们做出的选择和采取的行动。核心信念既可以是我们最强大的内心源泉，也可以成为我们最难以逾越的障碍。

我们的生活不断地受到核心信念的影响，尽管我们不一定真的了解这些信念到底是什么。我听过很多客户说，他们不会固执地相信什么。他们只知道，做什么事情都要靠自己，不要相信任何人，或许自己注定孤独一生。在进入青春期之前，许多核心信念就已经出现在潜意识当中了。在那段时间里，我们在潜意识中总想弄明白我们是谁，以及我们的世界是什么样的。潜意识收集了我们的经历和往事，根据它们的模式和共性进行分类，并最终汇集到一起，形成我们对世界的理解，指导着我们的生活。就像我们把看似无关的碎片组合在一起拼出一幅完整的拼图，潜意识也会用有用的信息完成一幅现实的图画，用来解释过去发生的事情，并帮助我们规划现在和预测未来。这些碎片放在一起，就形成了核心信念。

按照上面关于潜意识的介绍，核心信念的存在应该是为了保障我们平安和愉快的生活。而根据以往的经历来看，这些信念也确实着重考虑的是安全和快乐。

通常，我们并不会自发地选择自己的核心信念。相反的，它们很大程度上来自别人的想法和我们对他人行为的分析。

我 11 岁时，也就是在我可以进入体育馆之前（在德国，我们这样说上中学的年纪），我和家人到法国南部度假。当我正高高兴兴地在沙滩上玩耍的时候，我的父母走过来郑重其事地跟我说，我以前的老师觉得我是一个“智力发育迟钝的人”。起初，这件事并没有影响到我，因为我正玩得高兴，而且也不明白什么叫作迟钝（可能这也是我迟钝的表现吧）。但是到了后来，随着同父母进一步讨论，我才明白原来我的老师对我能否上中学表示了严重的怀疑。至今，我仍然感激父母并没有接受这位老师对我智商的局限性看法。不管怎样，我还是上了中学。然而，当我真的在数学考试中拿了一个“D”回家时，我也感到了他们的担忧，以及巨大的压力。

在接下来很长的一段时间内，他们的责骂、威胁和告诫让我明白，假如再拿不到好一点的成绩，我这辈子就注定完蛋了。这是非常痛苦和恐怖的。现在回想起来，在意识到我的“悲惨”未来之前，我是一个随遇而安、爱做白日梦、得过且过的孩子。没有什么可以使我感到危险和后果严重（尤其是在学校），而周围的世界则充满了冒险和乐趣。但这样的核心信念很快就被“你需要比别人更努力，因为你没有人家聪明”的论调取代了。当然，我的父母是善意的，他们只想确保我不会成为生活中的失败者。然而，当我觉察到他们的担忧和质疑时，我就变得非常紧张和焦虑。在考试之前我根本无法入睡，而且就算取得了优异的成绩，我依然怀疑自己的智商。

后来，我的墙上挂起了两个博士学位证书以及许多其他的证明，我终于意识到，自己完全可能超越和战胜这种充满局限性的信念。从那时起，我学会了如何与自己的潜意识交流，并且抛弃了那些对我来说没有任何意义的执念。

“我是一个焦虑的人”和“我还不够优秀”是两个最常见的与恐惧与焦虑有关的局限性信念。像其他局限性的想法一样，它们迫使你用狭隘的角度来看待自己和世界。焦虑与恐惧将成为你身份的基础和感知世界的方式。想要抛开所有局限性的信念，你需要与过去的一切说再见。相信你自己不如别人或根本无可救药的想法似乎是安全的，也许对你来说也并不陌生。但事实是，只要你还坚持由这些信念来决定你是谁，那么你的内心就会极其脆弱，你的世界也将永远狭小而封闭。

即将开始的旅程

本书描述的方法将为你揭示什么是内心的冲突、情绪的堆积以及局限的信念，正是这种信念把你和那些情绪联系在一起，阻止你发现自己的本性以及得到潜在的力量。

仅仅是放弃旧有而熟悉的方式的念头，就有可能引起强烈的抵抗。向未知领域前进的路途可能会比困在原处更加艰险。你也许会想：“如果我不再恐惧，我会变成什么样子？假如没有人喜欢那样的我该怎么办？”你完全不用担心。我还从来没有见过有人在突破了恐惧与焦虑之后还渴望变回原来的样子。改变就像吹气球，当你开始把扁扁的气球吹起来的时候阻力最大，而当它逐渐被吹圆的时候，你就会感到轻松多了。跟吹气球一样，迈出摆脱焦虑与恐惧情绪的第一步需要最大的能量和决心。这就是为什么拥有渴望改变的理由和超越一切的目标如此重要。下一章我将帮助你找出改变的理由，并且树立自己的目标。

第三部分

想要得到真正的自由，必须做出选择，掌控好情绪

潜意识像一颗有不同切面的钻石，每个切面分别代表思想的一部分。由于这些切面的存在，我们可以轻松扮演众多角色，其中就有由恐惧与焦虑所定义的角色。你要做的，就是重新和这个角色建立联系。

第五章
如何发现自己的目标，怎样完成它？

我曾经帮助过无数人去克服外界和内心的双重障碍，这使我发现，成功与一个人的决心、承诺以及集中注意力去克服障碍的能力具有直接的关系。美国建筑师弗兰克·劳埃德·赖特曾经说：“就我所知，成功的代价是：奉献、努力工作，以及全心全意地投入到那些你期待发生的事情中。”这句话可以用一个词来概括：动机——这才是改变需要的动力。只有当你有足够的动机，你才会获得动力、灵活性和忍耐力来克服挡在你面前的任何障碍。但你怎样才能找出自己的动机？你又该如何保持它呢？所有这一切都始于做出明确的选择：你想要的是什么，不想要的又是什么。

动机：左右改变的力量

要想产生动机，你首先必须找出改变会给你带来好处的原因。这些原因越有利，你获得的动机就会越多。由于动机是一种情感能量，主要靠潜意识产生，因此这些原因并不一定要非常明智，甚至都不必是理性的。

动机可以分为两种：趋避型动机（我们称之为推动力）和导向型动机（我们称之为吸引力）。你充满动机地朝着一个目标进发的时候，会感觉到达成目标所带来的正面能量的激励。那么，究竟是什么原因促使你改变呢？又是什么使你如此兴奋地期待这个结果呢？

导向型动机使你感受到来自目标的吸引力。想象一下，你和你的未来被绑在一根橡皮筋上的两端。导向型动机会时刻关注着你，校正你前进的方向。对某些人来说，这种动机的缺点和局限在于，它似乎并不足以帮助人们走出困境。他们要么完全不敢想象自己的未来会变得积极主动与令人兴奋，要么认为现实与理想之间的差距实在太大，根本无法对接。

这时就是另一种力量，也就是趋避型动机发挥作用的时候了。趋避型动机更关心的是你为什么要去改变。有一种内心的力量会推动着你向目标前进，而不是往回拉你。它产生的根源就在于你希望避免受到任何的伤痛，无论是身体上的还是情感上的。焦虑本身就可以看作一种趋避型动机。你大概已经注意到了，一定程度的压力和焦虑可以帮助你走向成功，至少可以使你生存下来。迫在眉睫的最后期限、同事带给你的压力、苛刻的老板、心情不太好的伴侣或财政上的危机都会成为促使我们采取行动的强大动机。

不过，即便是这样的动机也有非常严重的缺点。我相信你已经注意到了，趋避型动机会非常迅速地被消耗掉，它的时效相当短暂，它的能量储备更像是为短程冲刺而不是长跑准备的。你成功地避开了前进道路上的灾祸，却突然发现自己继续前行的能量也所剩无几了。

拖延就是这种自己打败自己模式的一个典型例子。你推迟手头的任务，或者干脆对它视而不见，直到焦虑和压力使你变得难以忍受，你才会爆发疯狂的行动。而只要战斗一结束，你希望待在巅峰的积极意愿会立刻被疲惫取代，你又重新沉浸在舒适的回避和否认之中，直到下一次的爆发。作为一名曾在心脏病科工作的医生，我注意到一种类似的现象。在首次心脏病发作之后，许多病人还会回到充满压力、垃圾食品甚至吸烟的生活当中，直到急性胸痛迫使他们再一次出现在我面前。正如我的一个同事说过的那样："讳疾忌医才是心脏病复发的最大风险因素。"

其实，我们都曾有这样的行为。一般来说，只要痛苦和不适感消失，我们刚刚有所好转，就会立刻停止对自己的关爱，重新找回以前的老毛病。尽管停滞不前，并且抛弃那些帮助我们了解自己的积极的决心、努力和习惯，并不会给我们带来太大的麻烦，但是，只要你的进步和改变依然建立在避免痛苦的基础之上，这种不受控制的倒退就还有可能发生。

为了帮助你克服困顿不堪的惰性，继续朝着你的目标前进，去实现自己的梦想，你最好还是把导向型动机和趋避型动机结合起来。想想看，一种力量可以推动你远离痛苦和折磨，另一种则吸引你走向令人激动和渴望的目的地，双管齐下，你会更加迅速而容易地达成自己的目标。

可以帮你确立目标的一些基本问题

下面的练习将帮助你有意识地构建、引导及应用导向型动机和趋避型动机，以产生你需要的克服恐惧和焦虑的能量，进而强化自我。通过回答以下问题，你将在心中定义一个目标，这个目标对于你的主体意识和潜意识具有同等的激励和刺激作用，并且毫无疑问会带你走向成功。

这些可以确立目标的问题有下面几个。

- 你现在的处境怎么样?
- 你想要得到什么?
- 你怎样才能知道自己已经完成了目标?
- 你为什么想要完成自己的目标?
- 你为谁而改变?
- 假如你实现了预期的结果，你会失去什么? 你又会得到什么?
- 为了达成自己的目标，你需要依靠哪些能力和帮助?

让我们好好看一下这些问题，想想该怎样更详细地描述它们吧。下面，深呼吸，放开你的思维和心灵，我们开始吧。

第一个问题：你现在的处境怎么样？

这个问题是关于如何建立一个强大的趋避型动机的，但这并不意味着你只需要关注自己对哪些外部环境很不满意。就像你早就注意到的那样，焦虑喜欢把你的注意力引到那些潜在的危险或暂时与你无关、不受你控制的问题上。可是，因为你不能改变超出自己控制范围的事情，所以你会产生一种更强烈的无力感，你甚至会觉得受到了伤害。

不过，假如你确实想利用趋避型动机的力量去克服恐惧与焦虑，那你就需要把自己的注意力转移一下，不要再去想昨日的失败或明天的忧虑什么的了，多琢磨琢磨那些影响你和你的生活的负面情绪吧。好了，就让我们来列一份清单，先确定一下你改变和自我强化之旅的起点吧。

创建强大的趋避型动机

列个表，写出所有不再能够帮助你与恐惧和焦虑斗争的东西。多关注一下自己的内心感觉，舍弃一些外在的东西。比方说，你要这样想："我感到筋疲力尽、空虚、焦虑，我的自尊荡然无存……"，而不是"我的生活糟透了，我的老板真可怕，我要失业了，可是我还没有攒下足够的钱……"

回答下列问题。不用考虑或者分析，只要写出你脑海里跳出的第一个答案就行了。再强调一遍，你现在想要获得动力，想要构建一个趋避型动机，那就不要总为过去的阻碍和负担感到沮丧和无奈。

· 对于某些人和事，什么样的情绪和行为反应会让你犯难?

比如说：

当我的孩子和他的朋友出去时，我会担心。

我的大脑一直在自我怀疑和自我批评中疲于奔命。

在参加董事会议前，我会感到全身疼痛和紧张。

· 由于焦虑，你不曾或不会允许自己做什么事?

比如说：

当我被同事不公正对待时，我不敢说出来。

我不会告诉配偶自己的真实感觉，因为我怕他（或她）会指责我。

我不再打电话给朋友，因为我相信他们跟我待在一起会感到非常无聊。

· **在恐惧与焦虑上你已经付出了多大的代价（不一定非得是金钱）？**

比如说：

我的生活范围只是办公室和卧室，在我那扭曲的世界里，我感到处处受限。

我在工作中不思进取，所以在家人眼里，我已经成了一个失败者。

我长胖了，因为只有吃东西才能让我感觉良好。

· **你生活中的哪些方面已经受到了恐惧与焦虑的负面影响？假如你不进行改变，五年后你的生活看起来会是什么样的？**

比如说：

我将失去我的工作、我的婚姻，以及大多数对我很重要的东西。

我的健康会受到更多的压力和忧虑的影响。

我根本不指望自己会有一种不一样的活法。

回答这些问题之后，你的感觉如何？你是否注意到自己内心当中产生了一种冲动，告诉你就是现在，你要远离那些让你困顿不堪的恐惧与焦虑。

了解自己的进展

除了通过外在的动机获得突破的动力，“你现在的处境怎么样？”这个问题的重要性还表现在另一个方面：当你向着自己的目标前进，并最终完成它之后，了解自己的起点也会变得越来越重要。在前进的过程中，我们常常会忘掉自己真正的出发点，弄不清楚自己实际上已经取得了多大的进步。人的大脑总是习惯于索取更多，这本来是一种不错的特质。但不好的方面是，它也会导致不满和急躁不断加剧。我很惊讶地发现，只要人们的感觉好转，某种健忘症就会开始侵蚀他们的记忆。他们不思进取，陶醉于自己取得的伟大改变，却完全忘记了几个月之前的处境是多么悲惨。

凯茜是我的一名病人。有一天她打电话给我，告诉我她发现自己没有取得任何真正的好转，她仍然处于刚来找我时的状况。其实在几个月之前，也就是我们刚刚开始第一阶段治疗的时候，因为疼痛和无法缓解的疲劳感，她甚至无法持续行走。她被焦虑和自卑搞得一塌糊涂，逐渐把自己同家人和朋友孤立起来。

在第一阶段的治疗中，凯茜告诉我，她早就对再次走到户外不抱任何希望了。可是现在，就在她打电话向我抱怨自己什么改变也没有发生的时候，她刚刚从圣胡安群岛度假归来。在那里她和朋友划艇和露营，度过了一个非常棒的周末。或许是因为这次旅行没有她期望中的那么浪漫吧，于是才有了上面那通抱怨的电话。凯茜的问题在于，只把目光放在了现实生活中尚未得到的东西上，却忽略了欣赏自己已经取得的进步。而当我给她读完第一次就诊时她对“你现在的处境怎么样？”的回答后，她沉默了。过了一会儿，她说：“谢谢你，医生。其实我真的受益良多。现在我意识到自己确实已经好了很多，我还是有很大潜力的。假如我能够克服身体上的问题以及焦虑，我同样可以解决其他难题。”

在你与恐惧和焦虑打过交道并且成功地克服它们之后，回顾你的旅程，欣赏一下自己取得的进步和成就。这会增强你的信心和自尊，还可以激励和鼓舞你继续开拓和扩展自己的生活圈子。

第二个问题：你想要得到什么？

对于任何形式的改变，这可能都是最重要的问题，而对许多人来说，它同样也是最难回答的一个问题。就像我描述过的那样，在我们的潜意识当中，产生的关注和动机主要有两个方面。

- 注意潜在的危险和避免痛苦。
- 寻找机会去体验快乐与满足。

木板以外的地方

你试过徒手打破一块两三厘米厚的木板吗？即使没有，你也可以想象一下，当自己的手掌接触木板时那硬邦邦的触感。问题是，一旦你只是把注意力放在木板上，你就不可能打破它，因为在你的手到达木板之前，你内心深处的某种东西会在几毫秒之内把你拉回来，就像在说："你确定自己能做到吗？你真的想这样做吗？你确定这不会伤害到自己吗？"当你的手猛击在坚硬的木板上时，痛苦的感觉袭来，而你却没有对木板造成丝毫的损坏。于是，上面那些担忧似乎变成了现实。那么下次当你试图打破同样的、或许更厚的木板时，这个质疑的声音也就会叫得更加响亮和自信。而当你的决心和力量被逐渐削弱之后，变成碎片的似乎只有你能够打破木板的信念了。

想要成功取得突破，你需要把注意力放在木板之外的地方，想象着自己的手会像穿过黄油一样击穿木板。我们最重要的目标是木板后面十厘米之外的地方。

你关注的东西会越来越多

在最近的一项实验研究当中，参与者将接受热转换仪的刺激。这部仪器是由一台计算机操控的，用来检测参与者的痛感等级。研究人员告诉参与者，根据刺激时间长短的不同，他们感到的疼痛等级也会不同。最短的时长（7 秒钟）代表了最低等级的痛感（只会产生轻微的不适），而最长的时长（30 秒钟）则代表了最严重的痛感，那是由灼烧感所引发的疼痛。研究人员会利用功能性磁共振成像来测量参与者大脑活动的变化。

经过一两天的训练后，研究人员在没有告知参与者的情况下，开始打乱输出的频率。而参与者依然根据之前被告知的或自己感受到的时长来判断温度的高低。也就是说，现在他们预期的温度并不存在，相反，他们受到的是更高或更低的温度刺激。功能性磁共振成像的结果显示，不管实际的温度到底是多少，当人们预期自己要忍受高温灼烧时，他们感觉到的痛感明显要高于预期只有轻微不适时的等级。你自己可能也经历过这种现象。比方说，你的牙医告诉你接下来的手术会很疼时，你就会把注意力放在即将到来的痛感上，并在心里做好忍痛的准备。

同样，我们越是觉得自己会焦虑，它出现得也就越频繁。我们关注什么，什么就会被放大。当我们相信自己是无能和不安的，或者世界是一个可怕而不友好的地方时，我们就会下意识地开始寻找证据来证实这些局限性的观点。我们中的大多数在自己身上浪费了太多的时间和精力，却没有问过自己到底想要什么，以及如何才能得到它。也就是说，我们没有为大脑提供新的目标，也没有充分调动和利用好导向型动机所带来的向心力。

想象一下，在生活中，当你真正想得到某种东西的时候——不管它是一辆新车、一幢房子，还是某个吸引你的人——你会做些什么呢？当你做出决定之后，你可能会发现，街上跑的都是你喜欢的那款汽车，有无数间房子上面挂着“待售”的牌子，或者在茫茫人海中终于遇见你苦苦寻觅的那个人，哪怕只是有些神似，也会令你怦然心动。这就是明确你的目标所带来的巨大好处之一：你清楚自己在寻找什么的时候，潜意识就会不知疲倦地为你寻找机会得到它。

“我到底想要什么？”我知道对很多人来说，这个问题似乎过于宽泛，以至于根本无从回答，特别是当你一直关注的其实是自己不想要的东西的时候。我能听到你在问：“要是我不知道，或者如果我在追寻错误的东西怎么办？”老话说，天下没有错误的答案。可是，总有一些答案比其他答案更符合你的主观意识和潜意识。那么，就让我们一步步解决这个问题，完全地开动和刺激你的大脑和心脏吧。

四个步骤，创建强大的引导型动机

· 步骤 1：反向选择。

还记得你刚刚写下的那张清单吗？上面列着的恐惧与焦虑林林总总，所有这些都是你渴望改变的。再找一张纸来，写下与每一条都相反的东西。也就是说，采用一种积极的方式来陈述那些观点。比如说你之前制订的目标可能是“我不想再让自己感到恐惧了”“我要从焦虑与怀疑当中解脱出来”，但这样说的话，你仍然把大部分的精力和注意力放在了恐惧与焦虑上。所以你可以换一种更积极的方式来写，比方说，“我要平静下来”“我要选择冷静、自主和自信”。

· 步骤 2：想象一下自己的未来。它会是什么样的？那时的你会做些什么？

现在请先把刚才写的清单放在一边，关注一下你对自己生活中其他方面的感想。这次我们选择一些不太抽象的词语来表达它。“我要快乐”似乎是一个理想的目标，但是从潜意识的角度来看，它又过于含糊或平常了，因此不太适合成为一个强大的动机。想要克服恐惧与焦虑，就意味着你的目标必须尽可能详细和具体。审视一下你的日常生活，重新为自己的未来树立一个目标吧。比如说：我一觉醒来，感觉到精神焕发。我觉得自己积极而充满活力，期待着新的一天会给我带来什么。我认为自己是一个充满潜力的人，能够游刃有余地应对任何挑战。人们都喜欢与我共事。我绝不会瞻前顾后，我要享受生活中的每一刻……

· 步骤 3：试着描述一下，当你摆脱了恐惧与焦虑，变得强大起来之后，你和你的生活会变成什么样子？

你会感到平静和轻松吗？会乐观而且充满希望吗？还是会变得自信和自尊？你会为生活中的巨大机遇而感到兴奋吗？你会珍惜自己已经拥有的幸福吗？你能够平静地面对自己的过去吗？

· 步骤 4：利用你的感官。

当你变得强大之后，你会看到、听到、闻到和品尝到些什么呢？通过想象某些事情，你可以在自己的目标当中添加一些感官特质，而对你的潜意识来说，这样也会使它更加满意和真实。例如，你打算让生活变得更加自信和轻松。那么请想象一下，当你穿好衣服时，你的身体感觉到的轻松和舒适；当你走进厨房时，现磨咖啡或茶那令你形神皆醉的香味；以及你听到自己用自信的声音与老板说话，或者当你看到爱人眼中的微笑时，感到的那份温馨与喜悦。你在想象中看到的那个全新而强大的自己越真实，你越会为达成这个愿望感到兴奋，你的潜意识就越会支持你去完成它。

释放你的内心资源

你可能会想："假如我不知道自己想要感觉或看到什么，怎么办？要是我从来没有过这些积极的感觉，我该怎样一步一步确立自己的目标？"别担心，你可以通过更多的东西来弄清楚这些事。

让我们来假设一下，你的目标是平和、自信或乐观；但是，你发现自己很难想象出这些美妙的感觉，因为你自己从未经历过它们，你有的只是焦虑、不安和紧张。但真是如此吗？在你的一生中，真的从来没有出现过正面的情绪，哪怕稍纵即逝的一瞬也没有吗？

在潜意识中，我们储存了关于过去的海量记忆，就像一个巨大的仓库。现在，我们需要做的就是把那些积极的记忆提取出来。你或许会回忆起，当自己身处大自然或某座教堂和庙宇中，你所感受到的那份沉静。你可能还记得，在某个宁静的星期日早晨，当你沉醉于半睡半醒之间时那甜美的滋味。你可能也会想起下面这些感觉：毕业典礼当天的骄傲，第一次升职后的自信，第一眼看到自己的孩子时那份全身心的喜悦之情。你还会回想起自己最喜欢的宠物，想起它们看你的目光中那毫无保留的爱和崇拜。对于潜意识来说，环境并不像情绪中的能量和特质那样重要。你只要回忆、重温和投入到那些积极的情感经历，哪怕是最简短的，都足以使你的意识明白哪些情绪是你打算再次体会到的。

当你重温那些积极诱人的情绪时，你可以故意使自己沉浸在过去的时光中。你还可以通过以下步骤，让头脑和身体再次完全地体验一次那些事情和环境。

- 追忆往事，重拾生活中那些强烈、积极或平静的瞬间。列出那些特别的时刻，集中注意力回忆你当时的感觉。

- 尽力去描述那些感觉，然后注意一下，在哪里你还可以感觉到它们。一旦你在自己的身体里找到了这种积极的感觉，潜意识就会立刻把它当作一种资源，一种现在你就可以立即使用的资源。
- 在其他不同的回忆中重复这个过程，这样你可以把这些资源积攒起来，直到你可以轻易地调出你想要的情绪。

顺便说一下，为了打消你的疑虑，我还是告诉你实话吧，回忆那些积极的事情以及当时的情绪，其实与它们是否真的发生过没有关系。你需要做的就是告诉自己的潜意识你想要什么，这样你就可以精确地引导它找出你的目标和爱好。就像我之前说的，我相信潜意识在许多方面都优于我们的主体意识，但它仍然需要我们有意识地予以指示，才能采取最有利的方式帮助和支持我们。

缩小差距

不管你付出多少努力，假如你已经被焦虑和不安折磨了很长一段时间，那么你很难再次想象出自信和快乐的感觉。差距看起来是如此之大，以至于你根本无法想象该怎样才能跨越它，更不用说站到另一边了。假如你的情况正是如此，那么对你来说，最重要的就是找到可以跨越现实与理想之间鸿沟的桥梁了。

比如说，你至少可以在一天当中的某些时间里，集中注意力去感觉一点希望，让自己的心态更加平静和放松。然后再着重对自己内心的改变给予一些鼓励。假如你已经晋升到更高的情感层次，那么你还可以对自己目前取得的成就着重表达一下欣赏，这些都可以使你更加自信和自强。

不必匆忙，更不需要强迫自己。多花些时间，确保前进道路上每块情绪的垫脚石都铺得稳稳当当。耐心是你改变旅途中的强大盟友。当你专注于自己的目标时，记住在任何时候，你都可以回去对它进行调整。更好地了解自己，你将从自己的理想和愿望中获益良多。

第三个问题：你怎样才能知道自己已经完成了目标？

虽然乍一看可能有些重复和多余，其实这个问题与上一个并不相同。前者提供的是总体的方向。假如你不知道自己想去哪儿，也就很难知道自己是不是已经到了。“你怎样才能知道自己已经完成了目标？”这个问题会使你专注于某个特定的信标，它可以清楚地告诉你：你的目标已达成，你的意愿已实现。

你去过巴黎吗？

打个比方吧，比如说你想到巴黎去。一看到埃菲尔铁塔，你就知道自己已经到了“灯火阑珊之城”[①]。正是这个地标性的建筑使你确信自己在巴黎。可是，知道自己到了巴黎，就能满足你旅行的梦想吗？难道接下来你就会掉头回到机场，然后告诉自己“我来过，我看过”吗？大概不会吧，因为对你来说，仅仅是到了巴黎还不够。还有更多的地方等待你去发现：卢浮宫、巴黎圣母院、圣心大教堂，当然，还有美味的法国大餐等着你去享用。

信标就像是地标，是区分你现在所处的位置和你想要去的地方的特定因素。它们必须是特殊的和吸引人的，同时还应该是理性和可衡量的。信标为你向目的地进发提供一份额外的助力。

“你想要什么”这样的目标会使你感到自信和轻松，并且帮你用自我强化的方式去生活。但是你通过什么才能确定自己已经完成了目标呢？也许是你能够安之若素地同老板一起进行绩效考核；也许

①巴黎的别名，也称“灯光之城”。——译者注

是你可以和陌生人一起在派对上玩个痛快；假如拖延也算一种焦虑的话，或许你已按时支付了自己的账单，并且至少连续三个月没有不良记录。

信标更加详细地定义了成功的参数。我们都在成功中、在实现我们既定目标的过程中不断地成长。成功使我们更加相信自己的潜力和能力。它为我们提供了继续前行的动力，帮助我们着眼于更高的目标。但是，通常由什么人或什么事情来定义你的成功呢？你是否真正的自立了，能够决定自己到底成功与否了呢？还是你更倾向于由别人来确定，因为你对自己的判断没有足够的自信？实际上，没有比踏上成长与自强之旅更关乎个人的事情了，它的意义就在于，只有你才可以定义自己的成功。

当你走上成功之旅的时候，有可能虽然你一直在努力，但有时候你还是会感到疑惑和无助，不清楚自己的方向是否依然正确，是否已经取得了什么进展。在生活当中，有些人也不会如你所愿，不会欣赏和赞扬你的改变、你全新的自信和内心的平静，这可能会进一步增加你的迷茫。而另外一些人则会热情地告诉你，他们会给你最合适的知识，希望你接受并按照他们“伟大”的想法走下去。对自己内心改变之旅最终何去何从，你必须有一个清晰的概念，这将帮助你保持专注，坚定你的方向和动机，直到你到达自己的目的地。

三个步骤来确定你的信标

- **步骤 1：想象一下，假如你已经完成了自己的目标，但身边的一切似乎没有任何重大的改变，那么你该以怎样不同的方式与之沟通呢？**

  那些生活中、工作中，甚至你家附近的人都没有变化。一旦你达到目标，在这些不变的人和环境当中，你将如何改变自己的行为？或许你会说“我和老婆说话的方式将更加公开和直接”“我将不再容忍同事的坏脾气”“我的卧室终于不再乱糟糟的了”。

· 步骤2：挑选几个具有挑战性的处境，那种经常可以引发你的恐惧与焦虑的场景。想象自己通过一个不同寻常、更加机智的方式来感受和应对这些挑战。

对这些挑战的反应会使你坚信自己已经改变，并且达到了自己的目标吗？在体会过多少次积极的改变之后，你才会相信它们是永恒的呢？这时，你需要找出现实与幻想之间的平衡点。换句话说，要创作一幅真实可信、同时也会令人兴奋的图画。例如，“当我的老板让我周末加班时，我会以健康为由对他说不”“假如我的邻居半夜两点还开着音响，我会让他们赶紧关小一点”“我可以平静地看着孩子们出发去野营，在心里跟自己说没有什么大不了，我正好可以和自己那口子共度一个愉快的二人世界”。

· 步骤3：建立可以激励自己的阶段性信标。

条条大路通罗马。可也许建立一些阶段性的目标会让你的旅程更加轻松，也会使你的注意力更加集中、更不容易迷路。或许你可以先把步子迈得小一点，沿途多做一些短暂的休息，从起点逐步向你的目标迈进。那么，什么样的小型目标才能向你证明自己还在前进，并且已经取得了一定的进展呢？比方说，“我要穿着睡裤去杂货店，而且还自我感觉良好”“我会开诚布公地告诉我的朋友们，我正致力于克服自己的恐惧和不安”“当我做了错事时，我会公开承认”。

不管你喜欢专注于一个阶段性的跳板，还是觉得自己已经准备好迈出更大的步伐，反正这段旅程的速度完全取决于你。信标可以帮助你前进，让你的成功更加真实和可信。那么，重新激发出自己的动机吧，走得比你想象的更远。

第四个问题：你为什么想要完成自己的目标？

安东尼·罗宾斯，一位人生规划师、作家、善于鼓舞人心的演讲者，曾经说："促使你做某件事情的原因越强大，你获得成功的可能性也就越大。"通常，任何改变和成长都会带来某些内在的阻力。也许你担心发生改变之后，人们不会再像从前一样喜欢你了；也许你会质疑改变后自己是否可以过上更好的生活；也许你更愿意沉湎于旧习惯当中，因为和改变相比，它会使你感觉更舒适。也许你只会不耐烦地告诉自己"这也太难了吧"，但是这样的想法会让你失去信念，并且破坏你的动力。虽然这只是一些常见的困惑，但假如你没有足够强大的理由来支撑自己的目标，这些困惑就会使你轻易地放弃，退回以前的老毛病中去。这些疑问就是你的试金石，可以检验你是否准备好打破桎梏，真正地进步和改变。既然这样，那你到底有没有足够的动力推动自己前进呢?

我们的大多数行为是由这些强大的疑问推动的，它们帮助我们前进，甚至在我们想去睡觉或度假的时候，它们依然不会放过我们。尽管隐藏在我们大脑的深处，但这些疑问依然以一种稳定而基本的态势同我们的核心价值与功能紧密相连。

有多少为人父母的人已经记不得什么叫放松，记不得自己被别人照顾时的情形了呢？因为他们整天不是在换尿布、做饭、打扫卫生、开车送孩子去练习足球、忙东忙西，就是在考虑还有什么活儿需要他们去做。有多少小企业主放弃了所有的休息时间，只为维持自己的生意？还有那些马拉松选手，不也是忍受着无休止的疼痛与伤病的折磨，却心无旁骛地奔跑在漫漫长路上吗？但是，他们中又有多少人会放弃自己的孩子、自己的生意或自己的运动生涯呢？

一个也没有，对吧？至少这种情况并不多见。但在他们完成自己的任务和目标时，有时也不得不挖掘一下自身的潜力，以期找到额外的能量和资源来努力克服困难，使自己能够继续前行。诚然，这些强大的推动和努力是成功所必备的，可是当他们挖掘到最深的时候，也许会听到一个微弱的声音在问："我为什么要这样做？"他们的回答可能是"因为我希望我的孩子健康快乐""因为我想事业有成""因为我就是喜欢跑步，喜欢冲向终点的感觉"。我相信你自己也有过类似的经历。这种人性的力量和精神的韧性是惊人的。而这也正是我们发掘这些力量来帮助我们做事的根本原因。

12 年前，我就意识到，正是这些疑问帮助我超越了感知上的局限性，并最终改变了我的生活。当时，我正在新墨西哥州的沙漠高地参加一次昆达里尼瑜伽[①]活动。那天是我的生日，我们一共 1600 名男女瑜伽修行者一起进行一整天漫长的冥想与运动。活动开始不久我们就发现，空气的对流并没有像我们的动作一样顺畅。到了早上九点半，温度已经上升到了三十七八摄氏度。

不过，我依然觉得自己已经做好准备了，我要开始进行第一种极难而畅快的冥想姿势了。记住，这可不是那种"坐在椅垫上，让你的思绪飘走"的冥想。这种运动的原理在于，通过身体的修炼，我们可以克服心理障碍，并且找出自己情感负担的所在。考虑到当时的温度，以及每个姿势都要保持 31 或者 62 分钟，我不得不承认这是一种相当勇敢的做法。但它对我确实有效。只要沉浸在冥想当中，我就会立刻忘记痛苦，我基本上每年都会来参加一次。

---

①又称蛇王瑜伽，是难度较高的一种瑜伽活动。——译者注

组织者并不知道那天是我的生日，所以也没有给我任何的照顾，当然我肯定，即便他知道也不会这样做的。他让我们做的第一种姿势是把手臂抬高呈60度角，同时高吟特定的咒语，眼睛紧盯着坐在自己对面的人，这样保持“区区”62分钟。话音刚落，惊讶的低语和紧张的笑声就立刻充满了整个场地。每个人都在心中绝望地祈祷，希望他是在开玩笑。可惜他从不开玩笑，甚至从不表露出哪怕最隐晦的微笑，所以我们只好向不可避免的厄运投降。

在最开始的十分钟，我依然保持乐观。或许这也不会有多么难吧。但是不久之后，我就开始挣扎。我的手臂越来越沉重，脖子和肩膀也酸痛难当。一波又一波的刺痛从我的臀部和背部下方传来，而我的小腿和脚则已经麻木了。

这时，一个熟悉而诱人的声音在心底轻轻响起，它带着恳求的腔调说道：“这也太难了！你为什么不干脆坐在一边？你现在就可以结束这种痛苦。假装去一趟洗手间吧。反正你早晚也要去的，不是吗？今天是你的生日。何苦忍受这样的痛苦呢？”可惜，这诱惑并没有使冥想变得更加容易。时间过得太慢了，还剩下50多分钟呢，我必须尽快找出一些强大的理由来支撑我继续冥想。首先，我提醒自己，现在站起来就意味着在1599个人面前放弃，这会令我感到非常丢脸。我可不想用被瑜伽冥想打败来庆祝自己的生日（尽管这是一个非常折磨人的生日）。我的目标是加强内心的专注力，以及通过决心来克服不适的能力。于是我努力地回忆着每当我完成一次这样的冥想时那种令人惊奇的清净、强大和振奋的感觉。

很快，我就为自己找到了最大的动力。那就是坐在我正前方的一个绝世美女，这个特殊日子里我的瑜伽同伴。据我观察，她从来没有移动过，像一块岩石一样完全静止。她用蜜色的眼睛盯着我的眼睛，天使般的脸庞上挂着微笑。她能看出我在挣扎吗？她是被我的窘态逗笑了，还是想用自己的笑容来支持我呢？突然，我感到一股巨大的能量和决心从内心的深处升腾起来：如果她能做到，我也能！

我当然是在为自己而坚持，不过我也确实不想在美女的关注下丢脸。这已经不是什么实现目标的问题了，现在，我冒的风险越高，得到的动力也就越强。我决定倾尽所能，希望给我对面的伙伴留下好的印象，哪怕只有一点点。

成功了。我很惊讶，自己居然可以轻松地完成这个冥想的姿势，后面七个类似的动作也熬过来了。而且，凭着这份努力和自信，四年后，我把这个美丽的伙伴变成了我的妻子。

在突破的过程中，你都会有哪些疑问？

虽然对你来说，改变和克服恐惧与焦虑的原因是显而易见的，但是请抓住这个机会，进一步强化这个有力的资源吧，因为它可以帮你超越沿途可能遇到的情绪障碍。

· 现在，列出可以激励你克服恐惧与焦虑的所有理由。

想一想，成功会为你的生活带来哪些积极的影响，你正在发生的改变又会给你关心的人带来怎样的好处。再花些时间，考虑一下停滞不前会对你的生活造成怎样的负面影响。最好重温一下之前那些问题的答案，你会注意到在这个过程中自己会不会产生更强烈的动机和决心。

· 事先考虑好未来可能会出现什么样的阻力。

你需要明确自己需要面对怎样的疑问，并以此作为跨越障碍的能量。那些促使你拼尽全力去达成目标的最可信理由是什么？比如说，你可能会预见到，有一天你终究会懂得只关心自己是非常自私的。这时，你会对自己说：“我不该那么自私。为什么我不能把工作、家人和朋友放在第一位呢？”而作为回答，你或许就会在照顾好自己的基础上，时刻准备去更多地关心和帮助别人。

或许你也会说出自暴自弃的话，比如："我一直是这样，但是想改变实在是太难了。"那么请想想，为了继续前进，你该怎样用掷地有声的话语回应自己的疑虑呢？比如："既然我可以创造这些习惯，那么我也可以改掉它们。通过不断的努力，我能够建立全新的、强有力的习惯，我将很快掌控自己的思想、情感和行为，重新把握自己的生活。"

我知道这话我以前说过，但既然它如此重要，那我就再强调一遍：让潜意识参与进来，确保这些"为什么"不仅合乎自然的逻辑和理性，同时还要激发出更强烈的情绪。只要是对我们有用的争论，就是最好的争论。

第五个问题：你为谁而改变？

在你设定目标的时候，心里想的全都是自己吗？或许你也希望有同样的，甚至更多的动力去让别人快乐吧？就算是为了自己的目标而奋斗，你可能也在想，我是个高尚的人，我要先想到别人的感受。其实，你希望确保生命中那些重要的人可以受益于你的改变，不仅因为你在乎他们，也是因为你希望得到他们的赞扬。

但是，假如你在克服困难的同时还能兼顾其他人，那只能说明你分心了。这甚至会导致混乱和内心的冲突，你无法分清哪些事情是自己想做的、哪些是别人想要你做的。实话实说吧，树立一个以取悦别人为主的目标并不会真正地使你感到自信，更不会给你带来任何积极影响。

一个受不了妻子唠叨而戒烟的人，每当犯烟瘾的时候，心里一定会对配偶充满怨恨，而最后，他还是会重新拿起烟来。假如你想摆脱恐惧与焦虑、使自己强大起来，你的动机是希望自己的家人快乐、想给老板留下好印象、希望交到更多的朋友，那么你就把自己的目标建立在别人的认可之上了。

这并不是说，你不需要去考虑人际关系对个人成长所造成的影响。正如我之前说的那样，如果你担心改变会危及你的婚姻、工作或生活中某些重要的部分，那么你不会产生改变的动机。根据我的经验，深刻的变化和自强并不总会立即被周围的人接受。在最开始的阶段，你会从发现真我和收获自信的努力当中获得鼓励和支持。但在某些情况下，当你鼓足勇气站出来为自己说话时，那些已经习惯了和更小心谨慎的人打交道的家伙可能会稍稍有些不满。假如你的动机是建立在别人肯定的基础之上，而他们又没有给你正面肯定，你可能就会觉得自己的成长是一个错误或失败，同时开始憎恨那些没有为你的改变而鼓掌的人。

弄清楚你到底是为了自己而前进还是为了别人而做出改变，这是至关重要的。假如促使你踏上改变之旅的动力来自你自己，那么你就会更加专注，并且能够克服路上遇到的任何阻力。不过，让你更自主一点并不意味着不去请求和接受别人的鼓励与支持。那些关心你的人可以成为你的催化剂，不断提供推动你前行的额外能量。毕竟，为你服务的核心能量和动力还是应该来自你的内心。

第六个问题：假如你实现了预期的结果，你会失去什么？你又会得到什么？

在目标实现之后，你也许会问自己：我失去了什么？答案通常会带来两种结果。第一，通过更新你对某些不再被期待或接受的事情的认知，比如说焦虑、不安或犹豫不决等，进一步激发你的区别型能量。它可以帮助你改写自己之前的答案，使你从更深层次意识到自己到底想要改变和放弃什么。第二，找出你最应该改变的地方，也许这正是你害怕去做的。但这就是自然定律，改变是不可避免的。不过，改变何时发生，又该怎样发生，在很大程度上取决于恐惧阻止你改变的程度。

罗伯特是一个非常聪明的年轻人，他轻而易举地以全优的成绩从高中毕业。然而，当他开始大学生活之后，他内心中的某些东西发生了改变，短短的几个月时间，这个乐观而风趣的学生变得越来越焦虑、不安和优柔寡断。他被焦虑和强迫思维[1]搞得不知所措，最后不得不请假离开学校。他无法应对作为一个学生所面对的压力。离开学校后，他搬回去与父母同住，这件事本该进一步加剧罗伯特的焦虑和无助感。可令人惊讶的是，他居然对此安之若素，因为他觉得这要比回到大学、面对同学间的挑战、掌握新的知识或参加一门不一定会通过的考试容易忍受。

他的母亲对儿子的突然变化感到非常悲伤，她带他看了一个又一个精神病专家和咨询顾问。罗伯特从没有真正地参与进来，他坚持认为自己的问题过于复杂，没有人可以理解和帮助他。他对改变的抵触比对康复的渴求更强大。唯一推动治疗继续进行的就是他母亲的努力，她不厌其烦地尝试任何治疗方式。但是只要医生谈及让罗伯特不舒服的话题，或要求他完成一些自我改善的功课，他就会立刻决定终止治疗。

罗伯特的例子显示了对于改变的恐惧和阻碍是多么强大。尽管被恐惧与焦虑困扰是极其痛苦的，但是人们害怕变化会带来更多的不适，这同样在阻碍着改变的进行。

恐惧通常是由于害怕失去一些有价值的东西。那么当你达成自己的目标时，你会害怕失去什么东西呢？这个问题非常重要，因为

① 指某种联想、观念、回忆或疑虑等顽固地反复出现，难以控制。——译者注

它可以帮助你辨别出在恐惧与焦虑中有哪些东西并不那么重要，但却可能让你丢掉自己在改变和成长中付出的所有努力。罗伯特主要面临着三种对改变的恐惧：害怕因为失败而丢脸，害怕失去自身的安全，害怕失去爱和关注，而这也正是他的母亲和那些试图帮助他的人源源不断地传递给他的东西。

请诚实地对待自己，花上点时间充分地考虑一下，有没有可能你更喜欢待在一些看似不舒服的地方，只是因为你已经习惯了呢？请考虑以下这些问题。

- 失败的可能性是否会比困在原地带给你更多的威胁和不快？
- 你是不是相信焦虑实际上可以赋予你力量，让你表现得更好并且帮助你成功，或者为你自己和其他人带来安全感？
- 恐惧和不安能不能帮你找一个刻意的或下意识的借口，使你可以隐居在生活中，放弃自己的梦想，因为这看上去比改变更安全，而你不会被别人评判、批评或令人失望？
- 假如你保持一成不变，你会得到别人更多的关注和支持吗？
- 你是否担心如果丢掉了焦虑，自己就什么也没有了？

注意一下这些在你的潜意识当中暗潮涌动的问题吧。假如你发现了某些阻碍你改变的东西，你就需要考虑一下，它们是否真的比你的目标更加有益。比方说问问自己，待在原地真的比追求目标和梦想更安全吗？生活在恐惧和怀疑之中，认为自己还差得很远，或者承认自己已无能为力，真的是远离伤害的最好方式吗？真的有失败这种东西吗，还是那恰恰是你学习和成长的机会？

有没有更好的方法能让你得到关注、爱和支持呢？难道你不喜欢别人认可、尊重和赞赏真实的你，反倒愿意他们怜悯你的缺陷吗？还有，难道你更愿意顾影自怜，也不需要从别人那里得到安慰吗？在你踏上克服恐惧与焦虑之旅的开始，就关注和解决掉这些深层次的隐忧吧，把它们从你的潜意识中找出来，清楚地认识它们，这将会使你的整个旅程更加顺利。

而说到改变的收获，这个问题就更加直接了。对大多数人来说，除了谈到体重的时候，“收获”这个词都有着积极的含义。渴望收获是一种非常自然的愿望。权衡自己在达成目标时所获得的好处，会提升你的内在动机。它会使你轻易放松下来，重温之前那些“达到目标会对你的生活产生哪些积极影响”之类问题的答案。或许，你需要深入地分析一下，看看自己是否能从克服恐惧与焦虑当中找出更诱人的原因和更大的利益，发现可以抵消你对改变的担忧的好处。想象一下吧，到底什么才意味着你获得了内心的平静、尝试新事物的勇气、完成梦想的力量、清醒的认识，以及活出真我的自由呢？

最后，就在罗伯特的母亲即将失去信心的时候，罗伯特终于明白了停滞的痛苦远大于想象中改变所带来的痛苦。他懂得了自己还太年轻，而且才华横溢，就这样放弃更多彩的人生实在有些可惜，于是他开始更加关注改变所带来的收获。而正是这个决定让罗伯特得以继续治疗并重返学校。

第七个问题：为了达成自己的目标，你需要依靠哪些能力和帮助？

无法达成的目标只不过是一场看似美丽的梦，最终会变成失败和没落的噩梦。这就是为什么无论你的梦想看上去多么令人兴奋和激动，你都需要问问自己：我需要什么东西来达成它们呢？我知道，假如你一直困在焦虑和不安之中，你可能会有深深的疑虑，但只有解决了这些疑虑，你才会在今后避免陷入其中。这就是第七个问题的关键所在。

我们内心当中都有巨大的潜力，正是它帮助我们完成了一生中最具挑战性的两个里程碑：走路和说话。你能想象学会直立行走有多么困难吗？你能想到用嘴巴和声带说出单词需要怎样的努力吗？可是在那个时候，你却没有任何怀疑和局限。否则的话，你脸上那痛苦失落的表情，还有那些不成功的沟通尝试，都足以使你断言一切都太难了、你还没有做好成长的准备。当你还是一个婴儿或幼童的时候，成功是你唯一的选择，你以不屈不挠的顽强精神和坚定的信念追求自己的目标。没有什么能阻止你。当然，有时会有沮丧，但也有发现、学习和掌握这些挑战所带来的巨大喜悦。所以你心里清楚，你生来就有巨大的潜力。

我确信，走路和说话绝不会是你生命中仅有的成功。你可能只是没有意识到那些胜利的时刻罢了。不幸的是，你经常会有这样的疏忽，而且总是误认为这是谦逊。不要误会我的意思，谦逊确实是美德和好的性格特点。但是，很多人并不会欣赏自己的成功，他们总觉得成了新闻人物，或者做了大大有利于人类的事情，比如找到治愈癌症的方法、解决世界能源危机什么的才叫成功。其他任何事情都只能算作“一般般”。这种小事能有什么令人振奋和鼓舞的呢？假如你想要克服恐惧与焦虑，那么现在绝不是低估自己的时候。现在应该是重温你过去的成功，找出那些可以帮你成功的优势、知识、素质和工具的时候了。

假如你曾经对某人解释如何系鞋带、游泳或骑自行车，你就会知道教授这些“一般般”的技能具有多么大的挑战性了。你甚至应该记得，当初自己学习这些技能时是多么困难。而当所有这些令人沮丧的考验和磨难终于结束，你品尝到成功的甜蜜滋味之后，你是不是已经被这醉人的兴奋、愉悦和自豪征服了呢？好吧，就算你确实记不得了，你至少也亲眼看见了自己的孩子兴高采烈地跨越这些里程碑。其实，在你的一生当中，曾有过无数的成功和成就：第一次写出自己的名字，第一次自己去上学，第一次驾驶汽车等，只不过这其中的大部分都被你忽略或轻视了。

所有这种成功都有一个共同点：它们都是建立在你个人成功的策略之上的。你的成功策略结合了特定的品质，这种品质可以帮助你从问题走到答案，从难题走到解决方案，从挑战走到成就。事实上，你已经差不多开发出可以应对一切的策略：如何刷牙、如何向你的另一半示爱、如何烘烤汉堡包等。而随着时间的推移，你可能会改进和完善自己的方法，希望达到更好、更令人满意的结果。因此，当谈到如何达成自己的目标时，你有大量的经验可以借鉴。你需要做的一切就是问自己恰当的问题。

你有过什么样的成就？你能够完成什么样的目标？我再强调一下，对于这个问题的答案，你不必要求得过于严格。你通过的每一次测试、跨越的每一个障碍、学会的每一项新技能都可以出现在你的答案列表里。

哪种个人品质可以确保你的成功？比方说，你喜欢对自己的选择进行分析和评估，以期从根本上避免受到阻碍吗？当你开始着手解决问题的时候，你是否处于最佳状态？你能够快速领会和学习别人的成功策略吗？是韧性还是创造力使你实现了自己的梦想？为了使自己的成功策略不至于僵化，你需要依靠自己的好奇心还是聪明才智？在某些重要的时刻，你还要靠熬夜才能把事情办好吗？你知道如何寻求帮助吗？你善于做出决定吗？向熟悉你的人寻求帮助是一个非常不错的主意。你可能会惊异地发现，就算你自己忘记了，你的父母或兄弟姐妹也能清楚地说出你小时候具备的优势。

现在你该如何从这些品质中受益呢？在突破过程中，有哪些优势和策略可以帮助你？在走向自我强化的道路上，你又该怎样利用它们呢？比如说，分析能力使你能够全面地理解如何最有效地把本书的见解和方法应用于生活当中；好奇心和耐心可以保持你的动力和专注，并且帮助你把自愈和成长放在优先发展的位置上；而通过善于求助的能力，你可以邀请一位朋友做你的监督人，帮助你把握正确的方向。

在你回答上面那些问题的时候，请对自己宽容一些，要善于鼓励自己，心胸要放开阔些。这样你才能够了解一切并且充满自信，进而实现自己的愿望。

放心吧，现在不管你有什么样的想法，无论是“我最好还是别抱什么希望了，要不又会失望一次”，还是“别人或许会成功，但我没戏了”，或者是“我的问题太严重了，根本没法解决”，对你来说都不是问题。如你所知，你身体中有些东西正在和质疑、不安以及对失败的恐惧战斗着。下面我们就来谈谈这些东西吧。

第六章
是谁在讲话？消极的独白和纷乱的思绪

我们常常自言自语，却又不会发出太大的声音。这些内心独白可以用于有意识地解决某个问题，分析刚刚发生的事情，在做出决定之前评估利弊，或者对我们未来的行动和反应做出预判。有意识的内心独白可以帮助我们为自己鼓劲儿，聆听内心理性的声音，或者重温某个朋友的忠告。不过，还有很大一部分内心独白来自我们的潜意识，我们无法充分和刻意地理解它们的确切含义。这些独白更近似于背景的噪音或纷乱的思绪——就像嗡嗡作响的冰箱，我们努力想关掉或忽略掉，因为我们已经被吵得不胜其烦。

这当中有一种消极的内心独白，它在制造恐惧与焦虑方面扮演着重要角色。你可能会对这些从潜意识深处传来的声音非常熟悉。对某些人来说，这声音会让他们感到忧虑和不安；而对另一些人来说，它们听上去则像在唠叨或抱怨，带着苛责或愤怒的情绪，有时甚至完全不像是自己的声音；它可以使你回想起一个害怕的孩子、家长或老师。你似乎根本无法选择这些局限的、可以引发焦虑的或自暴自弃的想法，更不用说去控制它们了。

这种消极的内心独白比前面讲过的那些例子更加隐蔽。有时候你会出乎意料地发现，自己居然被焦虑打得一败涂地。于是你开始疯狂地寻找究竟是什么导致了忧虑。但是，在你的周围没有任何足以导致情绪混乱的变化发生。这时你该怎么办？你可能会惊讶地发现，在大多数时候，这些引发焦虑和失落的想法是如此微弱，足以躲开意识的雷达监测，对此你不会有任何感觉。换句话说，你甚至都不会意识到自己已经惊慌失措了。

由焦虑引发的内心独白

我把可以引发恐惧与焦虑的消极内心独白分为三种不同的类型，也就是三种不同潜意识的声音。

1. “假如……怎么办”和“想当初……”型独白。
2. 自我抨击型独白。
3. 抨击他人型独白。

·“假如……怎么办”和“想当初……”型独白

这种声音会在你的心里说：历史其实就是一场不断重演的灾难。也许它还会告诉你：这一次，不管你正在做什么或想要做什么，错误都在所难免。它用血淋淋的例子告诉你为什么你或你在意的一切都注定以失败、痛苦和苦难收场，以及为什么这一切都要归咎于你。有时候，这些可以引发焦虑的想法会在你心头闪过一幅幅可怕的画面，它们彼此毫无关联，因此你无法理解；它们闪回的速度太快，让你无从区分；它们又数量众多，以至于你根本无处躲藏。

一位客户曾经告诉我，她经常感到自己的大脑就像失控的旋转木马，转得越来越快，好像就要脱离自己而去。而在旋转时，她会变得越来越焦虑和困惑。只有在结束一整天精疲力竭的旋转，终于得以入睡之后，她的大脑才会停止运转，从灾难性的思绪中解脱出来。可是，当她第二天早上醒来，这种旋转会再度开始。这话听起来很熟悉吧？

有时候这种消极的独白会快速地划过脑海，让我们无法弄清它们的含义或跟上它们的思路；有时候它又运行得极为缓慢，并且带来大量的担忧、质疑和恐惧，令我们的大脑无暇思考更多问题。其实，消极的想法可能仅仅是对过去、现在或将来某件事情的反映。但随之而来的则是对自我的质疑，比如“我本该如何如何”“我不能怎样怎样”，而这就会导致某种意义上的不安。接下来，这种不安会加速演变为对发生过的事情的深深的遗憾，以及对尚未发生的灾难和失败的假设与担忧。

这些想法都是相辅相成的，依靠着前一个负面影响而得到确认和扩展。自始至终，你都没有机会明白它到底是什么，只是迷失在“假如……怎么办”和“想当初……”所展现的“事实”当中。而每一个想法都会导致情感负担的增加，带着你在种种假设与局限当中一路旋转下落，最终隐没于抑郁和厄运的黑暗当中。而当你跌落尘埃的时候，你会感觉极度地灰心丧气，完全沉湎于那些虚构的事实所带来的焦虑当中，而这些所谓的“事实”，其实刚刚诞生于你潜意识中的某个地方。

· 自我抨击型独白

正如你可能完全了解的那样，内心独白本质上可能会很武断。你质疑和批评自己，不断地想挑出自己在别人眼中的毛病和缺陷。说实话，你是不是常常很粗暴地对待自己，骂自己愚蠢、肥胖、丑陋、是个失败者或者还差得很远之类的呢？你是不是经常用侮辱性的字眼来贬损自己呢？而这种词汇你从不敢加诸别人身上，因为那会伤害到他们，使他们从此与你形同陌路，或者干脆揍你一顿。你是不是经常对别人展示足够的尊重和关注，却觉得自己低人一等、不值一提呢？

我经常会让客户认真倾听自己那些负面的想法，并且把它们完整地记录下来。大多数人都会惊讶地发现，那些怠慢自己的念头是如此频繁地出现在他们的脑海当中。而真正震撼到他们的，则是内心当中对自己的评判和言论。对于这种情况，他们最常见的反应就是："我怎么可能如此严苛和残忍地对待自己呢？"

· 抨击他人型独白

另一种消极的独白则是挑剔和抨击他人。在最开始的时候，这种独白可能并不会比挑剔和抨击自己更具有破坏性。但是，大多数人没有意识到的是，在潜意识中，任何事都是针对自己的。所以，当你在路上朝一个粗鲁的司机大喊，或是在工作中为新同事的无能而耿耿于怀时，你的潜意识记录下来的只有你自己的愤怒和鄙视。它无法判断你的不满到底是针对别人还是针对自己的。这就应验了那句老话："怨恨就像是自己吃了毒药，却等着别人去死。"

你会因为愤怒而抨击他人，也会与人攀比、背后嚼舍根、嫉妒比你优秀的人，或是对别人的失败幸灾乐祸。从潜意识的角度来看，你其实都是在抨击自己。在大多数情况下，当你意识到抨击他人其实源于自己内心深处的不安时，你就可以想见这种心理短板会对精神造成怎样的影响了。

你可能会说："好吧，我就是无法控制它们。我的内心独白是自发的，从潜意识中的某些地方蹦出来的，因此根本不受我的控制。"但真的是这样吗？

消极的独白和负面的小情绪从哪儿来？

一些思想学派认为，消极的独白源于自我意识，他们把它称为"心猿"，处理这种意识的最好方法就是要么忽视它，要么跟它斗争到底，你可以和自己说"走开，走开，走开"或是"停！我不想听你说话"，或者干脆简单点——"你给我闭嘴"。对某些人来说，这种忽视或斗争有时或许会起作用。不过，否认自己的一部分意识，这样做并不会带来真正的完善和更强烈的自我认同。相反，假如你能够理解不安、质疑、评判、焦虑等想法的真正来源，并且了解它们的真实目的，岂不是更好？而一旦你这样做了，你就会理解，为什么从长远来看，忽视和责备自己这部分意识是没有任何意义的了。

说到陷在消极的独白和负面的情绪当中难以自拔，莱恩就是一个很好的例子。

莱恩是一名年轻的商人，拥有自己想要的一切：一份前途远大的职业、一位贤淑的妻子、两个健康漂亮的宝宝，生活似乎充满了令人振奋的新气象。然而，莱恩的内心与生活所体现出来的截然不同。自从他开始组建自己的家庭，就一直在同消极的念头做斗争，比如，“生活太难了。我不相信自己能得到想要的一切。要是我不能完成任务额，我会被解雇吗？那时我该怎样照顾家人啊？也许他们根本就不关心我。也许当我不再能够供养这个家的时候，他们就会离开我，就像我那些‘朋友’，从此再也不给我回电话。”

这样消极的独白似乎无处不在，无论莱恩是在工作、陪他的孩子玩耍，还是在观看网球比赛，它们都会一次又一次地出现。经常出现的消极独白逐渐演化成焦虑、不安和压抑，这些情绪耗去了他的全部精力，以至于每逢周末，他唯一能做的就是在床上躺一整天。他去咨询过治疗师，也尝试过服用抗焦虑药物，但就是没有任何改变。他开始变得沮丧，认为自己成了一个对社会毫无意义的人、一个尸位素餐的人。

在被这种情况折磨好几年之后，莱恩终于找到了我。当我们谈论起他的童年时，他告诉我，尽管似乎没有什么异常的事发生，但他还是感到从来就没有人真的在乎过他。他是五个兄弟中最小的，与其他的兄长关系并不密切。他的父亲因为繁重的工作而无暇顾及他，他的母亲则忙着照顾这个大家庭。他的父母都没有足够的耐心和意识注意到莱恩其实是个非常敏感的男孩，他需要更多的关注和支持。虽然他所有的基本生活需要都得到了满足，却从未在家里体会到温暖、爱和关怀。在大多数情况下，无论是受到了赞扬还是惩罚，他的父母都会漠然置之，孩子们得不到任何指导与安慰。

缺乏父母的支持和关注对莱恩造成了很大的影响。孩提时，他就经常感到悲伤、焦虑和孤独。更糟糕的是，他不知道自己到底是没有能力获得更多，还是这种需求本身就是个错误。因此，他决定逃离这个冷漠的家庭。于是，他把目光坚定地放在这个特殊的目标上，带着极大的自律与野心，他读完了高中和大学。

在 30 多岁的时候，莱恩差不多成了自己家族中最成功的人，基本上可以说已经衣食无忧了。但小时候那些焦虑、悲伤和消极的独白依然在折磨着他。他在工作中表现得越来越消极，甚至影响到他与妻子和孩子的关系，这常常使他感到孤立和被拒绝。

为什么所有这些过去的情绪和思维方式会在他人生最光辉的时刻重现呢？在功成名就之后，他怎么可能还会觉得自己的生活是如此糟糕呢？在这个时候，理智的分析没有任何作用。而从潜意识的角度来看，就说得通了。

原因就是年轻时的大脑会受到更多的影响。在10岁之前，你的大脑就像一块干燥的海绵，可以吸收外界的任何信息，而这些信息都是用来回答以下三个最基本的生存问题的："我在哪里？""我该做点什么？"以及"晚餐会吃什么？"因为在那个年龄，你还没有能力养活自己、支付抵押贷款或者处理情感危机。你高度依赖别人的抚养和支持，其中主要来自你的家人。可是，如果在这个阶段遇到某些可怕或令人困惑的经历，那么你的信任和信心就会发生动摇。也许你在被谴责或批评后，却不知道自己到底做错了什么。也许有人曾经断言，你永远不会有任何成就，或者无论你做什么，都会变得一团糟。也许你被人取笑，或是没有得到足够的重视，或是独自躲在角落里哭泣，哪怕只有几分钟，却感到仿佛过去了很长时间。也许这时你的感觉和莱恩一样，没有人爱，没有人需要，也没有归属感。

在你还很幼小很脆弱的时候，负面的信息和情绪就会渗透进你的潜意识当中。它们不会对你造成太大的伤害，更不会让你怀疑自己是否真的安全，你无须担心自己表现得是否足够好、足够可爱、足够配合，是不是每天都能吃上晚饭等。我的许多客户都是在一个"正常"和相对平凡的环境下成长起来的。但与他们的兄弟姐妹和朋友们不一样的是，父母的期望和评价、老师的不当言论和来自同伴的压力，都会给他们留下深深的烙印，其中包含了痛苦、不安和忧虑。我经常需要让我的客户明白，他们没有错，他们不是太过敏感，不要把自己看成一个有缺陷或羸弱的人。我要求他们为自己有敏锐的意识而自豪，其实他们可以认清自己，并且有勇气承认自己需要治愈过去的伤害。

就像莱恩一样，可能在你潜意识中的某个地方，也保存着源自童年的焦虑和执念吧。你有没有想过，为什么某些情况或人可以使你感到自己的渺小、脆弱和无助呢？为什么同样的消极想法和感受，你越年轻，就越会感到加倍的沮丧呢？你总想在当众发言的时候溜走，因为你相信大家会觉得你正在胡说八道。当你的爱人忙碌或专注于什么事情的时候，你会觉得自己被拒绝和冷落了，你害怕遭到遗弃。当你没有及时参加星期日的家庭聚会时，父母责备的目光会让你变回一个噘着嘴、持抵触态度的少年。或许在别人赞美你的时候，你脱口而出的却是自嘲的评论，因为有人告诉过你，自我感觉良好是傲慢和令人不快的表现。所有这些行为是不是显得非常幼稚，有时让你自己都难以置信地摇头呢？

你要明白，这些孩子气的反应其实是受到了潜意识的驱使。这部分潜意识往往还停留在过去。也许它们仍然把你当成一个年幼、弱小而无力的孩子。它不承认你已经成为一个自力更生的成年人，不承认你的生活是安全愉快的。直到现在，你可能都没有意识到身体里还住着一个更年轻的自己。但是聆听消极的独白，或是回忆起那些下意识表现得幼稚的时刻，这些都在向你表明：你心中的某个部分还没有真正长大。

为什么这部分天真烂漫的潜意识会持续产生消极的独白和陈旧的模式呢？即使这种行为只会使你更加痛苦和焦虑，不允许你快乐和自信，不让你享受自己的生活。答案很简单：它不知道怎样变得更好，因为它从来没有恰当地被引导、鼓励和安慰过。这个幼小的你相信，小时候那些会导致焦虑和不安的原因在今天仍旧有效，而你也依然缺乏力量、技能和知识来对付它们，没有任何不同。焦虑和局限性的信念会滋生出消极的独白，并在你潜意识当中的某个地方留下根深蒂固的烙印，直到它确信你不再感到不安。或者，就像卡尔·荣格①说的："直到你已经解决了所有问题。"下面的流程将会帮助你完成上面这两个目标。

找到消极情绪，安抚它，并消除它的疑虑

让我们想象一下，你的身边有一个害怕的小孩。他可能会说"我害怕我会失败""我担心我会受伤"或者"恐怕没有人喜欢我"。这时你该如何回答？你会大叫"不听，不听，不听"吗？还是会说"闭嘴"？你能告诉这个孩子"是的，你是对的，你糟透了，这个世界就是一个邪恶而危险的地方"吗？或者你干脆就不搭理他了？

所有这些选项都是不恰当的，完全没有任何作用。如果这样做的话，那个孩子只会感到更加害怕。你需要抚慰和安抚他，不仅仅用你的理智，还要温柔，用你发自内心的仁爱和慈悲。这样，那个孩子会觉得你在倾听，你会理解他，而最终，你会使他感到安全和放心。

在你的潜意识中，消极独白的产生方式与大脑应激反应的方式非常相近，因为它们都源自你的童年。假如你忽略了那些潜意识发给你的信息，或者想要通过沮丧和厌恶来抑制这些信息，你内心当中幼小的你会明白你扼杀它的努力，并因此而感到不安甚至威胁。于是乎，为了吸引你的注意力，这个内心中的小孩会加大分贝和频率哭喊，直到你最终得到警告，采取必要的措施来避免疼痛和危险，

①瑞士心理学家和精神分析医师，分析心理学的创立者。——译者注

保护自己的安全为止。请记住，这部分潜意识是停滞在过去的，它还不知道你已经不再生活在同样的环境下了，不再面临相同的危险，也不再是那个处处受限的小孩子了。

但是另一方面，假如你过于在意这部分潜意识，相信它传递给你的恐惧和不安，那么焦虑的声音同样也会变得愈加响亮，因为你证实了它的担忧。

所以对于这个年幼的自我，无论你是忽视、扼杀，还是相信它那套充满恐惧的独白，都只会坚定它的信念，坚信自己完全可以独立存在，再也不需要依赖和信任你了。不过，不要认为这是一个两难的局面。还有一种更好的方法来对付内心当中这个幼小的你，那就是直接找到它，安抚它，消除它的疑虑。

下面的方法对于克服恐惧与焦虑非常关键，因为它可以释放你尚未开发出来的潜能。它同样非常有效，通过它，大多数人可以在几天之内显著地减少消极的独白。它的有效是被许多人的成功证明了的。

步骤 1：记笔记

买一个小笔记本，要那种可以随身携带的，在你意识到消极独白时，把它们都记下来。这个步骤可以帮助你更多地了解消极独白的频率及主题。这样做你可能会意识到，其实这些想法是大体雷同的，只不过你自己根据某些特定的情况或与之相关的情绪，对它们重新做了一些细微的改变。这些重复出现的主题和思维方式通常反映了更深层次的情感、记忆和局限性的信念。通过发现这些方式，你也将揭示出更多恐惧与焦虑的根源。

消极的独白能够把自己伪装成某个问题，比如“如果我失去了工作怎么办？”“我是否做出了正确的选择？”“我的父母会对我感到很失望吗？”但是只要你改变一下提问的方式，就可以轻松地发现这些问题背后的消极念头。比如，我们可以把问题改成：“我就要丢掉我的工作了。”“我没有做出正确的选择。”“我让自己的父母很失望。”把一个担心或不安的问题用消极的语句陈述出来，这会揭示你真正恐惧的东西，给你提供更直接的能量来平衡它。

步骤2：用现实来检验

在记下每一个消极的想法之后，问问自己下面的问题。

- 这个想法是真的吗？
- 这个想法会让我感觉好些吗？
- 这个想法是否可以帮助我达到自己的目标？

每一个问题都可以作为一个现实，并且将帮助你搞清楚：紧抓住这个想法不放是有害的，对你一点帮助也没有。

比如说，你听到自己在想“我看起来太胖了”，或者“我还差得很远”。对于第一个问题，也许你认为最诚实的回答应该是“是的”或者“也许吧”。但是对于第二个问题，你却很有可能会这样回答：“不！这种想法让我很不舒服，它对完成我的目标根本没有任何帮助。”

能够注意到并立刻质疑这些独白的合理性和实用性，这会对你造成两个主要的影响。首先，你在心理上冷静下来，对自己那些消极的念头不再信之不疑。你的角色正在发生转换，从消极思想的来源者变成了更加客观的旁观者。其次，通过这些质疑，你可以在大脑失去控制之前，阻断消极想法的产生，你会发现自己变得不那么容易焦虑了。这种阻断的模式总是在默默无闻地运作着，但它确实是最强大的改变方法之一。阻断消极想法的那一瞬间就像是对潜意识的一次电击或一记警钟，谁也无法忽视它的存在。

一名驯犬师曾经向我解释，假如想改变狗的某些不听话的行为，比如为了追逐一只松鼠而拼命挣脱皮带，你需要在刚出现苗头的时候就紧紧地抓住它，也就是说，在狗第一眼看到松鼠并开始疯狂地拽动皮带的时候就要阻止它。这个时候，驯犬师会首先画出一个边界，告诉狗“不许越过”或者“停下”。然后他很快地拿出一个球，抛向空中，然后再抓住它，这会立刻吸引住狗的注意。这时候，它的全部欲望都集中在驯犬师手中的那个球上了，小狗都是这样的。为了进一步强化到底是谁说了算，驯犬师还会命令狗坐下，并及时给它一点奖励或口头表扬，以鼓励它的积极表现。驯犬师向我保证，只需经过几次这样的阻断训练，狗的任何不听话的行为都可以被改正。

我们潜意识的运作方式在很多方面其实就像狗一样，这种假设是绝对准确的，你一点也不需要感到不好意思。利用边界、指导和奖励作为改变的动机，任何生物都会做出相应的反应。只需要问上面三个简单而现实的问题，你就可以给自己的潜意识传递信号，告诉它你要收紧皮带，转向一个全新的、更加适合自己也更有意义的方向了。

婴儿想要被襁褓紧紧地包裹起来，孩子需要父母为他们制订明确的规矩，这些都是同样的道理，潜意识当中那个年幼的自己也渴望和需要牢靠的边界，只有这样它才会获得更大的安全感。然而，对于孩子来说，仅仅确立边界本身是不够的，因为这很容易被潜意识中那个年幼的自己误读为一种放弃、惩罚或是拒绝，这样做可能只会增加它的焦虑。这就是为什么接下来的步骤是如此重要。

步骤3：多看光明的一面

我有一个朋友，她是一位优秀的母亲，她曾经告诉我："在我（为孩子）立下一个规矩之后，我会俯下身子，看着他们的眼睛，帮助他们把注意力放在事情的积极面上。最后我总是告诉他们，他们做得很好，而我是多么爱他们。"让一个孩子遵守规则，并不意味着要你放弃指导、善良和爱他们，同样，为你的潜意识设定边界也是这个道理。你需要把相同的专注和照顾倾注在潜意识上，就像它真的是一个孩子。

在你记下消极想法的同时，也写出有说服力的理由，来阐明那些相反的、积极的观点。对每一个消极的念头，都至少写出三个积极的想法来抵消它。假如你正消极地想"我的脑子可干不了这个活儿"的话，不要只是简单地回应："我其实够聪明了。"相反，写点有创意的。

你应该找出所有的证据来证明自己是机智而聪明的。比如说："我有一个高中（或者大学）的学位""我早就能够解决这类特殊的问题了""我获得过以下的成功……（列出你成功的例子和你已经解决过的问题）"。

下面的几个例子就是常见的消极念头以及用来抵消它们的积极想法。

- 有些不好的事情即将发生。积极的想法：我现在感觉很好。这样的担心以前也出现过几回，但是最后一切都很顺利。我有力量和能力来处理任何事情。
- 我的老板不喜欢我。积极的想法：其实我一点也不了解老板的想法。我在做一项伟大的工作。如果我是老板，一定会很高兴有我这样一个员工的。

💧我永远不会变得更好。积极的想法：我已经改变 / 自我康复 / 进步过很多次了。我现在就要去学会了解自己和生活。我的意志很强大，我决心达到自己的目标。

💧我将永远孤身一人。积极的想法：我是一个很好的人，有很多优良品质。无论我选择和谁在一起，都是非常幸运的。我现在就能变得独立、自强，并且成为自己最好的朋友。

💧我的生活是如此艰难。积极的想法：生命中还会发生很多好的事情。我就是在一次次的挑战和困难中成长和进步的。我正在学习把生命掌握在自己的手里，自助者天助之。

💧这份工作太要命了。积极的想法：我要好好照顾自己，弄清楚什么是自己不想要的。我是一个能力出众的人，对任何雇主来说都价值连城。我知道对于我来说，还有很多更好的机会。

💧这太困难了。积极的想法：我有动机和力量完成这个目标。只要一步步地努力，终有一天我会成功的。我可是超级能干的，怎么能就这样放弃自己的目标呢？

💧我一无所有。积极的念头：上天给予我的最重要的礼物就是我自己。我得到的已经足够多了。这个世界如此丰富多彩，所以我也要活得精彩些。

另外，对于大多数答案来说，你都可以找到具体的例子来支持它，这样可以增强其所带来的积极影响，进一步地抵掉消极的念头，比如说：“我做得棒极了，因为我足可信赖，我已经成功地完成了 ×× 项目，并且一直在想方设法地完善它。”

通常，恐惧与焦虑会使你通过一个非常狭窄的视野来观察自己和周围的世界。不过我们都知道，每个故事都不会只有唯一的结局。积极的方式可以训练你的大脑去寻找和发现令人奋发图强的角度，无论面对的是什么样的情况。通过这样的方式，你可以有意识地指导潜意识中那个幼小的自己用积极的态度来面对问题，无论它之前是多么悲观。

步骤 4：添加积极的情绪

过去你可能也试图用积极的方式来控制消极的想法，但没有取得成功。和很多其他人一样，你也许已经放弃了，并且沮丧地确信，自己唯一能做的事情就是假装看不见那些消极的念头。不过，可能你还有一种办法没有尝试过：在前面说过的那些想法里面，你没有添加积极的情绪进去。对于潜意识来说，只有和某个形象、感觉或情感相关联，语言才会具有相应的意义。而情感越强烈，所产生的意义也就越深远。因此，与其在脑子里把这种练习当作心灵体操或内心辩论俱乐部，还不如确保自己可以实际感受这些积极的语句，坚定地相信它们。换句话说，你需要打心底里信任自己的信念。

我知道，对于你来说，让自己感觉到积极、善良和富有同情心是一项巨大的挑战，特别是当你在焦虑、自卑以及怒不可遏之中挣扎的时候。这种感觉就好像是让你用几滴水来扑灭一场山火，或者用一根睫毛去搅拌水泥。不管你付出了多少努力，消极的独白依然会无情地在你的脑海中激荡。所以你一定要记住，这些消极的念头只是来自潜意识中那个幼小的你，与现在的你毫无瓜葛。它们就像那些年代久远的磁带和不断重复的限制性程序一样，周而复始地运作着。

想象一下，假如你用一种平静、可靠和舒适的方式与一个孩子交流，是不是会更加容易一些呢？通过加入仁慈和怜悯，你会扮演一个积极的角色，可以找到并且安抚自己内心当中的孩子。试想，这个角色会自动把你的意识和态度从“我也无能为力”转变成“我来负责吧”。这样，你将不再只是消极想法的牺牲品，现在，你可以随心所欲地选择任何东西来指引自己的思想。

有时候，我会听到客户们抱怨说，他们无法真正地相信自己那些积极的想法，而这恰恰是这个方法没有在他们身上见效的原因。事实上，欺骗自己（以及那个幼小的自己）不会帮你进一步认清自己，也不会使你感觉更好。当然了，你也不必百分之百地相信那些自己找出来鼓励自己的事情。尤其在一开始的时候，即便你是个完美无缺的人，产生些许怀疑和胆怯也是再正常不过的。对你来说，最重要的是和那个更敏感和脆弱的自己建立联系，耐心地理解它，继续深化与它的关系，并且一直持续下去。孩子并不需要知道自己到底为什么被爱和被保护，但是他们需要知道自己确实在被爱和被保护着。换句话说，隐藏在那些积极想法背后的意图和能量所造成的影响要远大于它们本身。

步骤 5：带着同情来承诺

你对这五个步骤的承诺是至关重要的，因为你总不想刚开始与自己潜意识的那个年幼的自己沟通，紧接着就再一次把它丢到一边吧。你能想象这会给一个孩子带来什么感受吗？那就像是对一个孩子说："你被遗弃了！"

然而，试图捕捉所有的负面信息，特别是它们竞相争取着你的关注的时候，那基本上是不可能的。相反，你应该每天尽力去冲抵大约七到十一条消极的想法。通过每天使用七至十一次上述方法，大多数人可以在几天之内显著地减少消极的独白。积极的效果会立即显现出来。而当你习惯于积极而乐观地思考的新习惯时，你潜意识当中那个幼小的自己就会变得越来越平静和安全。

如果你不方便写下自己的想法，比如说你正在参加一个商务会议或者正在开车，你只需要在头脑中过一遍上述的步骤就可以了。写下和阅读自己的想法非常有效，你只需要在晚上某些安静的时刻重温它们，就一定会受益匪浅。

有时候，你也许会对内心中这些消极的、甚至可能是批评的声音感到灰心和沮丧，这是可以理解的。但是，与其把这部分的你“塞进衣柜里”，不再去想它，还不如用这种挫折来构建一个清晰的边界，可以让你内心当中的那个孩子知道，这些想法毫无理性，也没有任何用处。给你和那个幼小的自己叫一次暂停，比如用两分钟时间深呼吸，慢慢地吸气和吐气。然后把你的能量变成温柔仁慈和怜悯，用以消除那些压抑的想法。就像我以前说的，和小孩子一样，你需要用明确的规则、指导、安慰和爱来组成一种特殊的东西，来表扬自己幼小的潜意识。整个这个过程充满耐心、慈爱和同情。不要把它当成另外一个证明自己是多么无可救药的机会。相反，把它和本书中所有其他的练习当作一次宣示，看看你有多在乎自己，看看你想感觉更好、想在个人成长中更上一层楼的决心究竟有多大。

莱恩告诉我，通过不断的练习，像安慰自己的孩子一样的独白，他那些负面的想法在很短的时间内几乎完全消失了。最令人惊异的是，当初他可以一边做一个善良慈爱的父亲，把自己当年没得到过的支持和爱都投向自己的孩子，一边依然使用童年时父母对待他的方式——没有任何鼓励、温暖和同情——来对待自己。

“看着那个幼小的自己变得越来越舒心和平静，真是太奇妙了，”莱恩这样告诉我，“它越坚信我对它的爱，我就越会信任和爱护自己。”

你怎样才能冲抵那些缥缈不定的焦虑呢?

在这个时候，你可能会想：“可是我没有听到任何消极的独白啊。焦虑就在那里，没有任何的想法，也不和任何人说话。”好吧，你可能有过醒来时胸口闷闷的感觉，或者会突然感到不安。但是根据我的经验，即便在这样的情况下，焦虑依然是由一系列外部或内部刺激所引发的（比如说某个想法，或者对未来的某种预期）。这些想法会迅速地在你的脑海里闪过，你根本无法有意识地估量它们。而且一旦你的情绪被接管，你对世界和自己的观点就会被潜意识中的焦虑过滤系统限制和扭曲。尽管你还不知道原因，但残酷的现实就摆在你的眼前。于是你开始疯狂地寻找自己处于危险当中的真实原因。通常，你会冒出一个“假如……怎么办”的想法，而且这个想法只有在你陷入厄运的时候才会得到确认。因此，你能做些什么来防止自己的思想被焦虑绑架呢？

首先，感觉是不会绑架你的。感觉就是感觉，特别是当你的主体意识不能理解它的时候。那么，还是让我们先从给感觉起名字开始吧。通过给自己的感觉命名，你就可以把握它。所以，如果你感到焦虑，却无法确定潜在的原因，你可能就会说：“我感到焦虑了。”这其实是一个好的开始。焦虑是一个名词，可以包含许多不同的感受，而其中大多数是负面的。所以，为了更好地控制这缥缈的焦虑，你可以把它描述得更加具体，比如：“我感觉焦躁、担忧、渺小、怀疑、压力、不知所措……”找到特定的词来匹配你的感觉，这会给你提供关于焦虑的诱因和根源的有用信息。

顺便说一下，很多人会混淆兴奋和焦虑，因为这两种情绪能够引发非常相似的生理反应，比如心跳加速、呼吸急促、肌肉紧绷等。然而，不管你认为自己焦虑还是兴奋，差别就在于你如何看待和处理接下来要发生的事情，比如第一次约会、一次重要的演讲，或者搬到一座新的城市。

这个时候，你已经把注意力集中在消极和充满局限性的想法上了，你可能会想：“我感到忧虑和不安。”这种想法可能是真的，但保持这种想法无助于你实现自己的目标。所以现在你该着手做积极的练习，告诉心中那个幼小的自己，这些就是焦虑的来源。在这个节骨眼上，你所要做的就是把一个模糊的感觉变成一个含义明确的单词。

如果你好奇的话，你也可以更加明确地问自己这样的问题：“为什么我现在感到担心和不安呢？”“与谁相比，我会感到渺小呢？”“我在怀疑什么呢？”“对我来说，什么看起来是可怕或压倒性的呢？”有时候，当你对自己说“我觉得怎样怎样，是因为如何如何”的时候，你会很明显地注意到接下来会发生什么事情，然后就开始等待答案。其实你捕捉到的细节越多，你就会越轻易地冲抵自己消极的想法，也越容易定义什么是焦虑，进而改变它。

通过有意识地解决消极独白的根源，你已经开始重新和潜意识当中的某个由恐惧与焦虑所定义的角色建立起联系。而在下一章，你将能够走得更远也更加深入，那就是从重新联系一直到重新调整。

第七章

为了完善和超越自我：解决内心的冲突

下面是人们在同焦虑与恐惧做斗争的时候最常遇见的一种挑战："我一直在和自己纠缠不休。每次想要改变或前进的时候，我就会听到一个声音在脑海里鼓励我：'去吧！你能做到的！'可是还会有另一个战战兢兢的声音说：'不要这样做。这没有用的。你只会失败，沦为别人的笑柄。'这样的争论反反复复地出现，弄得我最后什么也做不了。这使我越来越沮丧，对自己越来越气愤。"

这样的话听起来很熟悉，对吧？你是不是发现自己同样也处在这种内心的纠结之中？在焦虑中的进退两难、局限性的内心独白，以及自己给自己鼓劲儿的念头，这些都是内心冲突的标志之一。当然还有其他的标志，下面我会按照严重性的顺序把它们列出来。

· **自我质疑、犹豫不定，以及"事后诸葛亮"。**

当你做出一个决定之后，总会质疑自己是否做出了最好的选择，这是不是非常让你恼火？即使是像买双鞋或者去餐馆预订午饭这样的小事，也会被你搞成生死攸关的大问题一样。或者在下班回家后，回忆起一天的表现，结果因为自己可能犯下的错误或出过的洋相而深受打击，这是不是也令你无比沮丧呢？最终，对失败和被人否定的恐惧就这样打败了对成功和享受生活的渴望。

· **前后矛盾、自暴自弃的想法、情绪和行为。**

没有人会始终秉持着同样的思维、感知和行为模式，我们的思想一直在发生变化。但是，假如你正面临着某种内心的冲突，精神/情绪的问题也许就会变得更加明显，并且带来更大的影响。比如说，前一天你的心态可能还是乐观而积极的，你按部就班地向着自己的目标奋斗，丢掉了某个不好的习惯，或者正在全力以赴地改变着生活中的某个重要部分。可是第二天，一切都不一样了，你认为什么都不会改变，你又一次失败了，你甚至觉得自己根本就不该去尝试什么变化。

或者，你会听到一个诱人的声音在耳边低语："不要那么勉强自己。你应该让自己休息一下。人生苦短啊。"于是你变得拖拖拉拉，或者干脆放弃了自己进步的努力。

或者，你的情绪变得非常善变，在照顾自己的孩子或朋友的时候，你是那样平静而宽容；而对待自己，你却表现得极其易怒和不耐烦。你就像是一个双面体，一面是强大而自主的成年人，另一面是个没有安全感的孩童。

· **最终，你陷入进退两难的境地。**

你感觉困顿、疲惫、无力。假如你的车曾经陷在泥里，你就知道那是一种什么样的感觉了。你尽全力踩着油门，希望能够得到某种牵引力和动力来让自己出去。

但是你越努力就陷得越深。也许，你只会对生活中的某些特定领域感到困惑，比如在工作或一些重要的社会关系中。你也可能发现，自己总是会陷入内心矛盾当中，注定要在泥浆中一直跋涉下去。

正如我之前提到的，内心的冲突是导致恐惧与焦虑的三个根源之一（还记得吗？另外两个是情绪的堆积和自我局限的信念）。那么，是谁在和谁发生冲突？通常看来，争斗的双方是潜意识当中引发焦虑、担忧、不安和羞耻的反面角色，以及使我们感到自信、积极和乐观的正面角色。潜意识中的正面角色们似乎起到了促进我们成长、成功和心情愉快的作用，而反面角色则通常被视为内心中的障碍、弱者、批评者和破坏者，它们阻碍我们发挥自身的潜力。然而，把某个角色定义为反面和限制性的，这只会使我们对自己的潜意识更加不信任和不喜欢。而正如你已经意识到的，对潜意识大加指责并没有任何意义，甚至对它非常不公平。

要想真正解决你内心的冲突，最重要的是加深对潜意识中所有角色的理解和欣赏，比如，它们是如何存在的，它们的“工作情况”如何，以及它们究竟为什么争论不休。这当中，有些信息我已经在前面的章节提到过了，但是，在这个新的章节中，我觉得有必要再重复一下。

保卫者崛起

把潜意识想象成一颗有着许多美丽切面的钻石，每一个切面分别代表思想的一部分，为我们提供特别的信息和资源。由于这些不同的切面，在生命中的不同阶段，我们可以轻松地扮演众多角色。我们可以是子女、学生、朋友、家长、员工、企业家等。潜意识中的这些角色也包含了我们的性格特点，比如严正端方、思虑周详、手腕灵活、心思灵动等。

我们开发出如此众多的切面，是为了应对内外环境的改变以及这些改变所引发的情绪变化。正如我在第六章说的那样，出生时，我们的潜意识结构是简单而随性的，还没有得到彻底完善。就像海绵一样，它会吸收任何看上去与我们生存、成长以及世界观相关的信息。而随着时间的推移，生活在发生变化，我们的潜意识可能会记下某些令人困惑、恐惧甚至是给我们带来伤害的事情。根据这些重要的情感事件的发生频率和强度，潜意识会添加一个新的切面，用以谨慎而忧心忡忡地审视我们的生活和未来。最终，这个切面会承担起心灵保卫者的角色，应对生活中的危险和未知的环境。

也许你还记得上一章我们说过的，恐惧、不安和挑剔的内心独白通常源自潜意识当中那个幼小的自我，因为它还始终记着过去那些令人焦虑的经历。记住，你始终无法从过去解脱出来的原因之一，就是因为你还没有告诉它："你不再是那个弱小的、无能为力的人了，你的四周不再危机重重。"但是，为什么你的潜意识还会受到它的影响呢？还有另一个更深远的原因。可能你已经猜到了，那个幼小的你——消极独白的源头——通常还担任着你心灵保卫者的角色。

在潜意识中，这个幼小的保卫者制订出特别的策略来护卫你的安全。这些防护策略可以有很多不同的形式。有一些策略是为了搜寻潜在的危险，包括嘲笑、拒绝、失败等。而另一些则会为了逃避伤人的挑剔和批评而把你隐藏起来，让别人看不见。这种隐身可以通过苟同、躲藏、疏离，或者绝不做第一个吃螃蟹的人来实现。有些人因此成了和事佬，他们费心费力，以确保没有人会感到不快。

事事尽如人意通常被视为一种美德，其实也是一种极端的保护策略，同样是基于避免被拒绝和失败的愿望。另一方面，你也可以通过扮演侵略者、背叛者或批判者的角色，来达到保护自己的目的。这样的人从不与他人过分接近，当然，也就不会受到任何潜在的伤害。

下面的例子是关于我的一个客户的。

玛丽是一个30多岁的漂亮女人。她有两个姐姐和一个妹妹，却总是觉得自己在家里像个局外人。小时候，她的姐妹们都表现得活泼开朗，只有玛丽时常会感到胆怯和害羞。那个时候，晚餐上的主要娱乐活动就是大家一起取笑玛丽，直到她哭出来为止。而她的眼泪只会带来更多的嘲弄和嬉笑，于是，晚餐对她来说变成了一种折磨。后来，玛丽告诉我，在忍受了如此多痛苦的晚餐之后，她在内心深处做出了决定。她要让自己消失，因为隐身总比被当作全家的笑柄要好得多。从那一刻起，她尽可能地疏远自己的家人，通过保持安静和不引人注意，她把自己变“小”了。

在玛丽小的时候，这个策略一直非常有效。通过避免与家庭其他成员交流，或是干脆躲在自己的房间里，她终于能够摆脱掉别人的嘲弄了。

摆脱陷在泥潭里的恐慌

当玛丽上了大学以后，她不会再把自己变小，因为一切已经过去了。像所有同龄人一样，她想走出去，去痛快地玩乐，去交朋友。但是每当她想要放开手脚迎接新生活时，一种压倒性的焦虑和担忧就会立刻使她的情绪低落下来，她会变得极度警惕，试图寻找任何被嘲笑的可能。于是，玛丽在自己的脑海里重温自己的一言一行，分析自己说过的每个句子，想确定它们会不会给自己带来任何潜在的不快，或者有没有可能使自己看上去非常愚蠢。然后，她会继续深入分析自己的调查结果，试图回忆起当时有没有人对她表达过什么不满，自己有没有做过什么错事让别人不再喜欢她。就这样，随着时间的推移，她的焦虑愈演愈烈，最终每当她想到要出去见朋友的时候，焦虑都会变成无可抑制的恐慌。

在我们第一次会面的时候，玛丽就告诉我，她的内心当中总会出现一个根深蒂固的声音。正是它毁了她的社交生活，不断地质疑她的外表，怀疑她所做的一切，并且不断指出别人对她都有些什么消极的想法。“每当我和朋友们在一起的时候，”她告诉我，“我都感觉像把自己放在显微镜下，所有缺点和不足都被放大了。我很担心，不知道该如何讲话，甚至手足无措。”

其实，玛丽也有截然不同的一面。大学毕业后，她开始了自己的职业生涯。在新的角色中她无所畏惧、性格坚强，而且能力十足。她把这个自己称为“专业的我”——优雅、自信、非常成熟。玛丽的事业非常成功。她投标商业项目、开办自己的公司、洽谈贸易合同，她充满信心、目标明确，并且处事果断。

我想象得出，这个时候你可能会这样说：“幸运的玛丽。我也希望自己的潜意识里能有这样积极而令人鼓舞的一面。至少她在工作的时候能够摆脱自己的不安。我了解自己内心当中的魔鬼，它憎恨我、质疑我，对一切都抱有恐惧。我也希望能够摆脱它。”

每一场斗争都至少需要两个方面的介入，而其中必然有一个声音代表了我们的内心对于焦虑和负面情绪的反对。假如你对这些正面角色不太熟悉，那可能是因为你的心灵保卫者认为它对你无益，或者太过危险。为了保护你的安全，它可能会把这些角色暂时扔在一边，或者干脆束之高阁。但事实上，你既然决定翻开这本书，就说明你心中的某一方面不希望继续陷在泥潭里。

理想状态下，你的潜意识中的每个角色，即使有着完全不同的观点、任务和侧重点，也会学着相互合作，与其他角色共享信息和资源。比如说，为人父母者会回忆起自己当年也有过“我比你懂得多”的念头，于是允许他们的孩子表达自己的意见和个性；老师们想起了自己当年学习上的种种困惑，于是更加愿意帮助学生解决遇到的问题；医生们也可以由此对病人的痛苦抱以更大的同情。我们的头脑越灵活，就越容易在各种角色间从容转化，也更容易产生代入感和力量。这些角色会彼此支持、增强和平衡，以完成它们最重要的两个任务——规避风险和增加快乐。

而当我们的思想变得僵化、失衡、相互斗争，进而演化成一场内心冲突的时候，问题就出现了。我知道，这听起来有点耸人听闻，但事事皆有可能。当某种负面的（有时甚至是正面的）预期占据了大脑时，潜意识中的某个角色就会被相应地放大，进而掩盖其他的角色。就像钻石的某个切面折射了所有的光芒，其他的切面都会相应地暗淡下来。但正是因为它过于耀眼，整个钻石的美丽也被分散了。同样的，这个角色聚集了最多的能量和关注，也会削弱我们的辉煌。

下面来说一个我自己的故事。我做住院医生的时候，在最紧张的那个时期，工作几乎占据了我的全部生活。巨大的压力、无休止的诊断、缺乏睡眠及我自己的不安，种种不健康的因素纠结在一起。于是，在我的脑海里，白大褂的地位变得越来越重要。最终，我开始极度在意自己医生的身份，几乎忘记了我到底是谁。在聚会上，我会这样介绍自己：“嘿，我叫弗雷德曼。我是一个医生。”现在回头想想，真是有点尴尬，这可不是个搭讪的好办法。于是，我开始意识到自己在某个角色上倾注了过多的关注，是时候做出改变了。

就像我深陷于压力的医生身份一样，你可能也会踟蹰于恐惧和焦虑当中，以至于看不到自己的其他身份。还记得你潜意识当中的那个保卫者吗？它的工作就是处理潜在的威胁，它集中了你的大部分注意力，并且成为你的第一身份。与此同时，它还会损害到其他鲜活的、使你与众不同的角色。

让我们还是回到玛丽的故事吧。由于她的事业切面和焦虑切面没有任何的交集，所以内心中的冲突也就在所难免了。当她在工作的时候，一个强大和优秀的玛丽就会出现。而在她走出办公室的时候，那个焦虑和挑剔的玛丽正在电梯里等候着她（至少对她来讲是这样的，就像她的另一个强大的分身），准备跟另外的那个她在脑袋里来场大战。

玛丽不明白自己为什么会如此与众不同，也不知道自己的心态是怎样在几分钟内发生天翻地覆的变化的。她只想摆脱那个挑剔和令人不安的声音，摆脱掉那个监视她一举一动的角色，那个给她带来疑虑和担忧的角色。然而，玛丽越是努力地关注自己自信的一面，越是忽视并且愤怒地与负面的声音作战，她受到的折磨就越严重，而由此产生的焦虑和不安也就越多。“有时，当我陷入内心冲突的时候，”她说，“感觉就好像有两个人在对我大吼——左边一个人，右边一个人——而我不知道自己该做点什么、要听谁的话。我感觉自己都有些人格分裂了，我要疯了！”

我向玛丽保证，她不会发疯的，因为在很多方面我们都有着不同的个性。她所需要的是对产生焦虑与不安的那个角色有一个全新的理解，建立起一种完全不同的关系。

这时候，你可能想再看看第六章的内容，那时我们研究了消极的独白及其在潜意识中的源头。在那一章里我说过，无视、迁怒或接受那些负面的消息通常是没有用的，甚至只会加重你的焦虑。现在，你终于知道原因了吧。这是因为，当你打算清理掉那个焦虑、年幼的保卫者时，它会绝望地试图抓住你的注意力，让你意识到摆脱它将会置身于危险之中。由于它的努力，就像你以前体验过的惊恐发作一样，正面和反面角色之间的差距进一步地扩大。最终，保卫者将不再信任潜意识的其他角色传递来的信息，无论它关注的是成功、成长、人际关系还是吃喝玩乐。它全神贯注地致力于你的安全，以至于认为来自其他角色的信息都是不必要的、有风险的甚至是威胁性的，而这只会导致越来越多的内心冲突。

通过我们的共同努力，玛丽认识到，她的不安、焦虑以及令人担忧的内心声音全都来自她那可怜的童年，也就是那些可怕的家庭娱乐活动。她终于明白了，那些反面角色的更深层次目的，其实是使她免受伤害。直到此时，玛丽才真正地明白，焦虑和不安只是自己性格中的一个巨大的缺陷和弱点，只会使她坚定地相信自己不如别人那么优秀、有趣、快乐。这样，玛丽第一次对自己的反面角色——那个使她不再引人注意的角色——表示了感谢，因为当家庭无法给她安全感的时候，正是它使自己感到安全和有把握。

玛丽最后终于明白内心的冲突究竟是什么。过去，她下意识地把工作与成年人联系在一起，认为事业就是某些自己能够创建和把握的东西。所以，当她穿上雄心勃勃、自我强化和专业的外衣之后，她就绝不能再让紧张和焦虑干扰自己的工作了。如果不这样做，她就不会取得任何进步，更无法完成自己的职业目标。而另一方面，从潜意识中那个年幼的保卫者的角度来看，玛丽的专业形象又是非常不安全和不负责任的，因为它经常使她出现在一些高风险、高曝光率的处境之下，比如商务谈判、演讲以及和陌生人共进晚餐，所有这些情况都会把她暴露在潜在的批评、伤害和拒绝之中。

那么，你该如何解决这两方面之间的冲突呢？

内心中的批评者——好心办坏事

解决内心冲突的时候，最关键的一步就是要认识到：没有任何一方是正确的或错误的，它们的终极目的都是使你的利益最大化。

也许听上去很难接受，但是焦虑带给你的好处要远远超过其他负面情绪。有时候，你可能会觉得自己正夹在两个反面角色的冲突之间，比如说，某个可怕、不安的角色可能正在同一个恨意十足的内心批评者斗争着，而后者已经折磨得你痛不欲生，尤其是在你需要一些真正的安慰和鼓励的时候。我明白，你可能很想知道内心当中那个挑剔的家伙到底有什么积极的作用。假如帮助你避免痛苦是潜意识的主要工作之一，那为什么它还会指责你、敲打你甚至痛打你一顿（当然了，这样的事只会发生在你的脑海里），使你痛苦不堪呢？这没有道理啊，不是吗？

多年以来，山姆也一直问着自己同样的问题。这些年，他始终被脑海里时时闪过的干扰图像折磨着。每天，他都被迫看到自己被某些不认识的人血腥地虐待、殴打得面目全非的影像。他无法抑制住这种幻觉。不管他怎样努力，这些可怕的念头始终在无情地侵蚀着他的大脑，使他情绪低落、无比沮丧。他常常会想："我为什么要这样对自己？我一定是得了什么严重的精神疾病。"当然，这样的想法对于挽救他已经十分低落的自尊和信心没有任何帮助。

山姆告诉我说，他小的时候经常挨父亲的打。几乎每天晚上吃饭前，他都会毫无理由地挨上一顿打。而对于山姆绝望的哀求，他爸爸的回应就是："不许哭，要不然我就让你哭得更厉害。"对于一个孩子来说，山姆的生活变得困惑和迷茫，他唯一能够确定的就是每日不变的肉体和情感上的双重痛苦。

乍一看，原因似乎很简单，山姆脑子里出现的那些暴力画面不过是对他那不堪回首的童年的生动回忆。可是，他为了减轻这些创伤的影响而尝试的任何一种治疗，最后都以失败而告终，那些图像依旧顽固地闪现在他的大脑中。

在一次谈话当中，山姆回忆起了他十几岁的时候发生的一件事情。当时，他决定在自己的游戏中打败他的父亲，方法就是提前感知挨打的痛苦。于是在每次挨打之前，他就会开始幻想父亲是如何打他的，以及会造成怎样的疼痛感。山姆认为，通过这样做他至少可以在不可避免的虐待中重新寻回一些控制权。你能想象一个小男孩被逼迫想出这样的生存策略时该有多么绝望吗？当然，这也不失为一个巧妙的方法，在如此不利的条件下，山姆可以借此给自己一些慰藉。

起初，这个策略很奏效。父亲的殴打不再像以往那样无法忍受了，因为山姆已经在大脑里模拟过同样的挨打过程了。随着时间的推移，山姆甚至产生了一些自主意识和个人权力。虽然他无法控制自己的父亲，但至少他可以控制自己，可以决定暴力对自己的影响。

当山姆长到 16 岁，足够强壮可以进行反击的时候，他的父亲终于不再把他当作一个出气筒了。但是，山姆自己臆想出来的殴打依然在继续。被打得体无完肤的图像无情地折磨着他，山姆也逐渐忘记了这样做的初衷。此时，他已经习惯于这种“心灵中的残忍习惯”的刺激。而这种刺激又助长了沮丧和愤怒，以至于山姆的心中充满了仇恨，并且一直以一种病态和恶意的方式折磨着他。我们第一次见面的时候，山姆刚刚 51 岁。也就是说，他与自己斗争的时间，已经比他和父亲之间的矛盾时间长上两倍还要多了。

虽然山姆的例子可能有些不寻常，甚至有点极端，但是自己折磨自己的例子——严苛的、自我批评的想法，或者不切实际的比较——依然是相当常见的。这种自我批判的背后目的是保护你，它可以把你变得不引人注意，这样你就不会惹上麻烦；或者它能够帮助你保持警觉，这样你就不会失败或懈怠。与山姆的经历类似，那些一直在苛责和敲打你的想法，其实是一直相信自己伤害自己总好过你被别人伤害。

现在你可以看出来，我们的潜意识，包括其中那些反面角色，或者我应该说我们以为是反面的那些角色，在通常情况下是如何支持我们的。假如你了解了下面这些重新调整心绪的过程，就算我们内心当中的某些角色依然会表现出焦虑、不安和自我局限，也不会有什么太大的问题。事实上，对你来说，心灵保卫者的真实力量和技能是极其宝贵的资源，一旦合理地运用，就会把你变成一个更加完善和全面发展的人。重新调整的过程为我们提供了知识、方法和工具，不仅可以解决内心的冲突，还可以促使潜意识与我们的目标保持一致，帮助我们找出并利用好自己的全部潜力。

也许你想知道，假如消极的独白和心灵的保卫者来自同一个地方，那为什么你不能用冲抵负面想法的方式来解决内心的冲突呢，就像我们在第六章学过的那样？因为冲抵负面想法的目的是打消你的疑虑、安抚你的焦虑，当然在大多数时候，还包括那个年幼的自我，并且帮你把注意力直接集中在某个更加积极和光明的角度上。然而，安心和抚慰本身并不会使你的心态恢复正常，那通常是由潜意识中的其他角色完成的工作，它们则希望通过斗争来拯救你。

安静下来，重新调整心态

这个调整的过程会给你带来多种多样的回报，而对于我的很多客户来说，简直就是生活大变样。

· 心灵的安宁。

向你心灵当中的保卫者保证，告诉它安静下来，不要继续焦虑，现在的你很安全。但是这份保证并不会使它停止保护你。只要你潜意识中的某一方依旧扮演着保卫者的角色，并且完全不受其他方面的影响，那么它就不会正式隐退，不管你有多长时间没有感到危险和自卑了。而随着时间的推移，这个担当保护工作的角色会暂时转向幕后，不再如以往一样影响你的生活，但是它仍将继续保持警惕，时刻等待着危险来临的那一刻，哪怕那可能只是一个欺骗性的错觉。

我总是痴迷于潜意识当中那个保卫者的坚韧和奉献精神。很多次，一旦危机被触发，心灵的保卫者就会立刻进入攻击模式，不遗余力地保证你的安全。这似乎是一种超前的自我保护本能，就像在说："看到了吗？我告诉你，现在非常不安全。我希望你能相信我，把这件事交给我处理。"调整心态的过程会指引心灵的保卫者回到潜意识当中，同时也使那个年幼的自我意识到它不再需要为你的安全与幸福负责了，因为作为一个成年人，你已经找到了更成熟、更机智的方式来承担这个任务。通过这些方式，你将得到更大的完善和平静。

· 优化你的能量。

也许你能够发现，不断的内心冲突会造成巨大的能量消耗，并且使你心烦意乱。就像拔河比赛中，双方都在拼命地向自己的方向拉绳子（也就是你心中那些正面角色和反面角色），双方用尽了力量，却没有取得任何实质的进展。我们再来看看玛丽的例子吧，当她的耳边响起截然不同的两个声音时，她根本没有精力和注意力来弄清楚自己究竟是谁以及她到底应该做些什么。

冲突中的潜意识不可能满负荷运转。就像一台破旧的电脑主机，自相矛盾的潜意识也需要更多的努力、时间和能量才能完成自己的正常任务。进行过碎片整理的硬盘会运行得更加顺畅，同样，作为一个整体，整理过的潜意识也会更有效率，远远超出它所包括的所有角色的总和。

· **改善你的健康。**

完善与和谐是健康和幸福的基础。大量的文献证明，内心冲突所带来的情感负荷，无论是由焦虑、愤怒还是抑郁引发的，都会影响到你的免疫系统。内心的情感冲突还非常有可能导致自身免疫系统疾病和癌症，这就变成身体各部分之间的斗争了。

· **挖掘自己真正的潜力。**

焦虑或批判性角色的影响力远大于它们所表现出来的。你可能会发现，在下面的重新调整过程中，焦虑或其他反面的角色往往拥有巨大的优势和能力。例如，那些总是过度警觉和喋喋不休的角色会赋予你诸如坚忍不拔、善于分析和心思灵敏之类的特质，这些对你可是大有好处的。然而，只有当你把这些角色重新纳入潜意识，你才能挖掘出自己真正的潜力。

重新调整心态的过程：六个步骤带来内心的平静

当你的内心在大部分时间里总是充满冲突的时候，你怎么可能达到完善与和谐呢？你真的能够理解和接受自己心中的某个角色变成大反派，除了给你带来痛苦、焦虑和沮丧之外一无是处吗？是的，没有问题，你完全能够做到。在以下六个重新调整心态的步骤中，我们将首先确定冲突的双方到底是谁，然后一步一步地进行调整，直到两方面可以相互包容、找出共同的目的、重新开始为你服务。

下面，我们先对这六个步骤做一个简短的概括。

步骤 1：冲突的双方是谁？在这个步骤中，你会辨别出主要由焦虑引发的内心冲突及其主旨和对立的观点。

步骤 2：它们的真实身份是什么？在这里你会发现冲突的深层次根源，并且能够接触到潜意识中与之相关的角色。

步骤 3：还有更崇高的目标吗？虽然敌对双方都有自己遵循的目标，但其实还有一个共同的更伟大的目标。在未来，它们可以为了这个目标共同奋斗。

步骤 4：双方各自的真正天赋和优势是什么？也许到现在，你依然会把其中一方看作负面的、焦虑的、不安的和挑剔的，而另一方则是正面的、自信的和充满激励性的。然而，在这个步骤中，你将发现，每一方都远比你认为的更有潜力、更有优势。

步骤 5：双方该怎样相互支持和合作？因为在前面，双方都已经意识到，它们共有一个更崇高的目标，并且对于你来说，两方面都是弥足珍贵的，所以它们现在可以考虑以特定的方式进行协作，而不是朝着相反的方向前进。

步骤 6：用爱和感激来重新调整心态。在这最后一步，你会从潜意识的层面上重新接触产生冲突的双方，从而达到自身的完整。

这六个步骤，连同你将在第九章和第十章学到的一些练习，都需要你进入一个可以放松和内省的所在。在那里，你可以和自己的潜意识紧密配合、相互协作。为了找到这样一个地方，我要求你在调整过程中的某些阶段闭上双眼，所以你在深入研究这些步骤之前，要全面熟悉它们。你可以多读几次那些步骤的描述，直到你领会自己要做些什么，你也可以自己或请别人把这些步骤大声地读出来，然后录成磁带来听，也可以从网上下载它们的简要说明版本[①]。在你开始这个练习之前，找到一个舒适而安静的地方，确保自己不会被打扰，还要找一支铅笔和一张纸，这样你可以记录下自己的一些见解。写下自己的想法会帮助你完成这个练习，并且在以后可以给你一个机会来审视自己的反应。那时，你就会惊异于自己已经取得了如此巨大的进步。

步骤1：冲突的双方都是谁？

要想解决任何冲突，你首先得熟悉自己的对手。它们是谁？它们都想要些什么？当谈到你的内心冲突时，这个问题的答案很快便呼之欲出了。另外，你还会感到自己的脑子已经变成一个巨大的战场，没有任何一方是好相处的，而且都表现得不尽如人意。

想一想在你的生活中，哪些情况会使你感到困惑、焦虑或压力重重呢？还有没有其他的时刻，在完全不同的情景中，你也会有相同的感受呢？你还能想起这些情况开始时是什么样的吗？

下面，我们来举几个例子吧。

- 关系。你感到很孤独，你渴望爱情的到来。但是不管你找到怎样的伴侣，你都不会与对方分享自己的想法和感受。这使你看上去十分冷淡和冷漠。你自己心里清楚，其实这是因为你内心中的某一方始终在犹豫着是否要让别人接近你。就像小时候，你那饱经世事的父母告诉你千万不要相信任何人，更不要把希望寄托在任何人

①在本书的英文网站http://SoundsTrue.com/bonus/FearSolution上，有关于这些步骤的音频文件供读者下载，故作者如此说。在第八章和第九章中，还会出现这样的说法。——译者注

身上，除了你自己。

- 事业 / 成就。你雄心勃勃地追求事业的成功。但不管你取得多么大的成功，内心中的某个角色依然认为你本可以做得更好，或者你所取得的一切都是靠欺骗得来的。这种情况早在你小的时候就有过，你拼命地在学业或田径场上证明自己，因为你想要得到父母的赞许，或者作为自己被别人小看的补偿。然而，就算你取得再大的成就，你依然得不到盼望已久的认可。

- 减肥。你想减肥，不仅是由于找不到合适的衣服，还因为你的关节已经受到了体重的伤害。尽管你努力节食，你发现自己仍然可以一顿吃掉一大桶冰激凌。回首从前，你会意识到每当你减肥成功之后，你都会受到过多的关注，甚至更容易受到感情的伤害。因此，你心中的某个角色认为，保持良好体形会给你带来危险。

诚然，在这种自我保护的焦虑刚刚出现的时候，立刻能够察觉是很有帮助的，但是对于整个重新调整心态的工作来说，它其实并不是不可或缺的。假如你记不得是什么引发了内心的冲突，那你就干脆把注意力放在它是如何出现的上吧。

这种冲突是如何反映在你内心的独白中的呢？你脑海中敌对的双方始终在不断地争吵，听起来就像一场激烈的辩论或是喋喋不休的两口子在吵架。也许只有当潜意识里的某一方暂时退出战斗之后，你才会注意到它的对手。比方说，假设你刚刚还清自己的信用卡或是获得老板的称赞，或者发现自己终于穿得上某条裤子了。这时，世界立刻变得十分美好。你的保卫者似乎可以去钓鱼了，失败和拒绝从此与你告别。可是，仅仅几天之后，你就不得不面对某笔意外的支出，或者发现自己还有紧急的活儿没干完，或者听到你的配偶感叹还是喜欢胖胖的你。这些事情都可以使你的保卫者重新降临，然后把那个自信的你踢回幕后去。

在这场冲突中，你该如何定义每一方呢？让我们来看几个例子。

- “我想恋爱”与“我不想再次受到伤害”之间的冲突。
- “我知道如何才能成功”与“我害怕被发现是一个骗子”之间的冲突。
- “我想减肥，我想重拾良好的自我感觉”与“我要暴饮暴食，增加体重，因为我不想引人注意”之间的冲突。

你的目标就是区分出冲突双方各自的主旨，比如想要获取成功和肯定与害怕失败或拒绝之间的冲突，或者是相信自己是安全的、世界无比美好与相信任何时候都会有意外发生、不要信任任何人之间的冲突。

那么，冲突的双方扮演了什么样的角色？假设冲突中的一方扮演了焦虑和不安的角色，那么该怎么形容它呢？是忧愁者、不起眼的人、变色龙、小丑、挑剔的人、破坏者，还是反对者呢？

你还要注意另外一方——那个愿意承担更大的风险去追寻更广阔生活的一方。当你把注意力放在它身上的时候，你会用更加积极和宽容的方式来看待自己和这个世界吗？还有，冒险而积极的一方对于害怕而保守的一方只会感到愤怒、否定和沮丧吗？

步骤 2：它们的真实身份是什么？

完成了步骤 1 之后，你可能已经对潜意识里充当保卫者的一方有了相当的了解，当然，你也认识了它的对手。现在，你已经准备好与潜意识中的双方进行直接的联系和沟通，以期对它们有更深入的了解。

顺便说一下，在最开始的时候，你可能会问：“我这样做对吗？怎么感觉就像我自己在胡编乱造一样。”别担心，就算你是编造的，那也是建立在富有创造性的想象力的基础上的，它的源头和灵感都来自你的潜意识。因此，不管这些虚幻的东西是什么，它们都与你的目标息息相关。你越不在意它们正确与否，这些答案和感觉出现得就越频繁、越轻松。那么，你准备好了吗？

进入状态

找一把舒服的椅子，稳稳当当地坐在上面。双手放在大腿上，手与手之间留出 25 厘米的距离。掌心朝上，把手向上抬几英寸，直到你的上臂和小臂之间形成一个 90 度角。深呼吸三次，然后闭上眼睛，屏住呼吸。放松，把注意力集中在身体上。如果你的手臂开始感到沉重和不适，你可以暂时把它们放回到大腿上，依旧保持掌心向上。在整个过程临近结束的时候，我还会要求你将它们举回到原来的位置上。

想象那些正面角色和反面角色

· 与内心冲突中的反面角色相接触。问问自己，这些反面角色会给你带来什么样的感觉——焦虑、不安、犹豫、迷茫、恼怒、不耐烦，或者仅仅有些消极。通常状况下，你的身体会对这些情绪产生怎样的反应？你注意到自己的胸口发闷、肩膀上沉甸甸的，或者脸孔发热了吗？

· 问问那个反面角色，看看它是否愿意与你沟通。等待一个肯定或否定的答案——你可能会在自己内心中听到或者感觉到的——这会明确地告诉你它愿不愿意和你进行沟通。如果你得到一个否定的回答，或干脆没有任何回音，你要让它知道，它是完全安全的，你不会去惩罚、伤害或者摆脱它，尽管你之前可能被它搞得灰头土脸。你只是想更好地理解它，你希望通过这种方式在将来更好地支持它。这样的保证通常会给你带来一个肯定的答复。

· 如果它已经同意与你沟通，问问它是否愿意站出来，就像一个小人一样，站在你的手掌上。请这个反面角色选择一下愿意站在哪只手上，左手还是右手（你也可以要求它选择站在左边或者右边的膝盖上）。当你从它那里得到一个确定的答复后，感觉上就像真的有人站出来一样，这时你要对它愿意与你交流表示感谢。

· 再去联系一下潜意识中的另外一方，就是和站在你手掌上那个角色矛盾最激烈的一方。回想一下，当你与它联系的时候，你的感觉和行为方式是什么样的。问问它是否也愿意走出来跟你聊聊。邀请它也选择一只手来站。有些时候，双方可能会挑中同一只手。在这种情况下，你就必须居中调停一下，看看哪一方愿意到对面去。

更好地了解它们

· 当双方各占据一只手后，把你的注意力集中到焦虑的一方身上，想象一下它看起来到底是什么样子。有的时候它会以一个人的形象出现，这个人也许是你，也许是你年轻时候的样子，也许是你认识的某个人。或者你发现，这个消极 / 焦虑的角色看上去更加抽象，可能像一个卡通人物，或者干脆没有固定的形象，只是一片黑色的暗影。我的一些客户甚至会把自己消极的那一面形容成一个小恶魔的样子，这可真有点吓人了。

· 认清它的真实身份。回忆一下，第一次同它打交道时，你的感觉是什么样的。对大多数人来说，这种初次的经历源自他们童年的某些场景。你可以立即联想到当时的某些情形中那种焦虑或不安的感觉。想象这个反面的角色逐渐变成一个年幼的你。再体会一下这个小小的自己的姿势、面部表情，以及它隐藏起来的内心感觉。

· 对于这个小东西，你现在是怎么想的？比如说，你是开始接受它，还是打算拒绝它？你是在同情和怜悯它，还是仅仅想要摆脱它？可能从那一刻起，你就已经开始改变对它的看法了，因为你已经意识到，不管它以怎样的负面形象出现，从根本上讲，它依然代表了陷在过去的事情、情绪和信仰当中无法自拔的那个幼小的你（假如你没有这种感觉，不要担心，你还有更多的机会来改善你与它之间的关系）。

· 在你充分了解消极 / 焦虑的一方，并与它建立全面的联系之后，把你的注意力转移到另一只手上那个积极的一方。再想象一下，它长什么样子？它有多大了？它看起来是像你现在的样子，还是一个更强大的你？它是站着、坐着，还是在走来走去？它的面部表情告诉你些什么？尽力去了解一下它的内心感受，看看在它心中都包含了什么样的情绪。

· 你们两个之间会建立起什么样的关系？你会拒绝它还是接受它呢？也许你会感到兴奋和充满希望，你会发现自己心中还有很大的潜力。还有，当你发现自己无法时时与它保持联系后，你会嫉妒它或感到愤怒和悲伤吗？

步骤 3：还有更崇高的目标吗？

这个时候，你已经找出自己的内心冲突的根源，并且把冲突的双方名副其实地把握在了自己的手里。作为一个声誉卓著的中间人，面对对立的双方，你最好把注意力从细节的分歧中移开，把目光放长远些，投向双方共同的目标和目的。在这个步骤中，获得这个更高的视角是第一目标。因为双方系出同门，也就是你的潜意识，所以它们的最终意图和最高目标也必然是相同的，一切都是为了你的生活。

有点意思吧？或许这个共同的目标本身并不重要，特别是对于充当了心灵保卫者的反面一方来说。因为就像你已经知道的那样，冲突的根源起源于消极 / 焦虑的一方从潜意识中分离出来，发出了单独的、看似比其他角色更强大的声音。而你需要做的就是提醒相互冲突的双方它们的初始目的和共同的根源究竟在哪里，帮助它们重新构成一个完整的潜意识，提醒双方什么才是它们最大的目标。

1. 要求焦虑的一方汇报工作。转向那个感觉更消极/焦虑的“小我”，问问它：“我了解你的感受，也知道你是如何影响我的生活的，但是我想知道，你过去一直这样做的目的是什么？你的工作究竟是什么？”然后仔细聆听它的答案。

下面的这个例子或许会告诉你这个谈话的内容。

反面角色：我很焦虑。我之所以会进行消极的独白（或者避免与人交流、拖拖拉拉，或者不管它做了什么吧），是因为我不想受到伤害（或者感到尴尬和被拒绝）。

你：你为什么不想受到伤害（或者感到尴尬和被拒绝）呢？

反面角色：为了避免痛苦。

你：那你为什么要避免痛苦呢？

这里可能会停顿一下。

反面角色：我不想受伤。

你：那你为什么要确保自己不会受伤呢？

反面角色：为了保护自己。

你：你为什么要保护你自己呢？

反面角色：这样我会很安全。我要活下去。（假如这个角色完全独立于你潜意识的其他角色之外，并且很清楚自己保卫者的身份，那么你可能会听到它说：“我们会很安全，我们要活下去……”）

你：那么为什么要安全地活下去呢？

反面角色：一切为了生活。

这个时候，你已经把它从保卫者的思维定式中解脱出来，你在提醒它，生活才是比安全更重要的事情。

2. 现在是时候让这个消极/焦虑的一方知道生活中还有更崇高的目标了。对它说：“我们来确认一下吧，你和我是安全的，是有保障的。这样的话，我/你/我们应该做些什么呢？”

最开始的时候，这个问题可能会导致停顿或“我不知道”之类的答案。但是你要有耐心，因为答案早晚会出现。那个幼小的你一直相信生活是危险的，就像战火纷飞的战场或一座监狱，没有它的保护你会遇到很大的麻烦。对于它来说，根本就没有时间或机会来考虑重新就业的问题。

通常，你会听到这样的答案，比如“为了成长，为了探索生命的意义”“为了生活的目标和追寻梦想”，或者“为了去做你想做的任何事情”。而当你继续深入探寻这个问题，比如，“成长和生命的意义究竟是什么，为什么要做自己想做的事情呢？”这时你才会触及它最终的目标。这个目标可能是快乐、爱、自由、完美，或者是任何事情。

我在这里给出的答案仅仅是一个范例。你不要限制自己的思路，因为根本就没有所谓正确或错误的答案，无论什么样的答案，它都是无与伦比的，对你而言只有好处。帮助你的焦虑找到它更崇高的目标可能只会花掉你不到两分钟的时间。所以不用着急，你可以不断地重复这个过程。只要记住要善待这个消极 / 焦虑的你，不要放弃找出更高目标的任何可能，帮助它告别过去、换一种全新的方式来支持你。

也许在某个阶段，消极 / 焦虑的一方会感到困惑。它要么会在心里重复同样的答案，要么可能是真的不知道答案。这种犹豫或无从回答实际上是好的现象，因为它意味着这个消极 / 焦虑的一方正在思考，并会由此意识到自己思维的局限性。现在，它不得不考虑：到底有没有比全力保护你的安全更加重要的目标呢？

这个时候，耐心是至关重要的。你要温和而持续地以不同的方式去问它什么才是它更崇高的目标。你可以换一种问法，从“这样做的目的是什么？”转到像“这样做有什么用意吗？”“这能帮到你吗？”“这将给我们带来什么？”“在这种情况下，你 / 我该做些什么呢？”这样的问题。无论你怎么问都可以，因为它们最终都将归因于同一个更崇高的目标。

接下来，那些挑剔和评判性的防护策略就开始发生作用，并做出如下回答："我需要你提高警惕，否则你会搞砸所有事情"或者"我要惩罚你，因为只有这样你才会表现得更好"。虽然这些答案看上去充满了敌意，但其实它们的本意还是保护你。

你简单地问一句："这些高度的警觉和惩罚对我有什么用？为什么那么害怕搞砸事情呢？假如表现得更好，我有什么好处呢？"

答案可能是："你不会受伤，不会被批评，也不会被别人落下"或者"假如你表现得好，你会避免痛苦的失败"。正如我在前面提到的，也许你的潜意识认为，它必须惩罚你，让你失望，使你感到渺小和不引人注意，于是别人就不会对你做同样的事情了。当然，这同样是基于保护你的目的，避免你被别人伤害。既然保护的目的是生存和安全，这也就给了你机会，告诉它什么才是更崇高的目标，你可以这样问："假如你真的安全了，那么你还能做些什么呢？"

3. 当你帮心灵保卫者找到更崇高的目标之后，向它表示一下谢意，然后把头转向另一只手上的一方。你可以提出相同的问题，试图也帮它找到更崇高的目标。最终你会发现，双方的答案是相似甚至完全相同的，原因很明显，因为它们都来自同一个整体，那就是你。

4. 一旦你找出了双方共有的更好的目标，问问它们是否愿意与对方共享这一目标。起初，你可能会被其中一方拒绝，甚至是双方同时对你说不。这是可以理解的，因为没有人会相信焦虑和消极的一方会和对手拥有相同的意愿，比如享受生活，或是做最好的自己什么的。但是经过进一步的调整，只要你保持必要的善意和耐心，双方都会同意的。这个时候，那堵阻隔在双方之间的高墙必将会被打破。

你已经做了很多事情，正在顺利地向解决内心冲突的目标迈进。

你把冲突的双方带到一张谈判桌前，而你则扮演了一个中立的担保人。你揭示出那些情绪和行为下面的真相，辨别出究竟是谁在战斗。你帮助双方意识到，其实它们就像同一棵树的两个枝干、同一个光源发出的两道光线、你内心当中的两个分身。然而，随着这个过程的进一步深入，双方都认识到，它们是一个更大的整体的组成部分，支持你的最好的方式就是彼此集中和相互合作，当然，还包括在你潜意识当中的所有其他角色。

但是在这个时候，不信任和猜疑依然存在，双方还保持着距离。

这个焦虑的保卫者可能仍然把自己当成牧羊人，负责你的安全与生存。它觉得如果让其他的角色担负起这种责任无异于让羊来看守羊群。它也许并不愿意放弃自己的使命，因为它担心这会危及自己的地位。毕竟，当武器和盾牌失去作用的时候，谁还会在乎它们呢？而一旦蝴蝶破茧而出，还要那些蛹干什么？

而另一方面，积极的一方也可能会拖你的后腿，因为它始终对那些消极的情绪和行为有一种抵触的情绪，并且缺乏必要的了解。

克服这些障碍的关键，就是双方要学会信任和欣赏彼此。只有这样你对心态的重新调整才会生效，并且长久地保持下去。这就是为什么步骤 4~6 是如此重要。

步骤 4：双方的真正天赋和优势都是什么？

1. 关注一下积极的一方。了解它独有的天赋、特点和资源。问问自己能从这些能力里获得什么样的帮助。它可能很擅长寻找解决方案、尝试新事物，从不担心别人的看法。它会将自信、力量、乐观、鼓励和智慧灌输给你。你可以列出至少五条这种积极而强大的贡献。

2. 再转向那个幼小的你，也就是焦虑的保卫者。问问自己，它又会为你贡献哪些特别的天赋、资源或是优势。它会在哪些方面胜出，又在哪些方面需要改进呢？这将是一个非常有趣的挑战，因为刚开始的时候，你可能会受制于它过去的影响，无法对它做出客观的评价。你所能想到的只是过度的警惕、不安和主观臆断，这可不是什么天赋和优势。但是假如你足够耐心、头脑足够灵活，就可以透过这些表象，揭示保卫者所拥有的真正的潜力。这个时候，你可能会发现一些长处，比如坚忍、警觉以及强大而实用的分析能力。

再深入分析一下，你就会意识到，它会感知到焦虑和不安，那么它一定是非常敏感的。否则它怎么会在危险发生之前就意识到危机的来临呢？敏感难道不是一种天赋和能力吗？绝对是的。在我看来，再敏感都是没有错的。它是一种特殊的能力，并不是每个人都拥有的。然而，对于任何一种能力来说，你拥有得越多，你就越应该重视如何去掌握和应用它。没有人会因为自己拥有强大的体魄或者精神力量而羞于见人，同样，你也不需要为你的敏感而感到惭愧。

使用得当的话，敏感会使你对其他人的痛苦和麻烦持有同情和更多的理解。它可以为你构建深刻而有意义的社会关系基础，使你的生活更加充实和快乐。敏感还会带来其他明显的影响，比如能够准确地看穿某个人，具有敏锐的直觉甚至是心理分析能力，这些都可以帮助你做出更加明智的决定，使你的生活更加轻松和安宁。

3. 问问自己，假如你的生活完全由积极的一方所掌控，会变成什么样子？要是你从此不再有一丝的焦虑，那又会怎样？出乎意料的是，你可能会发现，当初你更喜欢的积极的一方也是有其局限性的。假如你只相信自信、上进和奋斗，你就会变得过于功利，甚至为了成功而完全不计后果。你也许只是一门心思地去做、去争取那些身外之物，却忽略了自己的内心感觉，比如平和、满足和同情。

你也许会整天忙忙碌碌，却浑不在意自己的内心，完全无视生活中种种宝贵的微妙之处。其实，有些看起来无关紧要的时刻——

不管是身处大自然中、与其他人在一起，还是独处——却能够赋予你生命的意义。你的生活可能会充满了乐趣和光怪陆离，却毫无深度和联系。正因为如此，许多人才会把自己形容成一个外表光鲜靓丽的绣花枕头。

4. 然后问问你自己，假如只有保卫者的话你又会变成什么样的人。要是没有了积极方面的影响，你的生活会发生怎样的改变呢？"我会变得一团糟，"你可能会这样想，"我将非常沮丧、焦虑，从此再无进展，一事无成。"如果你的生活中只剩下焦虑，你可能会认为自己的成功只是短暂的痛苦，或者干脆就不存在，你对生活的完美期待和动机也会随之逐渐暗淡。也许你会认为，自己是完全孤独和孤立的，而且因为对失败和拒绝压倒性的恐惧，你会从此不再相信任何人。

可能对你来说，发现冲突双方的真正的潜力和价值是一个大开眼界的过程。你还记得吗，在刚开始重新调整心态的时候，你可能还以为没有了焦虑、消极和挑剔会变得更好吧？焦虑和沮丧导致的自卑一度使你希望能够摆脱它们，对吧？我希望现在你已经改变了自己的看法，并且意识到，尽管每一方都有其珍贵的天赋和潜力，但是假如双方的影响无法得到平衡，这些强大的品质同样会弄巧成拙。

追寻完整的自我，远比把所有角色加在一起更有意义，这就是进行下一步骤的原因所在。

步骤 5：双方该怎样相互支持和合作？

通过这些内心冲突的例子，你能够看出，只有在我们使用这些天赋的时候，它们才能发挥自身的作用。冲突的每一方都可以使你获得惊人的优势和资源。然而，在过去，双方都在致力于削弱甚至抵消对方的影响，而不是相互协作。而在这个步骤中，你将进一步巩固你的成果，促使它们真正地合作，而不仅仅只是共存。

首先，提醒积极的一方，它的对手（也就是消极的一方）同样有着真正的天赋和潜力。接下来，同样向反面角色解释一下对方的天赋和潜力。然后提醒它们彼此共同的最高目标（例如找到幸福、找到满足、与世界分享你的天赋等）。现在，问问每一方该如何支持对方，以帮助你在未来完成自己的最高目标。为了创建更紧密的合作，每一方都需要更紧密地关注对方、了解彼此的需要。例如，充当保卫者的一方仍需要了解你是安全的，它可能会认为积极的一方有些过于乐观、粗心、忙碌和自私。努力协作意味着焦虑的一方应该把上面的担忧告知对方。而作为回应，积极的一方则会慢下来，更加小心地选择行动方式，并且更多地考虑对方的感受。

同时，焦虑的一方也可能需要放弃，或者至少减缓其陈旧的保护模式，不再去破坏积极一方的努力。通常情况下，积极的一方会同意承担这个成熟的保卫者的角色，它会倾听、鼓励那些焦虑的同伴，打消它们的疑虑，并且用自信来保护它们不再受到别人的观点和判断的影响。

我的一些同事把双方形容为生活中水平和垂直的力量，对此我深表同意。水平力通常是指积极而自信的一方，它们着眼于拓展自己的生命，追求更大的成功、荣耀、广泛的人际关系、令人兴奋的人生经历，以及其他任何未知的积极的可能性。而垂直力通常指的是消极/焦虑的那一方，它们更感兴趣的是如何生活得更加深刻。它们通常更喜欢紧密和有意义的人际关系和情感，享受安宁、平静以及灵性和创造力。水平力推动你的生活不断前进，而垂直力则为之提供物质基础和深度。这下你明白了吧，为了过得既安全又成功，你需要处理好双方的平衡——仰观天文、俯察大地。

步骤 6：用爱和感激来完成这个调整的过程。

前面的五个步骤为最后解决这场冲突奠定了基础。而在最后这个步骤中，最重要的是要用你认为合适的节奏来完成整个过程。我们需要你的智慧和主体意识，更要用你的潜意识、你的情绪，以及你的心来为你导航。

1. 把你的手放回到原来的位置。如果在前面的步骤中，你感到有些沉重和疲劳，于是把双手放在自己的大腿上休息了一会儿。现在，你要把它们抬起来，使你的手肘保持大约 90 度角。确保你的掌心朝上，双手间的距离维持在 25 厘米左右。看看你手上积极和消极的双方，在心里默念它们拥有的真正实力和天赋。

2. 把爱和感激传递给恐惧和焦虑的那一方。告诉它你对过去对待它的方式表示很抱歉。告诉它你对不起它，因为在这么长的时间里，你一直在忽视甚至拒绝它，完全没有意识到它只是在尽其所能地工作，它真正的天赋和能力没有得到你的承认和重视。想象一下，爱以光线的形式从你的内心当中直接散发出来，用一种温暖、充满爱意和安全感的能量，把你手上的小人包裹起来。花些时间和它建立真正的沟通，拥抱它，赞美它，尽管长时间以来，你一直把它当作恐惧与焦虑的来源。

3. 接着转向另一边，那个积极的一方。告诉它，你也很抱歉一直没有重视它，你没有在内心当中创建更多的平衡，没能充分重视它的力量、天赋和资源，你感到很抱歉。然后，把它也包容在你内心的爱和光明之中。重新与它接触，感谢它，拥抱它。

4. 与双方达成协议，彼此重新沟通，相互配合。把你的注意力转回到焦虑的一方，问问它："既然明白了你们双方有着共同的最高目标，那么你愿意和对方分享你的天赋和优势、彼此合作吗？"

一旦你得到了肯定的回答，再转向积极的一方，询问一下它是否愿意与焦虑合作，共同支持你，帮助你更加容易和有效地实现你更高的目标。然后同样耐心地等待它的回答。

通常，你会立刻得到双方肯定的答复。如果没有，请它们提出反对的理由，并且再次提示它们彼此间共同拥有和分享的更崇高目标。用一种和善但是坚定的态度来与它们沟通，明确地告诉它们，对双方来说，沟通、交流和相互合作，共同构建完整的你才符合双方的最高利益。

5. 重建联系。现在，一些几乎不可思议的事情马上就要发生了。一旦你得到双方肯定的回答，你就会感到自己双手之间产生一种磁场。尽管没有睁开双眼，你依旧可以看到，两边的小人正在向彼此走去，而你的双手也在下意识地移动着，一点一点地，直到相互接触。这个迹象表明，你的潜意识已经重新合二为一了。当你发现自己的双手在不刻意的情况下，只凭潜意识的调动就并在了一起，这是一种多么奇妙的感觉啊。

当你的双手相互靠拢的时候，请留意一下那两个小人此刻正在做些什么。它们在握手吗，或者在彼此拥抱吗？它们会互相融合，并最终形成一个“超级方”，共同拥有彼此的天赋和特质吗？让想象力引导你自由地幻想吧。

花点时间在这个重建联系的过程上。它可能需要 1~10 分钟不等的时间。潜意识会自然地使你归于完整。双手的运动标志着你的潜意识已经克服了过去的障碍和边界，相互冲突的双方也在弥合彼此之间的差距。正面角色和反面角色之间不断的冲突和分离，需要从潜意识当中获得大量的能量，并且最终将消耗殆尽。而一旦你解决了这场冲突，原本维持双方分离状态的能量就会转而促进两方面的融合。就像磁铁的两极转换一样，从相互排斥到互相吸引。这就是为什么在调整之后，你不仅会感到心情舒畅，还会有一点精疲力竭。你已经明白了，当潜意识爆发冲突的时候，生活是多么费心费力。

6. 归于完整。把注意力集中在自己的内心，把它想象成明亮的光芒或真实自我的王座。然后轻轻地把手抬起来，去触摸你内心当中的光芒，亲眼见证双方走进你的心灵，重新构建出一个完整的你，欢迎你再度归来。

在整个过程中，你会感到一股巨大的能量，它温暖而又有些刺痛，逐渐在你的内心当中蔓延开来，直到整个身体。花上几分钟，让这股康复的能量流过你的全身。享受那种平和而完整的感觉，让它轻轻地包裹着你，帮助你更加了解自己所拥有的资源和潜力。

在完成这个重新调整心态的过程之后，你最好简单地休息一下，让这个过程自我完善一下，不要去干扰它。

接下来，我们该做些什么？

在完成了重新调整心态的过程之后，你会马上感到更加轻松、和谐和完善。然而，这种全新的状态还需要你的进一步关注，直到它稳定下来。虽然潜意识学习得很快，但是它还需要不断地重复，直到精通。

为了进一步巩固重新调整的过程，请思考下面几个问题。

- 在内心的冲突当中，双方都是谁？
- 它们有没有找出共同的最高目标？如果找到了，是什么？
- 每一方独有的天赋和力量是什么？
- 每一方都需要什么，在未来它们又该怎样相互支持？

- 你怎样才会知道冲突已经被解决了呢？你的思维、感受和行为方式会有哪些不同？
- 在使潜意识当中最重要的两方合而为一之后，你现在是谁？

重新审视这些问题，还有你的回答，尽可能经常地提醒自己在整个过程中得到的基本认识。我推荐你用日记来记录自己随后产生的情感和行为变化，以及那些你注意到的潜在危机。

作为这个重新调整心态过程的直接结果，大多数客户都会注意到自己身上发生的显著差异，以及在处理自己从前的焦虑时，所展现的更加冷静和自信的能力。但是根据我的经验，有些时候，当你完成整个过程之后，曾经的那些担忧、焦虑和沮丧的想法可能还会出现在你的脑海当中。这又是为什么呢？你可以把这些想法看作过去的习惯，是由于你的大脑再次滑入旧思维的框架里去了。当然，还有另外一种解释，我们来看看下面这个例子吧。

在重新调整自己的心态之后，安德鲁反而感到更加痛苦了。起初，他也同样感到了自己存在的价值，意识到自己是安全的。但是，仅仅几星期之后，那些熟悉的恐惧和悲伤再次如乌云般笼罩了他。这是怎么回事呢？是他的潜意识改变了主意吗？在浑浑噩噩地过了几天之后，他突然想起来我曾经告诉过他，与潜意识中那个年幼的、敏感的自己保持联系是多么重要。于是他恍然大悟。他赶快深吸一口气，开始想象内心中的小安德鲁，轻轻问它现在过得怎样了。

“它现在可不仅仅是焦虑，”安德鲁回忆道，“它过得真是心烦意乱。就好像那个小安德鲁刚刚被我始乱终弃了。难怪我会感觉如此糟糕。”而最使安德鲁惊讶的是，短短的几分钟沟通之后，所有的担心和焦虑都消失了，他又一次获得了新生。

为了与你心中那个幼小的保卫者保持联系，你可以写一封真诚的信来表达你对它的承诺、支持和关怀。而保持联络的另一个有效的方法，则是你在第六章学过的消极—积极的独白练习。早在重新整合的过程中，你就已经同它打过交道了，因此你现在能够更容易地解决它的焦虑和不安，只需要用善意、怜悯和肯定就可以了。每天多一点关注在这些从前敌对的双方身上，效果绝对好到你想不到。

现在，你已经变得更加完整，是时候准备去解决恐惧与焦虑的第二个根源了：过去的情感负荷。

第八章

是时候解放自己了：如何释放堆积在潜意识当中的小情绪？

“我知道这有些说不通，但是每当我跟员工谈话的时候，都会感到紧张和压力。”我的客户约翰长叹一声说道，“最近情况越来越糟，即便是和朋友交谈的时候，我也开始感到焦虑了。完全没有理由，我不应该有这样的感觉啊。”

曼迪说：“我 53 岁了，但是我仍然害怕我的父亲，他已经 90 多岁了，只能坐在轮椅上。但是，只要他对我的体重或衣着随便说上几句，我立刻就会感到焦虑和羞耻。我想告诉他不要再这样做了，但我一个字也说不出来。我感觉自己好像又回到了 12 岁，甚至是 5 岁。”

另一位客户爱丽丝则告诉我，只要她离开家超过一个小时，就会立刻感到焦虑不堪。不管她在哪里，也不管她在做什么——在商场购物、参加一个聚会，或者去看望她已经成年的子女。不管她做的事情是多么的有趣，只要过了一个小时，焦虑就会开始找上她。她感觉身体越来越沉重，行动迟缓，整天浑浑噩噩地生活。她脑海里闪过的唯一念头就是："你现在得赶快回家了！这个地方是不安全的。"大多数的时候，爱丽丝会感到恐慌，并且尽可能迅速地赶回自己的安乐窝去。而随着时间的推移，这些症状越来越严重，她现在已经很难迈出家门了。"现在，我的世界变得和起居室一样大了。"她不得不悲观地承认。

你也许也有和约翰、曼迪、爱丽丝相同的症状，你在恐惧与焦虑当中挣扎的时间越长，情况就会变得越糟糕。你更容易被刺激到，情绪显得更加强烈，恐惧与焦虑出现的频率也更加频繁，哪怕是在不适当的时刻，以不恰当的方法。当一把叉子掉落在地上的时候，你会吓得跳起来；当被问到一个问题的时候，你会陷入莫名的呆滞状态；别人只是叫了你的名字，也会引发你暴跳如雷——所有这一切都会让你感到不知所措和惊慌失控。

为什么我们的焦虑会引发如此不理性的行为，为什么它们的强度和频率会随着时间的推移而愈演愈烈呢？为什么我们就不能克服它，或者至少表现得随意一些呢？

现在，我可能正在说教，但你要记得，想要治愈恐惧和焦虑，我们必须识别并找出其根源。还记得在本书刚开始的时候，我介绍过的恐惧与焦虑在潜意识当中的三大根源：内心的冲突、情绪的堆积，还有局限性的信念。在第七章，我向你展示了如何解决内心的冲突。现在，在这一章，你将学习如何说服自己的潜意识，通过释放过去的情感负担来减轻压力。

情感负担可以归因于潜意识当中悬而未决的焦虑。当你为了显示自己是个自信、强大或者至少"正常"的人，而试图忽视和抑制你的恐惧和不安时，你潜意识的储存空间正在积蓄某些未知的情绪。随着时间的流逝，直到有一天，完全不相关的情况就会变成压垮骆驼的最后一根稻草或是使高压锅爆炸的最后一丝蒸汽。对此，你的反应可能会表现为惊恐发作、无缘无故的焦虑，或者莫名其妙的担忧和质疑。当你越来越容易受到一些你唯恐避之不及的感觉的影响时，得不到解决的恐惧与焦虑就会变成沉重的负担，消耗着你的精力，使你的思维迟钝，甚至会导致严重的身体问题。

“但是等一下，”你可能会想问，“潜意识的两个最高目标不是保护我们的安全，使我们过得幸福吗？如果是这样，为什么我们的潜意识明知道会导致很多问题，还要继续堆积恐惧和焦虑？难道我们的潜意识会做出这样的傻事吗？”

潜意识能抑制创伤性的记忆

我们的潜意识之所以会从过去的事件当中积累情绪，有三个理由。在第四章，我已经谈过一个了：当初，我们曾经被赋予一种本能，可以迅速地把自己从负面的情绪当中解脱出来。作为一个婴儿，我们会毫不犹豫地扯开幼小的嗓子，把自己的不满强烈地表达出来。但是长大以后，我们意识到自己应该控制、压抑或者至少隐藏起自己的情绪，这样才会被社会接受。于是，我们也就逐渐忘却了自己释放情绪压力的天性。成年后，我们中的大多数人忘记了该如何去调整自己的心情，只知道把不愉快的情绪深埋在潜意识之中。因为我们的潜意识会像一位忠实的仆人那样支持我们，不折不扣地执行着我们的决定，储存这些压抑的情绪，直到我们给出不同的指示，或者直到我们已经把它塞满，以至于潜意识不得不要求我们来解决这些情绪。

还有一个原因，潜意识之所以会积存恐惧与焦虑，以及其他令人不舒服的情绪，其实是为了保护我们。它可以帮助我们不再想起那些压抑和伤害的回忆，比如童年被骚扰的经历、惨痛的事故，或者其他严重的心理创伤。但是，当我们再次面对某些类似的情况时，这些创伤的记忆就会被唤醒。另外，在生活最稳定、最舒适的时候，我们也可能自发地回忆起这样的记忆。仿佛我们的潜意识一直在等待着适当的时机来揭开这些过去的伤痕。不过在这种情况下，潜意识之所以会这样做，是因为它相信我们已经做好了准备，可以安全地承受那些创伤，于是才会释放出这些信息，将它呈现在我们的大脑中。无论是快速闪过的记忆碎片，还是在我们的梦乡中，或者是在心潮起伏的时刻，我们都可以记起这些事情。它们的出现要么是自然而然的，不需要任何的外部诱因，要么就是因为我们下意识地触及了这些创伤。

你可能想知道，既然潜意识可以抑制这些创伤性的记忆，那它为什么不干脆删掉和消除这些会使我们受到伤害和削弱的情绪呢？问得好。答案就是第三个，也许是最重要的一个原因：潜意识是在保存这些负面的情绪。

回溯、了解、释放

我们只有不断地学习和成长，才能生存下来并且茁壮成长，这是一个基本的原则。事情对我们越有意义，给我们带来的感触越深，我们学到的东西就越多。我们都曾经观察到一个有趣的现象：不好的事情总会使我们得到更深刻的经验教训，远超过那些愉快或者寻常的情况。从进化的角度来看，这是非常有道理的。当涉及单纯的生存问题时，对于我们的潜意识来说，储存、处理和学习这些令人感到焦虑或伤害的经历，就变得极其重要了。

因此，过去那些被视作负担的情感经历，其实具有更加重要的目的，绝不仅仅是为了困扰我们或是使我们失望。得不到解决的恐惧和焦虑就像一个信号，标志着我们的记忆需要得到更多关注的红色标记。我们的潜意识不断积蓄这样的情绪，直到安全的时候，我们就可以打开这些记忆，并从中学到东西。然后，我们就能够理解这些记忆中所包含的成长潜能了。如此说来，是不是颠覆了你以往对于恐惧与焦虑的观念呢？

把这个概念再向前推进一步，你会得到一个非常有用的结论：你在潜意识当中积存的恐惧与焦虑越多，在未来获得的潜力就会越大。证实这个观点的事实就是，假如你在内心中检索这些焦虑的记忆并对它们善加利用，你的潜意识一定会十分乐意把它们释放出来。听起来相当不错吧，但是这可能是真的吗？好吧，下面一个例子会告诉你，你可能在不知不觉中已经多次应用过这种“回溯、了解、释放”的基本法则了。

假如说，你最好的朋友没有在你生日那天给你打电话。你想知道发生了什么事情，她怎么能忘记你的生日呢？她以为她是谁？她在和你生气吗？是因为你说过什么或者做了什么吗？几天过去了，你始终在思考她冷落你的原因。也许你正在伤害、怨恨和不安当中举棋不定。但是有一件事是肯定的——你就是不准备打电话给她。后来，你发现原来那天她的父亲住院了，或者她当时正在处理一项非常棘手的工作，或者她对忘记你的生日也感到十分沮丧，正在犹豫是否要给你打个电话解释一下。当你了解到真实的原因，你之前感到的轻视、伤害、怨恨和不安都变成了同情和原谅，甚至可能还会有点尴尬，因为你差点犯了一个大错。

从这样的经历当中，你学到了什么？或许你不应该在了解事实真相之前就做出过激的反应；或许你应该问自己，为什么只是少了一通电话，你就会在自己的生日感到不开心；或许你还应该探寻一下，为什么在你的大日子里，你会让自己的朋友成为事件的主角。无论你从中学到了什么，你知道这件事正好给了你机会，可以检验一下你的自我价值，以及你对别人的重要性。

如果你只是处理过一到两件这样的事，学习和释放这些焦虑就会显得相对地顺利一些。但是，假如在过去的几十年里你一直被无数忧心忡忡的记忆所困扰，也许从你记事那天就开始了，那又会怎么样呢？你该怎样解决所有这些积蓄下来的情绪，并且在被折磨疯掉之前从中学到自己需要的东西呢？请相信你自己的潜意识吧，让它提供一个稳妥而有效的办法来解决这个问题。下面，就让我们从潜意识储存记忆的方式说起吧。

潜意识是如何储存记忆的？

熟悉的雪茄味道带着我穿越漫长的时光隧道，仿佛又回到了祖父教我德语拼写规则的那段时光，老头子当时是那样的执着，可惜最后一无所获。至今，我仍然可以听到他愤怒的声音透过缭绕的烟雾传来。在犯了无数次错误之后，他管我叫 Armleuchter——字面的意思是“坐式灯架”，但是我很清楚他想说的意思是“笨蛋”。这都怪那三个“S”的用法，不是我在找借口，不久之后这种拼写规则真的就在德语改革中被废除了[①]。很有趣是吧，很多简单的事情，比如雪茄的味道、电台里的一首老歌、一张旧照片，或者是妈妈拿手菜的味道能打开你尘封的记忆。那么，这些记忆又来自哪里呢？

在潜意识中，记忆是按照其发生时间的先后顺序线性分类和归档的。这样，我们就能够区分哪些是上星期发生的事情，哪些发生

①1996年7月，德语国家在维也纳签署改革德语正字法的一份国际协定。协定的签署者包括德国、奥地利、列支敦士登和瑞士四个国家的政府。——译者注

在我们 10 岁的时候，哪些是未来可能会发生的事情。真正吸引我的是，每一个人，不管性别、年龄、背景或职业，都会下意识地按照这种线性方式来编辑自己的记忆——从过去到现在再到未来。在神经语言规划（NLP）中，这种潜意识的归档系统被称为“时间轨迹”，它是由塔德·詹姆斯——时间轨迹疗法的创始人提出来的。而我本人更喜欢把这种关于某人一生经历和记忆的集合叫作“人生轨迹”。

这种潜意识储存系统的一大特点就是便于查询。当你打算体验它的时候，你需要做的就是进入一个放松、恍惚的状态，想象自己从身体里飞出来。这时，假如你低下头看看自己的身体，你会发现是自己的潜意识在规划你的人生轨迹，并且与你的身体建立起一种独特的联系。

大多数人会通过下面两种方式来感知自己的人生轨迹，塔德·詹姆斯把它称为横时定向和纵时定向。通过横时定向模式，人们会看到他们的人生轨迹以水平方向呈现在自己面前。有些人看到过去在右，未来在左；另外一些人则正好相反。而采用纵时定向模式的人们，在他们的人生轨迹中，过去在前，未来在后，或者反之，而现在则正好是他们所站的位置（见图 3）。

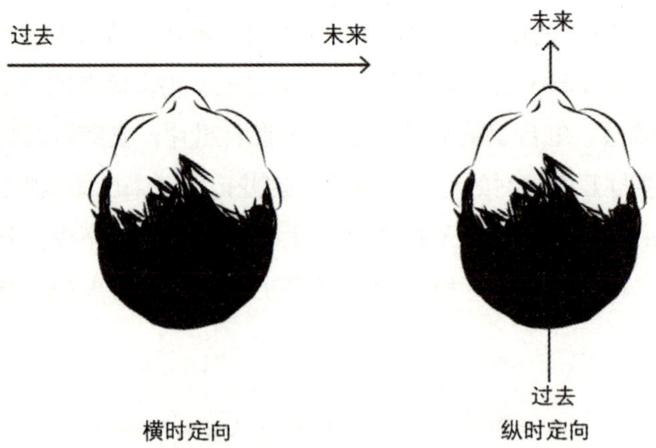

图 3：我们的潜意识是如何储存记忆的

除了这两种主要的方向，一小部分人还会以其他有创造性的方式来设计自己的人生轨迹，比如混合以上两种方向，或者采取一种对角线或是相互垂直的方向。关于潜意识、时间以及你的生活这三者之间的关系，人生轨迹的方向会给你提供大量有用的信息。

詹姆斯博士发现，那些采用横时定向的人通常是很守时的，并且希望其他人也是如此。他们擅长集中精力完成某个任务，能够把握住最后的期限，用最有效的方式来规划自己的时间。然而，由于他们把整个生活都放在面前，他们会把过去、现在和未来理解为一个平面，这样做并不利于保持思想的灵活和开放，以至于他们很难忘掉过去、重新开始。而采取纵时定向模式来储存记忆的人，他们面向未来，把过去留在身后，因此往往更容易放下过去，转而关注自己面前的世界。他们通常不会过分在意时间的限制，但是守时对于他们来说同样重要。这些人们常常显得更加自由和随性，同时，他们有可能比较古怪和不可靠。

当然，这些都只是概括，不可能适用于所有的人。但是，一旦你确定了自己人生轨迹的模式，也许就会发现自己身上也有上面说到的某些特点。而假如你需要改变自己的人生轨迹，再看看那些特点中是否有一些也会随之发生改变。这应该相当有趣。

对我的客户莉迪娅来说，改变人生轨迹意味着真正的生活改变。15 年前，她相伴 10 年的丈夫刚刚去世。从那时起，她就一直被抑郁和焦虑困扰。当我们谈到她是如何应对丈夫的突然离世时，她告诉我，她从来都没有面对过这个问题。甚至他的衣服和鞋子仍然放在衣橱里，仿佛她期待着某一天他会回来。莉迪娅没有兴趣约会，也不愿意开始一段新的生活。15 年了，她脑子里依然充满对他的思念。

在莉迪娅发现自己人生轨迹的方向之后，她终于意识到自己流连过去的根本原因了。那是因为，她的潜意识把过去投射在她的面前，却把未来放在了身后。所以她只能专注于过去的岁月，而未能发现隐藏在自己背后的新生活。于是，我建议她去学习模式解决程序（你也会在这一章里学习到它），而当她掌握了这种方法，并且应用于解决自己残留的悲伤与焦虑之后，她改变了自己的人生轨迹，把过去抛在身后，面对着自己的未来。她很快就变得快乐起来，她的观念发生了转变。“这就像一扇已经关闭很长时间的门终于被打开了，而我的生活也回到了正轨。”她说。

在接下来的几个月，莉迪娅把她丈夫的所有财产都捐赠出去，重新装修了自己的房子，然后开始旅行。一次简单的观念转变就可以把一切都变得不一样。

下面，让我们关注一下你的人生轨迹，看看你的潜意识是如何排列你的过去、现在和未来的。你需要做的就是遵从下面这些简单的指令。

在我们开始之前，请记住：如果你发现进入幻想世界非常困难，最大的可能是因为你更喜欢接收实实在在的信息，更多地依靠自己的感觉，而不是用心灵的眼睛去看。如果是这样，你需要在这个过程中把注意力集中在描述自己的情绪和感受上，并且依此去感知自己的人生轨迹，而不是试图去把它画下来。

找出你的人生轨迹

这是模式解决程序的第二个步骤，我们会在本章的下一部分进行描述，但是它同样非常好用。和上一章介绍过的重新调整心态的过程一样，你也可以要么仔细阅读整个过程，在开始练习之前熟悉所有步骤；要么自己或请别人大声朗读这些说明，然后用录音机把它录下来。

找一个安静的地方，坐在一把舒适的椅子上。闭上眼睛。慢慢地深呼吸。想象一下你正在吸入平静和光明，吐出所有的紧张、压力和烦恼。当你的肺里充满平静和光明之后，你会注意到有什么东西正在从你的身体里飘出来。

经过几分钟的放松和飘荡，你仿佛看到自己站在一扇漂亮的大门前面，门的上面写着你的名字。你知道，打开这扇门的钥匙就在你的手里。你转动钥匙，门很轻易地就打开了，你进入一个非常特别的房间，一个藏在自己内心深处的地方。你立刻就会注意到，在房间的中央，有一处光亮的所在。当你靠近那光芒，你发现它来自底下一个大而圆的水池，那里充满了闪烁的、水晶般清澈的水。池中的清水和光芒就是你要寻找的东西，通过它们你可以超脱时间与空间的限制，接触到自己的人生轨迹。

沿着一道斜坡，你缓缓地走进那个水池。你开始浸泡在温暖和舒适的液体当中，感到越来越轻松和满足。最后，你完全淹没在这些舒缓的、可以使你从伤痛中康复的水中，你把头向后仰去，结果发现自己可以漂浮在水面之上。

这种感觉就像有一种无形的力量拥抱着你，使你感到安全和可靠，你的身体完全静止，脑子什么也不想，只是让自己浮在水面上。随着呼吸，你觉得自己越来越轻，直到完全失去重量，一动也不动。很快，你便感到自己轻得已经可以飘在空中了，就像一根在风中飘荡的羽毛。

这样，你逐渐浮出时间与空间的界限，就那样飘在空中，越来越高、越来越高。最终你来到一个非常特别的地方。从那里，你可以俯视自己的身体，看到你的人生轨迹，从过去到现在，一直到未来。看到了自己的人生轨迹，你终于明白了，自己原来正在和自己的潜意识沟通着。

所有的关于过去、现在和未来的记忆与事件都储存在人生轨迹当中。注意一下你那正舒服地泡在水池里的身体，找出它与人生轨迹的关系。你的人生轨迹是穿过你的身体，还是水平地延伸在它的前面呢？你的过去是出现在你身后，还是你的面前？它的方向是从左往右，还是从右向左？或许它还可能上下排列？而你的未来又是什么样的呢？现在，再注意一下你的过去和未来，哪一端可以看得更加清楚一些？哪一边散发出来的能量更加强大呢？

假如你发现，自己的未来和过去同样显眼，甚至是相对暗淡的话，你就应该飞到未来那一端去，寻找一个调控开关。它可能是圆形或方形的。把未来一端的亮度调大，这样它覆盖的地方也会相应地扩大，并且变得更有活力和吸引力。增加未来的亮度，直到它比过去要亮上至少两到三倍。

但是，假如你的过去比未来阴暗得太多，那么你也很难熟悉这种模式解决程序。这个时候，你应该到过去的一端去，把那里的调节开关调大，但是请务必记住，你的未来至少要比过去明亮两倍。

在你慢慢地飘回去之前，再多看一眼你的人生轨迹。然后，回到你的身体里，回到现在。

调节人生轨迹的亮度可以给你带来巨大的改变。我的一些客户曾经一度无法看清自己的未来，那里漆黑一片，什么都没有。他们感到十分震惊，意识到自己的潜意识中没有任何关于未来的概念，这也很好地解释了为什么他们会感到绝望和困惑。而通过把未来那端的光调亮，拓展自己通向未来的道路，他们在向自己的潜意识暗示，从现在起，他们将把自己的精力着重放在未来无限大的可能性和机会上。对于这些人来说，只需要小小的调整，就可以获得更多的希望和乐观心态。

现在，你已经建立一条通道，直接通往储存着所有记忆的潜意识中，你可以有意识地与潜意识协作，共同清理那些过去的情感负担。

模式解决程序的原则

能够释放掉自己的恐惧与焦虑，这很可能会令人兴奋不已，当然，也可能是令人生畏的。你也许会问："如果我做不到该怎么办？""假如释放掉自己的情绪之后，我不再感到安全怎么办？""没有了恐惧与焦虑，我会变成什么样子？"或许在你看来，维持目前困顿的现状要比迈向未知的改变更加安全。

也就是说，只有当维持现状的痛苦比释放焦虑的恐惧还大时，改变才会发生。可是，假如我们无须等待，在痛苦变得无法忍受之前去释放这些情绪，这个过程会变得更加轻松、舒适和有效吗？假如这个过程并不会让你的大脑一片空白，反而会为你提供更有价值的新见解、新观念和强大的力量，那又会怎样呢？

在神经语言规划（NLP）和塔德·詹姆斯的时间轨迹疗法的基础上，我开发出了模式解决程序，这个程序在解决负面情绪以及局限性的信念方面具有非常良好的效果。我发现，该程序包括了许多附加的方面，这些附加方面对于释放潜意识当中的恐惧与焦虑具有特别显著的效果。正如你将看到的，这种方法不仅非常有效，而且温和安全，因为它不需要你重温过去，因此不会导致再度的精神创伤。它的步骤简单易学，你完全可以即学即用。

那么，什么是模式解决程序，它又是如何工作的呢？让我先解释它的一些主要原则。

恐惧与焦虑被储存在记忆模式中

你的人生轨迹揭示了潜意识是如何按照时间线性的方式来储存记忆的。除了时间因素，它还可以根据记忆所引发的相同情绪来进行处理和分类。正如你可能已经注意到的，你所经历的恐惧与焦虑并没有什么超人的创新之处。在大部分的时间里，你只是在一遍又一遍地按照相同的模式重复着。想象一下吧，在你的潜意识里，所有与恐惧、焦虑相关的事件都点缀着你的人生轨迹，就像一串珍珠项链（见图 4）。这种连锁的记忆具有相同的情感模式，它们横跨了几十年的时间，从你的初次经历焦虑一直到现在。

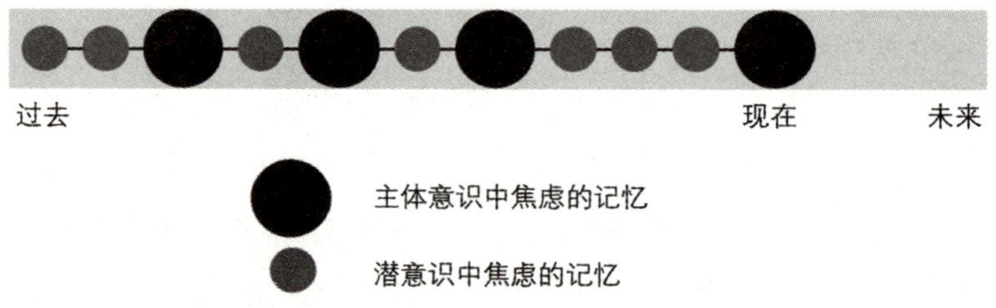

图 4：主体意识与潜意识的记忆模式

有一些记忆可能会脱颖而出，使你能够容易记住它们，因为它们与最近发生的一些事情有关，或是与你经常会想到和谈到的重大事件相关。然而，大多数焦虑的记忆总会被相似的情感模式串联到一起，隐藏在你的潜意识当中，不为人知。通常情况下，这是因为类似的事件数量太多，或者这些事件都发生在你三岁之前——对大多数人来说那时还太小，什么也记不住。而正如我之前提到的，你的潜意识会抑制这些看起来更为强烈、伤害性更大的记忆，来保护你不会变得不知所措或者受到第二次伤害。

那不就简单了？把那些“理应被遗忘的”的事情通通扔到潜意识的角落里去，留下一些可以回忆的事情，这不是更轻松吗？可是，无论这个主意看起来多么诱人，你最好还是照我说的办，去找出并且解决这些积存下来的记忆，因为忽略它们会带来更大的坏处。

模式解决程序可以解决主体意识和潜意识当中的焦虑

你也许和我的很多客户有相同的经验：经过多年的治疗，似乎仍然有着某种焦虑和疲倦得不到释放。一个客户向我这样描述：“我依然被无法形容和不可捉摸的忧虑折磨着，不需要刻意地触及或者分析。它就是一直在那儿。”

这些无形的焦虑来自潜意识当中隐藏着的记忆。而通过某些事件的刺激，那些你认为早已成为过去的记忆会再度浮现。虽然听上去有些令人沮丧，但是没关系，它其实只不过是一种潜意识的推动力，提醒你在更深的地方还有更多的工作要做、更多的东西要学习和历练。毕竟，假如只能记住几件事，你就无法充分地利用所有的成长潜力，你浪费了过去的好意。

为了和过去做个了结，你需要学习如何释放那些具有共同情感模式的焦虑。这听起来挺吓人的，不是吗？别担心。你无须回忆和处理每一个单独的记忆。这太耗费时间和精力了。模式解决程序认为，能够引发焦虑的事件都具有相同的模式。所以，当你刻意地引导自己的潜意识从某一件事当中释放出焦虑的时候，它就会自动推演这些指令，并以相同的模式应用于所有相关的记忆。因此，你完全可以在几分钟之内卸下几十年的情感负担，和过去说拜拜。

那么，你该如何解决一件已经发生的事情呢？每个人都认为时间只会向一个方向流动，也就是朝向未来，对吧？但是，和爱因斯坦的时间构成理论一样，你的潜意识对这种说法恐怕不敢苟同。上述两者都相信，过去、现在和未来是同时存在的。对于潜意识来说，过去并不是一成不变的，完全可以与现在和未来一样存在着变数。你会看到，做到这一点很容易，完全不需要魔法，你更没有精神错乱。

时间和现实具有相对性

拿破仑曾经说："历史就是大多数人对过去事情的一致看法。"但是在我看来，作为一个真正的皇帝，拿破仑绝对不会同意某些历史学家对他的描述。谁会愿意被描述成一个狂热的极端利己主义者，或是多疑的代名词呢（比如对拿破仑来说，"短"就代表了复杂的含义）？

甚至在旁观者的眼中，我们自己的历史也是不尽相同的。有多少次，对小时候发生的某些事情，你和你的兄弟姐妹或小伙伴产生过严重的分歧？从你小学时捕到的鱼有多大，到你养的第一条狗最后到底是死了还是跑掉了，再到你的兄弟姐妹中到底谁才是妈妈或爸爸的宠儿，没有一件事可以达成共识。有的时候，你们看起来似乎生长在一个完全不同的家庭里面，有着截然相反的朋友圈。那么，假如你有一台时间机器，可以回到过去一探究竟，是不是会好一点呢？其实，你真的可以。

花点时间，想一想你最喜欢的度假地——也许是夏威夷的海滩，也许是落基山脉的某片郁郁葱葱的草地。闭上眼睛，试着去回忆一下那里的感觉。幻想你感受着大海咸咸的味道，或者体会着松树林里新鲜的空气；感受着太阳暖暖地晒在你的皮肤上，或者体会着拂过面庞的林间的微风；注意到你的脚踩在湿漉漉的沙子上，或者双手轻轻地插在泥土中；倾听海浪在岸边飞溅的声音，或者鸟儿在枝头歌唱的旋律。你真的是在那里吗？没错，当你完全沉浸在这种记忆之中，忘记了周围的一切时，你的潜意识会相信你确实到了那里，于是你顺带着享受到了一次最便宜的旅行。

关于这种通过潜意识感触不同现实的能力，我还可以举出另外一个令人印象深刻的例子。《雪世界》是一款虚拟现实的 3D 游戏，可以帮助烧伤患者克服康复期间的疼痛。但是最初，它是为孩子设计的游戏。当病人把注意力集中在这个寒冷而平静的虚拟世界中，一心一意地完成面对的挑战时，他们就能够暂时忘记烧伤创面给身体带来的极端不适。这种疼痛治疗模式的效果非常显著。病人大大地减少了止痛药的需求，同时，他们可以在更大的范围内活动被烧伤的四肢，而肌肉也得到了更多的放松。

无论你是去白雪皑皑的山顶进行一次虚构的旅行，还是观看一部振奋人心的电影，或者是阅读一本引人入胜的好书，其实在这个时候，你的潜意识并不能区分哪些是幻想、哪些是现实。想一想你一生中所经历的冒险经历吧。有多少次，你探索未知的世界，在时间和空间中来去自如，难道这些不都是你躺在沙发上做的白日梦吗？我曾经听劳拉·希姆斯——一位国际知名的故事大王说过，在历史上大多数的文明里，讲故事被当作一个强大的治疗方式被推崇备至。她解释说，当为一个故事着迷的时候，我们会暂时脱离自己在生活中的位置，忘掉当前面临的困境。这使我们敞开自己的思想和心灵，为天赋的智慧和真正的康复创造出更多的空间。现在，让我们带着更加开放的意识、更加平静而轻松的身心回到现实中来吧。从此，我们能够以一个更宽广的角度来面对遇到的问题，并且自信地解决它们。我相信，著名的诺曼·卡森斯博士[①]把讲故事作为治疗手段的例子是很有说服力的，他连续数小时观

①美国作家，著有《笑是治病的良药》。——译者注

看马克斯兄弟[①]的电影，用持续的大笑成功地治愈了自己致命的关节炎症。

现在，你可能已经成为一个熟练的时间旅行者和讲故事的人。恐惧与焦虑可能会使你花费大量的时间去处理和悔恨过去，担心和害怕未来。但是把自己生活演变成一幕戏剧或者恐怖电影，对减轻你的恐惧没有任何帮助。因此，你该怎样利用潜意识天生的能力来克服恐惧与焦虑呢？你能逆转时空，改写历史，从而创造一个光明的未来吗？

没问题，你可以的。

了解高地

面对充满恐惧与焦虑的记忆，打算改写历史的想法似乎有些不太靠谱。你只知道自己过去一直过得不好，内心当中充满负罪感，觉得自己委屈、受到了伤害，或是心碎不已。但是错已铸成，根本无从修复。

这些感觉可能源自你内心当中的批评者和保卫者，也就是你在上一章里遇到的那些家伙，但是，它们绝对不是真的。我们可以选择去改变自己的感受，无论它是关于自己还是关于别的什么东西。只要我们承认了这个简单的事实，也就等于是说我们其实有能力去创造属于自己的现实。

新的感受需要新的视角。想要通过与记忆对话、分析它们的含义来解决焦虑的问题，这种方式对于我们的主体意识来说，或许具有一定的意义，但是它往往无法作用于潜意识。而模式解决程序则利用了潜意识跨越时间和空间的能力，指引你回到过去、用全新的

①美国著名的五人兄弟喜剧组合。——译者注

视角深入地了解事情的来龙去脉。而且这个程序也不会逼迫你去重温那些可怕的记忆，因为这可能会加剧与之相关的恐惧与焦虑。它会引领你到达人生轨迹上一个新的制高点——一个我称之为“了解高地”的所在。站在这个角度上，你将摆脱时空的束缚，能够从更高级的意识中获得无上的智慧。当你从这个安全舒适的地方俯视那些你想解决的记忆时，你不会受到任何情绪影响，其他人也无法干涉你的决定，你能够平静地观察当时到底发生了什么。

站在了解高地上可以让你获得更多关于生活和自己的见解，摆脱肤浅的主观分析。你会从自己的主体意识、潜意识以及更高的意识（或者说你的大脑、心灵和精神）当中学到很多东西。当你开始着手处理这一整体意识的各个方面时，你能够从中获取知识，增长潜力，同时还能更深刻地理解自己。有些人会把这种现象描述为一种无法用语言表达和解释的意识转变。

了解事情的真相

在模式解决程序开始之前，我会要求你回忆一些过去发生过的事情，这些事情与你的恐惧和焦虑息息相关，并且可能是心灵保卫者出现的根本原因。接下来，在我的指导下，你将回到过去，站在了解高地上安全地发现和重温那些记忆。

你也许会发现，当时你感到的不仅仅有焦虑，可能还会有很大程度上的困惑。因为你不明白，为什么那些你信任的东西会伤害和背叛你，你也不知道自己到底做错了什么，以至于受到如此的惩罚和漠视；你更加搞不清楚的是，为什么自己会比别人活得艰难。甚至早在那个时候，你就已经发现了，自己搞不懂为什么在别人的眼里，你会变成另外一个人，为什么人们只顾着表达自己的感受，却毫不在意这其实与你半点关系也没有。

丹麦哲学家索伦·克尔恺郭尔相信，由于在童年时期经历的某些惩罚和创伤，我们会失去自己的纯真。他认为，在意识到我们能够做些什么之后，却又害怕自己因为真正做了什么而受到惩罚，对这两种念头的困惑，正是我们失去纯真和产生焦虑的原因所在。

受到克尔恺郭尔著作的启发，罗洛·梅，20 世纪最具影响力的心理学家之一，在他的著作《焦虑的意义》中阐述了困惑在焦虑发展过程中的作用。例如，罗洛的研究发现，幼年时被母亲遗弃的未婚女性，在成年后一旦感受到“虚幻的爱和关怀”，就会更加容易受到焦虑的困扰。在我看来，因为这些女人不知道自己一直期待的母爱到底是好还是坏，所以潜意识当中的保卫者就必须时刻提高警惕，从而使她们经常感到焦虑。而就我对自己客户的观察发现，其中还有另外一层的困惑，那就是在长大之后，她们不清楚自己为什么会遭到母亲的遗弃，是自己做错了什么，还是因为她们有缺陷、表现得不够好，或者不够可爱呢？

另一方面，罗洛还发现，那些常年受到母亲虐待和排斥的女性，反而不太容易陷入恐惧与焦虑当中。在书中，他采访了其中一个女人，她住在避难所里，肚子里的孩子是自己父亲的。这个女人说：“我们总会有麻烦的，所以我们从不担心。”作为孩子，她们从小就懂得自己不能指望从母亲那里会得到爱、仁慈和安全，因此她们不会对这种关系产生任何的矛盾和困惑。尽管得不到安全的保障和必要的支持，但她们清楚地明白，想要生存下来，只能靠自己。

根据我的经验，这种生活观点并不意味着她们不会背负上情感的包袱或者受到过去的伤害。然而，在她们人生的道路上，把恐惧与焦虑的想法抛在一边——因为它们有些碍事——似乎是唯一可行的方法。她们会一直坚持着自己生存至上的人生观，直到生活的痛苦使她们意识到，自己依然会受到童年创伤的困扰（尽管罗洛的研究只集中于母女关系，但是从我的观点来看，他的发现也可以被应用到虐待孩子和不负责任的父亲以及他们时刻处于恐惧和焦虑状态之下的孩子身上）。

当你站在了解高地之上，通过模式解决程序回顾自己的童年时，你就不再是那个困惑、焦虑和无力的孩子了。相反，你会感到一股强大的能量，充满了关怀、同情和爱。问自己一些问题，这将帮助你认清、了解和改写自己的记忆，摆脱并释放那些掩盖了真实自我的焦虑与困惑。这样，你就能够平静地看待过去发生的那些事情，并且在更深层次了解和欣赏真实的自我。

罗洛·梅在《创造的勇气》一书中提到："焦虑来自对所处的世界的不了解和自身存在的不确定。"而对于焦虑的概念，克尔恺郭尔则称之为"自由的眩晕"，因为它可以让我们记住天性中的自由和真实的自我。假如我们合并这两种观点，焦虑就会变成催化剂和跳板，帮助我们从对自我的困惑和未知中走出来，通向清晰和自发的反思。由于与生俱来的潜力，模式解决程序可以使这个从焦虑到认清自我的过程变得更加容易。那么，你准备好去发现自己真正的一面了吗？

模式解决程序的七个步骤

在出发之前，我有必要再多说几句，在这个过程刚开始的时候，你们中的一些人可能觉得自己根本做不好这件事，或者只是在幻想。你猜怎么着？还真说对了。在某种程度上说，你确实是在幻想。当你飘荡在自己的人生轨迹之上，用全新的角度去看待自己过去的时候，你的主体意识正在与大脑中负责创造和想象的那个部分——也就是你的潜意识——合作。所以在这个过程中，无论你的脑子里出现了什么样的图像或想法，无论它们有多么的荒诞，记住，那都是你的潜意识在起作用。现在你明白了吧。假如你严格地控制整个程序，不做过分的思考和强制行为，那么，你就不会做错任何事情。请放心，只要你愿意，你可以在任何时间重复任何步骤。

下面，我们先对这七个步骤做一个简要的概括。

- 步骤 1：准备工作。在这个步骤中，你需要确定自己想要释放的记忆和情感模式，并且在潜意识当中为模式解决程序做好准备。
- 步骤 2：梳理你的过去、现在和未来。这时你会接触到潜意识中储存所有记忆和情感负担的地方，也就是你的人生轨迹。
- 步骤 3：回到过去。你盘旋在自己的人生轨迹之上，完全超越了时间和空间的限制，现在，你可以回溯到最初使你感到焦虑与恐惧的那个时刻。
- 步骤 4：站在更高的角度去了解事实真相。在了解高地上，你可以洞察全局，有机会发现自己从前的记忆，从而以一个全新的角度来看待这个事情。
- 步骤 5：发现真实的自我。在这个步骤中，你能够掀起困惑与情感负担的伪装，看看真实的自我是什么样子。
- 步骤 6：解决的模式。在这个步骤中，你可以教会自己的潜意识如何去解决并释放过去的恐惧与焦虑，以及如何通过推演这个模式，解决过去其他的或将来会面对的相同问题，从而在几分钟之内甩掉几十年积累下来的情感负担。
- 步骤 7：康复。在这一步骤中，你将把目光转向现在的自我，从潜意识和细胞记忆中释放出剩余的恐惧和焦虑。

鉴于在模式解决程序的大部分时间里你的眼睛是闭上的，那么你最好在开始之前把整个步骤多读上几遍。另外，你还可以把自己大声朗读的这些指令录下来，在整个过程中指引自己的行动，或者你也可以在线收听关于这个练习的简略说明。

步骤 1：准备工作

通过这个步骤，你可以接触到自己想要释放的那些记忆和情感模式，同时把自己的潜意识也纳入这个过程中来。但是需要注意的是：假如你曾经受到极其严重的创伤或虐待，那么在你第一次使用模式解决程序的时候，还是要避免从这样的经历入手。你最好先熟悉一下方法，这样你在处理的时候也就会更加得心应手了。

找一张纸，列出过去使你感到恐惧与焦虑的六至七种事情、情景和人。在理想的情况下，这些记忆应该分布在你整个一生中——从你的童年一直到你上一次感到害怕、担心或不安的时刻。

注意这些情况的共同点。对于这些恐惧与焦虑，你曾感到困惑或无助吗？你是否采取过相同的应对机制和防护策略，比如躲藏、逃避、抗争、随波逐流或努力使自己变得完美呢？你是否会感到自己不再重要，而如果真的是这样，又是谁造成的呢？

检查一下这些记忆，看看它们是否仍然受到恐惧与焦虑的控制。你怎么才能知道呢？闭上你的眼睛，当你切身体会每个事件时候，注意身体的反应。你开始感到头晕或无所依靠了吗？你的心跳加快了吗？你的呼吸是否变得急促起来了？你感到自己身上增加的重量了吗？你感到紧张或发热了吗？上面任何一种身体反应都表明你的潜意识中依然保存着当时的恐惧和焦虑，起码是部分保存着。

确定继续保存这些恐惧和焦虑是否值得。问问自己下面的问题。

- 我喜欢过去恐惧与焦虑的感觉吗？

- 继续保存这些情绪会对我完成自己的目标带来帮助吗?
- 它能够使我安全吗?
- 我心中还有什么放不下的东西吗?

在理想的情况下，你的答案将是否定的，除非你内心中的保卫者依然习惯性地相信释放过去的焦虑会无意中让你处于危险之中。

如果你发现这样的阻力，你需要说服自己潜意识中的那个保卫者，告诉它释放过去的恐惧是安全和有利的。比方说，你可以问它下面这些问题。

- 当一只鹿在面对迎面而来的汽车时，对灯光的恐惧会给它带来安全，还是会麻痹它，从而增加它被车撞死的风险呢?
- 这些沉甸甸的情感会耗尽我的精力，使我的大脑负荷过重，对我的免疫系统造成负面的影响。难道成为一个迟钝而迷茫的人会给我带来安全吗?
- 在被滚热的火炉烫伤之后，难道我必须时时体会到这种痛苦，才能记住不要在炉子开着的时候去碰它吗?难道我就不能只记住这个教训，然后把这份痛苦遗忘吗?
- 假如我能够从过去汲取经验，然后忘掉那些恐惧与焦虑，这样是不是会更好一些呢?

通常状况下，这些问题足以说服你内心中的保卫者，最好还是解决和释放掉自己的情感负担，并且帮助你做好准备。

除了在潜意识当中为模式解决程序做好准备，这个步骤还可以作为一个参照物，使你可以比较这些记忆在整个过程前后的情感强度。

步骤 2：梳理你的过去、现在和未来

现在，你已经准备好了，是时候前往那个储存你全部记忆和情感负担的地方了——你的人生轨迹。

关掉你的电话，找一个安静舒适的地方，确保在接下来的 30 到 45 分钟里不会被别人打扰。坐下或躺下，放松，闭上你的双眼。

通过把注意力集中在你想完成的事情上，确定自己的意图：释放你的情感负担，摆脱恐惧与焦虑，从过去的问题当中吸取教训却不会被它羁绊。这样，当你回到现实中来的时候，你会感到更加平和与清醒，会发现自己真正的潜力。

在上一章里，我介绍过如何接触到自己的人生轨迹，你可以遵循上面的步骤来进行。然后，调整轨迹上面过去和未来两端的亮度，记住未来至少要比过去明亮两到三倍。你还要确保过去也清晰可见，而不是隐藏在黑暗中。你无须在人生轨迹上找出生活中的每一件小事；你想弄清楚的是潜意识把你的记忆储存在什么地方，以及它是怎样做到的。

步骤 3：回到过去

看到或感觉到自己的人生轨迹之后，你就已经有意识地与潜意识建立了联系，正是它为你提供了最有力的能量去改变。然后，你可以指引、参与及评论自己整体意识的治疗潜力了。

现在，以你的现实为原点，把全部的注意力都转向过去的一端。

请你的潜意识把你带到第一次感到恐惧与焦虑的回忆当中，你可以在步骤 1 的列表中找到它。让潜意识牵着你的手，快速地

在时间和空间中穿梭，回到最初的那一刻，然后你可以从空中俯视它。

当你在这件事上空盘旋的时候，通过这个更高的旁观者的视角，你可以观察到当时到底发生了什么。看看都有谁参与其中、是什么样的情况导致那时的你感到恐惧或担忧。假如你仍然看不清，可以缓缓地下降，直到飘在它的头顶。想象一下自己正在突破潜意识的遮蔽，视野渐渐地清晰起来，你看到了更多的事情。

假如你觉得自己被这个记忆牵扯得太深、投入的感情过多，你可以先深深地吸上一口气。然后，你一边呼气，一边迅速地向上飞升，一直上升到至少比现在高十倍的高度，你看着这件事越来越小，直到它变成你人生轨迹上一个微不足道的小点为止。保持在这个高度，高高地盘旋在自己人生轨迹之上，这样你将不再受到记忆的干扰。现在，你可以选择再降下去寻找更多的信息，或者继续进行步骤 4。

步骤 4：站在更高的角度去了解事实真相

站在了解高地上面，你把自己变成了一个旁观者，这个角色不再受到记忆及情感的影响。现在，你已经准备好了，渴望着从那些情绪中学习和成长。

继续飘荡在人生轨迹之上，向着过去的一端飞去，越过那个你想要解决的记忆。随着你越飘越远，你的潜意识会逐渐与这个记忆脱离开来，这时，从你的角度看去，那件事情就像从未发生过一样。

而一旦你摆脱了与这个记忆的情感瓜葛，你就会开始笔直地上升，远离你的人生轨迹，朝着一个充满平静与光明的所在飞去。当你靠近这个非常特别的地方，也就是我们所说的了解高地，想象你自己正在变得更加轻盈、更加放松。到了那儿之后，请你花一些时间，让自己沐浴在舒缓的能量当中（这种意识状态可能类似于你在深度冥想时体验过的那样）。

站在了解高地上，通过更高的视角俯视——完全不受时间和空间的限制——你的心灵和大脑会完全地敞开。在这种自由的状态下，反思一下那些你刚刚经历过的事情。以下问题可以帮你剥离附着在记忆上的困惑和情绪，重新获得你最渴盼拥有的真知灼见及成长潜力。

既然保持旁观者的位置是相当重要的，我们提问的对象就变成了那个年幼的你，也就是当时的那个自己。问题是以第三人称的口吻提出的（这里，我们用他 / 她来指代那个年幼的你），这样做可以把你从整个事件当中解脱出来，避免你重新体验当时那痛苦的经历。

问自己下面的问题，然后等待着答案从你内心深处自己浮现出来。

那个年幼的你在害怕什么、困惑什么？比如说，在学校里被其他孩子欺负、被父母呵斥，或者感到孤独。

不管发生了什么，都是那个他 / 她的错吗？他 / 她必须接受这样的对待吗？通常，答案是否定的，特别是当你从自己的童年开始看起的话。了解高地会帮你发现并且牢牢记住自己在那个时候是无辜的。

如果这真的是他 / 她的错，那么这样做是基于什么意图呢？也许，你会为过去发生过的某些事情苛责自己。你告诉自己，一切都是你的错：你被别人欺负，因为你是个“唯唯诺诺或者寒酸的”孩子；你的妈妈对你大喊大叫，因为你弄坏了什么东西，或是拿到很差的成绩；你被关在屋子里面，是你做错事而应得的惩罚。可是，就算你曾经认为年幼时的自己罪有应得，现在，当你登上了解高地后，你也会发现他 / 她的本意是好的。也许，你并不是个懦弱 / 邋遢的人，你只是努力地想交些朋友，或者你的父母没钱给你买应季的衣服。也许你弄坏了某些东西，那只是你过于兴奋、一时大意而已。也许你成绩的确很差，是因为你觉得自己不够聪明，所以在学校里没有全力以赴。

不管什么样的情况，请用同情的目光来看待年幼的你，期待可以更好地理解当时那个单纯而善良的自己。

那个年幼的你会受到别人的负面情绪或者局限的信念的影响吗？如果是这样，那会是谁的情绪和信念呢？这个问题为你提供了更多的机会去了解其他人的情绪和动机，以及你是如何在毫无察觉的情况下接纳这些情绪的。这些情绪可能不仅仅是愤怒或自大。当你看穿他们的伪装之后，你就会发现，其实这些恶人也有恐惧和不安。惩罚你的父母也会感到不知所措、害怕、痛苦或自卑。这些人会把他们的情绪投射到你身上吗？你的潜意识会像海绵一样吸收它们吗？这个问题非常具有启发性，因为你会意识到，有很大一部分情绪和信念其实起初并不属于你。

假如有一个人在深深地爱和关心着那个年幼的你，那么他 / 她对过去发生的那些事情有什么不同的看法呢？无论你感到多么孤独和苦闷，总会有那么一个人——也许是你的祖母、兄弟姐妹、朋友、老师或者邻居——在真心地爱着你、欣赏你。如果没有，请你自己用爱和同情的目光看待那个年幼的自己。通过这些充满善意的眼睛，你可以看到，那个受欺负的孩子其实比欺负人的孩子要强壮很多，他 / 她只是不喜欢把别人推倒在地罢了。你还会发现，他 / 她应该得到父母的鼓励和支持，而不是惩罚，妄自菲薄是错误的做法。也许，那个感到自己被遗弃和孤立的孩子，其实还是有人爱的——至少他 / 她自己有许多理由来宠爱自己。

在解决它之前，我还能从这个记忆中学到其他可以赋予我力量和自由的东西吗？对于这个问题，你的潜意识以及更高的意识需要做出更大的努力，提供更多有助于弄清事实真相的见解。你也可以借此机会，加深对那个年幼的自己的认识和肯定。对于那些伤害过你的事情，你应该表现出更深的理解和同情，因为你可以理解它们的痛苦与恐惧。你甚至可能会感激那些做错事的人，因为正是他们教会了你如何避免犯错。就算你没有什么惊人的发现，只是从潜意识中得到了一些文字、图像或感触，那也是相当不错的结果了。

假如你没有得到任何答案，也不用担心。你的大脑需要花上一些时间才能更好地理解新的观点和见解，而在此期间，你也可能无法用语言来表达它们。通过潜意识，你已经准备好去了解自己的过去，你已经为整个程序中最重要的组成部分打好基础。甚至在完成整个解决过程之后，你依然会收到关于这件事及其模式的额外信息。这些思想的碎片也许会出现在你的梦乡里，或者在某种未知的情况下被触发，到时候你自然就会明白它们的含义。有些时候，在不了解原因的情况下，你反而会觉得更舒适和自信，能够更加中立和轻松地对待自己的过去，而这就表明你的潜意识其实并不需要你刻意地参与到自我康复的工作当中。

步骤 5：发现真实的自我

步骤 4 提供了一个全新的视角，告诉你发生了什么事情，使你能够弄清事实真相，并且帮助你改写历史。现在，潜意识已经为你提供了所有你希望重新梳理的信息，你可以借此拨开笼罩在情感和困惑之上的迷雾，发现自己的真正面目。

从了解高地之上，你可以凝视着年幼的自己，与他 / 她分享到目前为止你获得的所有观点和见解。为了解决问题，那个另外的你需要从你这儿得到什么帮助呢？你有什么建议要给他 / 她吗？

接下来，请想象一下，从你心底发出的光芒笼罩在这个年轻人身上，用爱和感激把他 / 她温柔地包裹住。这些心中的光芒将康复的能量注入幼小的你之中，轻轻地渗透进每一个细胞，在他 / 她的身体中循环着。随着这种康复的能量逐渐充满他 / 她的全身，所有的恐惧、焦虑和情感的烙印都被轻易地消融，那些从其他人那里得到的影响也会随之消失。在脑子里想象一下摆脱那些情感负担时的情形吧，比如说，你会把它看成缓慢升腾起来的黑烟、灰尘或乌云，然后，这些黑烟、灰尘或乌云从那个年幼的你身上、从这件事情上、从你的人生轨迹上完全消失。

然后，那些从你心底发出来的光芒很快便会溢出，并且以一种不符合物理定律的方式蔓延开来，最终形成一个球形的能量罩，笼罩在那个年幼的你身上。这个球体就像是一面盾牌，在它的遮蔽下，年幼的你可以安全地生存、成长和变大，任何外界的负面影响都会被轻易地弹开。

当这个能量保护罩愈加宽广和明亮之后，记忆中的人或环境就会对幼小的你产生恐惧，并开始变得越来越小、越来越扁平、越来越透明，直至完全消失。

现在，你已经清楚地了解了自己的情感负担，那个幼小的你也被你用爱和怜悯安全包裹起来，你终于可以温柔地凝视他 / 她的内心，发现其中灿烂的光芒——也就是它的本体。那么，这光芒是什么样的呢？它具备怎样的特点，又有什么样的力量呢？

这个时候，你的体会可能无法用文字来表达。我们的本质远远超出我们的词汇量和理解范围。我的客户曾把它形容为一种强烈的感觉，充满了纯洁、快乐、同情和心底的爱。但更多的时候，他们只会对自己本质的光芒及其真正的力量产生莫名的敬畏，而其中绝大部分的人直到凝视着那个年幼的自我的内心时，才会完全地意识到这种力量的存在。

假如你现在感觉心平气和，请确认一下那个年幼的你是否也得到了同样的改变。假如你发现自己的焦虑并没有得到完全解决（虽然这很少见），你可以重复步骤 4 和步骤 5。确保你内心当中的保卫者明白放下感情的负担对你来说才是最好的。

步骤 6：解决的模式

现在你已经教会潜意识如何去了解和释放过去的恐惧与焦虑（另外，通过这样做，也可以为你的本质之光创造和扩展空间），这个过程会作用于任何具有相同情感模式的事件，就像推倒多米诺骨牌一样。你的潜意识具有非常快速的学习能力，通过一次学习，它就可以很容易地掌握整个程序。但是，在你把这个程序完全托付给潜意识之前，你的主体意识依然会保持质疑，这就需要你再重复一到两次同样的过程。你可以随便找一些类似的记忆，不管它发生在什么时候，你只管重复步骤 3~5 就可以了。当你感到满意，并且相信自己的潜意识已经训练有素、足够接管整个过程之后，我们就可以开始继续下面的步骤了。

站在了解高地上，俯视着自己的人生轨迹，你可以很明显地看到，由相同的情绪和行为模式引发的焦虑比比皆是。这些事件可能发生在你刚刚处理过的那件事之前，也可能发生在那之后。指引你的潜意识更多地了解这些未解决的事件，并且把它们储存在一个特别的地方，这样你可以在适当的时候很容易找到它们。这个时候，你并不需要特别在意它们的细节。

现在，你的潜意识可以为你提供智慧和增长的潜力，那么，请把你心中的光芒、怜悯和爱传递给每一件事情中那个年幼的自己吧。让它们都充满康复的能量，把恐惧与焦虑的乌云从你的人生轨迹上空驱散。

当那些年幼的你从情感的负担中解脱出来后，你能够看到它们内心当中明亮的光芒是如何一一点亮并且蔓延开来的——那光芒笼罩了人生规划中所有过去的部分。从更高的角度看下去，在短短几分钟之内，你的潜意识会把几十年里积累下的恐惧与焦虑全部释放出去，取而代之的则是从你内心当中散发出来的耀眼光芒。

步骤 7：康复

在整个程序的最后一步，你可以把注意力集中在现在的你身上，并且释放潜意识当中（还有细胞当中）剩余的所有恐惧与焦虑。

保持俯视的视角，然后慢慢地向后移动，直到你最终飘回出发时的地方。看看现在的那个自己，它也许正舒服地坐在椅子上，或者平躺在床上。你可以用温和的微笑来表达对自己的同情和赞赏，然后花一点时间，去反思和欣赏自己一生中做出的积极选择，最后，问自己三个问题。

· 不管过去经历过怎样的恐惧与焦虑，我曾经放弃过善良、同情、美好和爱的信念吗？答案当然是否定的，因为你刚刚已经证明了，自己可以用爱来治愈过去的伤害。

· 我内心之中的光芒、我的核心本质是否依然强大、依然完整？到目前为止，从你所经历的一切可以看出，答案当然是“Yes”（是）。

· 回首从前，我对自己的本质又了解多少呢？这可是一个大问题，一个在历史上被无数伟大先贤反复思考过的问题。那么这一次，请你抵制住诱惑，不要让你脑子里负责思辨（或者哲学）的部分参与进来。反之，你可以使用其他任何的方式来回答这个问题——文字、图像、感觉，什么都行，哪怕只是愉快地意识到其实你本质当中的潜力要远比恐惧强大得多，现在如此，过去也是如此。

让充满同情和爱的光线照射在现在这个你的身体上，让它逐渐填满你的头、躯干、手臂、腹部、骨盆和双腿。当这种康复的能量荡漾在你整个身体中的时候，它会清除所有残留的恐惧与焦虑，无论它们被储存在你的潜意识当中还是你的细胞记忆里。你需要特别注意的是那些每当你回想起焦虑的记忆身体就会感到紧张和沉重的部分。想象一下，你正在释放那些剩余的恐惧与焦虑，它们就像黑烟或乌云一样，从你身体里慢慢升腾起来，并最终消散得无影无踪。

一旦你的整个身体充满了光明，并且处于一种平静而和谐的完善状态，你就可以俯视自己的内心，然后意识到那熟悉的光芒正是来自你最核心的本质。花一点时间沐浴在这光芒当中，你会惊喜地发现，这其中还包含了诸如美丽、纯洁和强大等品质，这些你都在年幼的自己身上亲眼见到过。

回过头，再看一眼你如今那“明亮”的过去，然后轻轻地朝着你的本质之光飘落。现在，你可以进入自己的身体了。把自己固定在你的心上，然后是你的脊椎、你的腿、你的双脚，最后是你的头部。

缓慢地呼吸三次。好了，欢迎你回来！

一场畅快淋漓的体验

我知道，你可能会被所有的细节和信息搞得有些不知所措，但是我可以告诉你，这其实是一个非常简单的程序，真的。当有人可以指引你的时候，它就会变得更加容易，这就是为什么我之前提到你可以把整个过程汇总成一个能用 MP3 收听的文件。为了帮助你在这个过程中感到更加轻松，下面我会给你举一个我接触过的例子。

格里到我这里来的时候已经 50 多岁了，她是通过收听电台广播节目认识我的。尽管多年以来，格里一直是一位非常成功的金牌推销员，但是当她的公司被卖给一个新老板之后，她的不安和焦虑还是上升到一个新的高度。“我在这家公司已经待了八年，但现在我必须重新证明自己，”她告诉我，“新的经理给我分派了越来越多的任务，我已经不知道怎么办好了。我认为他们不喜欢我，只是想把我赶走。”

公司会议对她来说成了折磨，她觉得自己说的每句话都透露出无能和愚蠢。她确信，自己的同事在用蔑视和怜悯的眼光看着她。最重要的是，她对自己和一个男人的异地恋情也感到困惑不已，当两个人短暂相聚的时候，那个男人会对她表示出极大的爱意和兴趣，而一旦双方都回家，他又会变得极其冷淡。在过去的六个月，从前困扰着她的焦虑再度来袭，她开始担心自己不够好、不够聪明，甚至不够可爱。这种困惑和无力的感觉促使她最终下定决心，去面对和解决过去的一切。

格里的童年过得很坎坷。她的母亲情绪非常不稳定，经常会不定期地发火——有一次，被怒火冲昏了头脑的她差点淹死了格里的小妹妹。此外，她还经常陷入深深的沮丧之中。而她的父亲——一个软弱的男人，不敢做任何违背妻子的事情——整天都在忙着养家糊口，根本无暇多顾。有了这样不合格的父母，年幼的格里不得不担负起一家之主的角色，代替父母照看妹妹。对于一个小女孩来说，做饭、打扫卫生、处理所有的家务活，还要照看蹒跚学步的婴儿，是多么不容易。但是不管她做得多么努力，她的母亲总会找到理由去责备她。仿佛她做的任何事情都难以令她的母亲满意。

在格里大约 12 岁那年的一天早上，她的母亲因为自杀未遂而被送到了医院。当格里给我讲述这个故事的时候，她好像仍然沉浸在看到母亲被担架抬出屋子时那种难以抑制的震惊和恐慌之中。“我们该怎么办呢？”她想，“谁会来照顾我们呢？”对于这件事，她父亲的反应只是翻了翻眼睛，然后自顾自地出门干活去了。尽管格里万分焦虑，但她依然记得自己应该做的事情：给她的小妹妹喂饭。她的妈妈几个月都没有回来，格里不得不退学来照顾家里的一切，这是非常困难的，因为她喜欢上学。家里的日子让她手忙脚乱、不知所措，无论是生理上还是心理上。没有人来帮助她。父亲能够给予她的只有沉默和消失。

成年以后，格里的麻烦并没有结束。她嫁给了一个男人，结果更加强化了她对自己的不自信和对世界的不安感。尽管他没有一份稳定的工作、输光身上所有的钱，还和另一个女人鬼混，但是格里依然没有离开他。

“在二十年的婚姻里，我必须不断地替我丈夫还债，确保我们没有破产或者丢掉我们的房子。每一年，我都在耻辱和深深的自我憎恶中度过。如果不是为我的儿子着想，我永远也不会鼓足勇气离开我的前夫。”

在格里的人生轨迹上，左边代表了过去，而右边代表着未来。因为未来那一端看起来相当的暗淡，我们必须增强它的亮度，这样，她的潜意识就会更多地关注未来可能会发生些什么，而不是已经发生了什么事。

接下来，格里回到母亲试图结束自己生命的那天早上。她飘浮在这场悲剧性事件的上空，观察着那个年幼的自己，她可以感觉到她内心当中的焦虑和无助。然而，当她到达了解高地、处于那段记忆之上时，她立刻感到放松，并且渴望更深入地了解当时发生了什么。于是我开始问一些问题，来帮助她通过这个程序。

我：那个年幼的你在害怕或困惑些什么呢？

格里：她很孤独。她的母亲离开了，而她的父亲是个无用的人。她很困惑，不知道自己要做些什么。没有人和她谈心。没有了母亲，她和妹妹该怎么活下去呢？

我：那天发生的事情是她的错吗？她难道理所应当受到这样的对待吗？

格里：绝对不是。她只是一个孩子，没做错任何事。这不是她的错，她的母亲是个精神病人。我希望自己能够帮助这个女孩。

我：那个小时候的你很容易受到别人的负面情绪或执念的影响吗？如果是，那些情绪和信念是从谁那儿来的呢？

格里：我可以看出来，她从父亲那里得到了焦虑和不知所措。她的父亲不知道该如何处理这种情况，所以只能用工作来逃避。我也觉得她的父亲非常不喜欢他自己，也根本不相信他自己。所以我觉得，还应该有一点自卑。而我的母亲就像一个巨大的由悲伤、自我厌憎和羞愧组成的能量团。她不想抛弃我们，但又觉得自己无法养活我们。她对我们的感情很强烈，虽然她会时不时地失去控制。这确实很有意思。我身上居然汇集了那么多不属于自己的情绪。现在，我知道为什么自己会如此焦虑和不安了。

我：假如换一个人，一个深深地爱着和关心着你的人，会怎样理解你过去的经历呢？

格里：我可以想象有一个充满爱的祖母——可惜我从来没有过——她会说："对于这个孩子的经历，我感到很心疼。她还是那么的小，却必须要那么坚强。"我也会感觉到父母的内疚。他们自己似乎也痛苦不已。这个小女孩居然是家里最坚强、最健康的人，这实在是有些令人惊讶。她愿意放弃自己的理想，牺牲这么多只为了照顾她的妹妹——也许还有其他人。她的精神是多么的强大啊。

我：从这段回忆中，你还能学到什么可以使你强大和自由的东西呢？

格里（经过几分钟的沉默）：我可以很清楚地看出，小时候的我是个非常敏感和善良的人，不想让任何人遭受痛苦。所以，为了照顾那些有需要的人，她才不管自己是否可以做到，或者那对她有多么的困难。她自己想得到的只是一点点的肯定和关爱。而她的父母受困于自己的问题，无法给予她需要的东西。于是，这个非常渴望与父母交流的小姑娘，很轻易地感受并接纳了父母的恐惧与痛苦。也许，她认为这样做的话，自己就可以帮助父母分担一些负担。哇，我真不敢相信这个小孩竟然具有如此多的爱心和善良。

又过了一会儿，眼泪开始止不住从格里的脸上滴落下来。

我突然想起了，其实那个小格里总是能从其他地方得到支持和保护。我不知道那是什么，但是感觉上好像一种更高的力量，也许上帝一直在关注着她吧。

有了这样的想法，格里可以很容易为幼小的自己找到爱和同情，释放过去的情感负担，并且认识自己本质的光芒。当格里重新回到现在的上空，她终于能够审视自己过去的一切，于是，她又跟我讲了一些其他事情。

格里：我从来没有像今天这样清楚地认识自己。我总是认为自己非常软弱、缺点很多、一点也不可爱。我总是羞于面对过去的自己。现在，我意识到自己大错特错了。

其实，我本质上是非常纯洁、博爱和无辜的。同时，我也可以感觉到自己内心中澎湃的力量和活力。现在，我终于明白是什么给了我坚持下去的勇气和决心——让我永不放弃。因为，我是一个坚强的人。无论是小时候，还是结婚以后，我都是坚强的；虽然我不是个自大的人，但人们确实需要我的帮助。如果不是我的努力和坚持，天知道会发生什么事情。

真正让我感到惊奇的是，尽管从童年开始，我就被消极、谎言和愤怒包围着，但是因为某些原因，我从未感到过痛苦和质疑。我并没有变成父母那样的人，恰恰相反，一些内在的东西使我选择去敞开心胸，用善意和同情来帮助其他人。也许我唯一没有很好地关照过的人就是我自己。现在，一切都将改变。我有理由去为自己打算，我将坚决地支持自己，为真正的自己而骄傲。

我很高兴地告诉你们，这正是格里自我改变的开端。她不再担心同事的看法，不再试图去适应一家精神和价值观都与自己相悖的公司。带着全新的自信和自尊，她很快找到了一份新的——也更适合她的工作，而在此之前，她一直认为自己已经太老了，根本没法找到新的工作。放在过去，新的职位将会在她的生活中占据主要地位，她或许会常常担心自己被批评或炒鱿鱼。但是现在，她将生活的平衡放在优先考虑的位置，把自己照顾得无忧无虑。“最让我感到惊讶的是，”在那次模式解决程序的一年之后，她告诉我，“在大多数的早晨，我会带着微笑醒来，心情毫无理由地愉快极了。”

当你完成了模式解决程序的全部过程，你也许会问：“我怎么知道它会起作用呢？”这里有一个办法可以帮到你：在你刚刚回到自己的身体之后，立刻去想一些焦虑的事情（也就是在步骤1准备阶段中列出来的那些事情），然后注意一下你现在的感受。还记得焦虑与恐惧的感觉和仍然能够真切地感受到它们，两者之间有着很大的不同。所以，注意一下当你回忆过去那些事件时自己身体所产生的反应。假如你的身体没有对这些记忆产生任何反应，恭喜你，你已经成功地从潜意识和细胞记忆中卸下了这些情感的负担。

现在，你正沐浴在一片更加积极和强大的光芒中感受着那些记忆。然而，你可能也会发现，自己居然对它们一点感觉也没有了。这个时候，你或许会感到有些困惑，为什么过去那些让你头皮发麻的事情现在却好像都无所谓了呢？实际上，这是一个非常好的现象，这意味着你已经找出解决它们的方法，可以站在一个中立的角度上平静地思考了。

重新审视这些事件之后，在接下来的几天里，你可能需要尽力避免再次触及它。潜意识的康复过程仍然在进行，而你也不想打扰它。在你睁开双眼之后，模式解决程序还将继续。因为，你已经为潜意识设定了明确的工作周期，在这个周期之内，它将自动运转下去，完全不需要你的主体意识参与进来，比如说，在你睡觉或做白日梦的时候。

用潜意识来释放情感负荷是一次痛快淋漓的体验。好消息是，一旦你解决了过去的事情，效果会维持很久；过去的情绪消失后，就不会再回来了。然而，仅仅摆脱掉过去的模式和自我局限的身份，却没有用全新的、能够给予你支持和力量的模式替换它，这会在你的潜意识当中留下空白。要是你在这片空白当中待的时间太久，却又没有创造出一个全新的自我，你的潜意识就可能会逐渐地滑向过去熟悉的思维和感知习惯中去。这就是为什么对你来说，本书的最后一章是至关重要的了。

第四部分

重新调整，平静从不会离开

现在，你已经放下负担，为开始新生活做好了准备，然而，最重要的工作现在才刚刚开始。因为，同释放那些不再对你有用的东西相比，更重要的是保持这种改变和康复的持久性。

第九章

核心身份的定位

现在该向你表示一下鼓励了。你已经取得了很大进展，完成了许多事情。想想到目前为止，你做过的一切。

- 明白了什么是恐惧与焦虑。
- 大大增强了自己的理解，认识到你的潜意识是怎样创造恐惧与焦虑的，以及这样做的原因。
- 学会与你的潜意识沟通，并且有意识地使用这无比强大的内心资源。
- 发现并与你潜意识中的心灵保卫者沟通，它正是你产生焦虑、消极的内心独白和那些“自我矛盾”的行为的根源所在。
- 学会欣赏潜意识中冲突双方所具备的宝贵的力量和智慧，通过重新整合，让它们团结一致为你的完整和更崇高的目的服务。

了解那些引发恐惧与焦虑的情感负担，从中获得成长的力量，并且把它们从潜意识当中释放出去。

现在，你已经放下了负担，为开始新的生活做好了准备，接下来该做些什么呢？从某种意义上来说，最重要的工作现在才刚刚开始。正如我之前提到的，与释放那些不再对你有用的东西相比，更重要的是保持这种改变和康复的持久性。当你从自己的主体意识和潜意识中解开恐惧与焦虑的伪装之后，你也就与过去看待自己的方式说再见了。乍一看，这种新的模式是颠覆性的，但同时也给你带来了一个非常棘手的问题，那就是："我现在是谁？"

我们都需要一个自我认识，作为安身立命的所在及前进的起点。缺乏这样一个基础，我们便无所依靠。你可能听说过，有些人在毕业、退休或子女去上大学之后，都会陷入抑郁当中。因为这些人的注意力过于集中在生活中的某一方面，所以"失去"了作为一名学生、员工或父母的身份之后，他们就会完全迷失方向。

你也许会认为，通过释放自己的恐惧和焦虑，你将从一个旧的身份中退出，因此，你也可能面临着类似的危机。所以，本章和下一章将为你提供你所需的一切，来帮助全新的你建立一个坚实的基础。重建实际上是个相当有趣的工作，因为你可以选择自己变化的方向和方式，你已经长大了，或者更恰当地说：你已经不再受到过去身份的限制了。

本章将指导你完成重建过程的第一步。你会重新接触和调整自己最稳固和完美的部分——你的本质。为了使这种调整成为你全新自我的基础，你需要刻意或下意识地稳固它，直到它深深地渗透进细胞当中。

细胞身份

前面我已经提到，情绪和信念不仅储存在潜意识当中，还在细胞之中。2000 年来，细胞记忆的概念一直作为传统中国医学的重要组成部分之一[①]。最近，细胞记忆也在对抗疗法的医学和西方科学中得到了更多的认可。细胞记忆可以应用于对心脏移植受者的研究。在几个案例中，病人在手术后，口味、爱好、行为、情感和习惯都会出现莫名其妙的变化，这些新的特征被证明与器官捐献者的特点完全一致。引人注目的是，在此之前，所有的移植受者与捐赠者素不相识，这就表明这些特征的记忆和传承来自移植器官的细胞。

细胞储存情感和记忆的具体方法仍然不为我们所知。根据细胞生物学家布鲁斯·H. 利普顿在他的著作《信念的力量：新生物学给我们的启示》中提出的证据，细胞的行为和身份在很大程度上是由神经递质和细胞受体之间的相互作用决定的，后者是胞膜中的一种特殊蛋白成分。神经递质像信使一样游走于神经系统和身体的其他部分之间，它是由神经元及某些腺体释放出来的，比如肾上腺和脑垂体。恐惧和焦虑会促进应激激素的分泌——那是一组特殊的神经递质，包括肾上腺素、去甲肾上腺素和皮质醇——并进入血液，从那里它们能够被传递到身体的大多数细胞中。在它们与特定的胞膜受体绑定之后，就像一把钥匙对应一把锁，它们会在细胞内部产生独

①这里所说的细胞记忆不见于中医经典，此处引述的是西方学者根据中医脏腑理论和中医药学所著的著作。——译者注

特的反应和化学变化。

应激激素调动了身体的能量储备，以增加呼吸频率、心率、血压，这样富氧的血液可以快速流向大脑和肌肉。身体已经准备好应对焦虑产生的根源，它会与之战斗或远远地逃避开，或者干脆采取最后的手段，不死不休。应激激素也会刺激一种叫作转录因子的东西，它们迁移到细胞核中，并且激活特定的基因。基因的活化可以增加某些蛋白质的产生，当然这需要对细胞施加相应的持续压力。这样，当应激激素穿过人体，一次又一次地激活细胞的应激反应，就像引发习惯性的焦虑一样，其结果会在细胞的代谢、结构和行为等方面造成长久的改变。此时，细胞就有了一个新的身份："我就是紧张和焦虑。"

这种对压力和焦虑的适应不可能不伤害到单个细胞精密的内稳态以及整个身体的平衡。例如，氧化压力[①]的增加会导致自由基的积累，而这会造成与压力相关的细胞损伤。自由基会伤害单个细胞的所有组件，包括端粒，即染色体末端特定的 DNA 序列。端粒是用来防止染色体退化和防止它们互相融合的。研究表明，患有慢性压力的人，他们的细胞中端粒数量明显短缺，这意味着这些人面临早衰、癌症和自身免疫性以及心脏疾病的高风险。

焦虑对细胞所造成的另一个明显影响就是，细胞会在真正意义上对刺激成瘾。在细胞习惯了这些持续刺激所引发的慢性压力、恐惧和焦虑后，人们的日常行为也会随之发生改变。它们变得如此习惯于受到应激激素的刺激，以至于即便在我们恢复平静和放松的心境之后，依然渴望着这些神经递质的刺激。

假如你认为，对身体来说，沉迷于自身激素的影响是不可能的，那么请想一想那些自称"压力成瘾"的人吧，这些人喜欢生活在危

①一种因为氧化物过量生成进而压制细胞抗氧化能力的致病性因素。——译者注

险当中，积极投身于诸如赛车、蹦极、攀岩等极限运动中，唯一的放松方式就是看上几小时的“特种运动”视频。这些人常说他们需要肾上腺素的刺激才能感觉自己活着。还有一些狂热的跑步者，包括我在内，他们深深地沉湎于跑步时所释放的内啡肽的刺激（这也被称为“跑步者的高潮”），以至于一天不跑上个一两万米，他们的双脚就会闲得难受。

假如我们的身体可以对药物成瘾，比如酒精、尼古丁和止痛药，甚至连寻欢作乐和跑步也会使我们沉迷于其中的话，那为什么就不能对焦虑产生依赖性呢？这是完全有可能的，慢性的恐惧与焦虑会让我们的细胞对其产生的应激激素、内啡肽和阿片肽、肾上腺素等产生需求。尽管对于这一假说还没有科学的证明，但是据我所知，那只是因为科学家们还没有仔细研究过这一课题。

你可能也亲身经历过这种细胞渴望的影响。本来生活中的一切都是稳定与平静的，突然，一种冲动产生了，你开始寻找某些令人担忧的事情——破坏的雨林，或者皮肤上的一个小肿块，它可能已经长在你身上很多年了，你却突然开始怀疑这会不会是癌症。

这把我带回到最初的观点上。对潜意识和细胞来说，仅仅去释放恐惧与焦虑本身并不能够造成永久的改变。你可能会觉得好了一阵子，但是在某些时候，你的潜意识和细胞还会经历一次身份危机或者剧烈的戒断症状，因为它们依然在渴望着应激激素的刺激。两者都受制于恐惧与焦虑，而没有了这样的情绪，它们就会感到不舒服。

所以，最重要的是用潜意识和细胞层面的全新自我来取代由焦虑支持的陈旧身份。这个新的身份需要引发强大而积极的情绪，并且促使其释放出其他神经递质，例如多巴胺和血清素，来刺激和修复你的细胞，使你感觉冷静和自信。这样，你将把自己的新身份从意识层面转到潜意识和细胞的层面，从而真正地体现它。想要开始建立全新身份的话，还有什么更好的地方能比得上稳固和完美的天性，也就是你的本质呢？

本质的真实面目

让我们谈谈你的本质，也就是在模式解决程序中你发现的那个核心能量。但是，你怎么能保证自己当初看到和感受到的内心世界是真实的呢？或许，这个问题可能显得有点深奥和令人惊奇。没错，当我第一次接触到自己的本质时，我那科学的大脑也曾被这个概念弄得晕头转向。不过，真正令我震惊并且证实我的猜想的是，不管我的客户是心胸豁达还是疑虑重重，当我指引他们去和自己的本质接触时，绝大多数人都会用同样的方式来形容这一过程——那就是心中充满了璀璨的光芒。

通常，人们的核心本质会同某些品质，比如爱、慈悲、善良、力量、欢乐以及激情联系在一起。虽然，有一些新闻可能会使你认为人类的行为很大程度上是由贪婪、伪善以及冷漠构成的，但是有更多的证据可以证明，我们所有人的心中还有善念。正是这种强大的力量，才使我们能够跳进冰冷的河里去救一个人甚至一只动物。也正是这种自然的本能，才促使我们在灾难降临的时候同舟共济，无论是在 2001 年的 9 月 11 日、在卡特里娜飓风发生时、在南太平洋发生海啸时，还是在日本的大地震中。正是由于这种内心的力量，人们才会在无私帮助他人的时候感受到更深层次的快乐和满足。从那里我们可以得到爱、同情和宽恕，甚至对那些我们素不相识或者曾经深深伤害过我们的人也一样。这就是我们的核心本质。

一位僧人曾经指出，爱和同情并不只是人类的专属，在动物中也同样存在。我听很多人说过，他们感受过的唯一无条件的爱来自他们心爱的狗或猫。正是通过小狗那崇拜的目光或是猫咪的依偎，他们才能够克服自我价值的缺失，从根本上认识到自己的优点和可爱之处。尽管爱与同情有着不同的程度和表达方式，但是猫狗只会用最纯粹的方式——一种没有任何条件、无私而慷慨的方式——来表达自己对主人的情感，完全超越了主体意识和潜意识的范畴。

好吧，或许你还不能确定自己的本质就是善良的，因为你从来没有救过别人的命，你也不是志愿者，你不喜欢宠物，你仍然无法原谅自己的前男友。那么我确信，你对自己太苛刻了。这里有一个方法可以告诉你，其实你与自己纯洁的本质之间的接触比你想的要频繁得多。

拿出笔和纸，写下你是否做过这样的事。

- 没有任何期望或条件地爱上某个人或动物。
- 出于仁慈和怜悯而原谅某人。
- 将自己的需求和愿望放在一边，完全专注于另一个人的幸福。
- 敞开心胸，乐于倾听、考虑和理解不同的观点。
- 谦卑（而不是羞愧）地承认自己的错误。
- 为他人的慷慨、耐心、宽容或无私而感到感动和鼓舞。
- 乐于接受生活中的善意和馈赠，并心存感激。
- 毫无理由地唤醒幸福和光明的感觉。
- 心平气和地看待自己——还有这个世界以及周围的所有人。

当你回顾过去的时候，请一定要对自己宽容一些。你把注意力集中在自己的潜力上，记住，即使这些同情、爱、平和的感觉会稍纵即逝，可是它们仍然可以帮助你同情绪与能量的根源，也就是你的本质，建立起更深层次的联系。但问题是，你如何才能与自己强大的本质建立起更紧密的接触，如何才能在潜意识和细胞的层面上把它当作自我发展的基础呢？

冥想：通往本质的桥梁

许多科学研究表明，冥想对健康和幸福都是很有好处的。冥想已经被证明可以用于治疗一些身体疾病，比如高血压、高胆固醇和慢性疼痛症。它还被证明有利于减轻焦虑和抑郁。每天都冥想的人一般可以拥有更高的生活质量，而且可以增加健康和幸福的感觉。

听上去很不错吧。但是你像我一样，也可能会在学习如何冥想的过程中受尽挫折。我 18 岁时第一次尝试冥想，当时我对此一无所知。我以为自己只需要躺下来，闭上眼睛，片刻之后就会迎来天堂一般的幸福生活，反正我听别人是这么说的。但不幸的是，下面这两种情况之一总是在妨碍着我：要么我会在几分钟之内就睡着了，要么是心里放不下那一长串没办完的事情，或者过去悲惨的失败经历、手头亟待解决的问题等。要是你一闭上眼睛，脑子里的杂念就会像国庆节的烟火一样噼里啪啦地喷出来，你怎么可能达到内心的平静？因为我的冥想只会带来挫折感，所以我坚信，自己属于那种跟冥想没缘分的人。

然而，当我在 30 岁左右开始练习昆达里尼瑜伽之后，我改变了自己的看法，终于和冥想再续前缘。像其他形式的瑜伽一样，昆达里尼瑜伽主要作用于思想、身体和灵魂。而最吸引我的就是，这种瑜伽并不要求你过多地在意如何把身体团成一个完美的椒盐卷饼，它更多地着眼于你与自己的关系。在练习的过程中，你要始终闭着双眼，这可以使你把意识集中在自己的思想、情感和本质上。而你的身体则要完成不同的动作。我的瑜伽老师说，认为我们的大脑会完全停止运转的想法是一种误解。过度的幻觉只会带给我们失败。这才让我心中的大石头落了地。他说，假如我们可以使大脑停顿一秒钟的话，我们就已经掌握了冥想的艺术，这让我感觉很好。

摆脱了压力后，我开始钻研冥想，尽管没有抱太大的希望，但我依然取得了极好的成绩，现在我甚至开始教其他人如何去冥想了。对我来说，最满意的结果就是开始冥想后我再也不生病了。每当我觉得有点头疼脑热的时候，我只需冥想上 15 分钟，把注意力集中在健康和幸福上，并且告诉自己：我的免疫系统现在可以干掉任何侵入身体的病菌。这种方法每次都很管用。

许多人甚至会拒绝尝试冥想，因为他们认为自己没有足够的时间，或者觉得这个东西太难学，或者干脆不知道该选择怎样的冥想方式。事实上，冥想并不是航天科学，你完全可以在很短的时间内学会。而且冥想是一个强大的工具，可以帮助你接触到自己的本质，下面的练习会向你解释这一点。所以在这里，我想复述一些在我的冥想课上最常见的问题和注意事项。

什么是冥想?

冥想不是某种宗教或者巫术，它是一门技术，可以促进你的思想、身体和灵魂之间的沟通。通过集中注意力和思考，冥想创造了宁静和空间，使你能够调整好自己与核心本质之间的关系，这样你就可以从更集中和更均衡的角度来看待自己的生活。

冥想的种类数也数不清。正念冥想是目前在临床研究中应用最多的方式，你只需要考虑当前，把注意力集中在你的呼吸、你的身体和你的思想中。而超觉冥想需要你集中精力、默诵咒语，那些神圣的声音通常源于吠陀或者密宗的传统。还有行禅，你关注前行时的体验，一步一个脚印。在呼吸冥想的过程中，你有意地控制自己的呼吸，先吸气 20 秒钟，再屏住呼吸 20 秒钟，最后呼气 20 秒钟。你还可以练习写作冥想，例如随心所欲地写点什么或者问自己一个问题，关于你陷入的麻烦、遇到的困难、好奇的东西，然后让答案通过你的钢笔表达出来。指引型冥想和可视化冥想通常会引领你进行一次内心的旅程，进而把思想集中在心路历程的终点，比如说内心的平静和自信。甚至还有大笑冥想，你想象某个有趣的场景，或者回忆起某个笑话，或者只是想想你的怪样，然后逗自己笑出来。

做点研究，尝试一下那些听起来有趣的方式，看看在特定的时间里哪种方式会产生最好的效果。每种冥想都有其独特的优势，但是不管你选择哪一种，它们都可以为你的生活添加明辨、平衡与和谐。

最好什么时间冥想？

理想的冥想时间是在清晨或者晚上睡觉前。但更重要的是，每天至少要冥想一次，而不是每星期在日程表挑出一个完美的时间冥想一次。你不需要花很多的时间，也不需要进入一个沉思的空间，就可以获取冥想带来的好处。假如你能承诺每天进行哪怕 10~15 分钟冥想，在几星期内你就会发现惊人的变化。一项研究表明，在缓解压力和减轻痛苦方面，八星期的冥想起到的效果比认知行为疗法[①]更加的有效。你甚至可以在洗碗和堵车的时候进行冥想（当然，这个时候你要睁开眼睛）。

最终，我们的目标是把生活变成一次持续的冥想。当然，这并

①由A. T. 贝克在20世纪60年代发展出的一种有结构、短程、认知取向的心理治疗方法，主要针对抑郁症、焦虑症等心理疾病和不合理认知导致的心理问题。——译者注

不意味着你要变成一个古怪的人或者隐士什么的；事实上，恰恰相反，你的注意力会更加集中，你感知当前周围世界的能力也会得到加强，并且将进一步集中在思想、身体和本质当中。

为什么当我冥想的时候，我的大脑会开始走神儿？

尤吉·巴赞大师把昆达里尼瑜伽带到了西方，他称冥想为“精神淋浴”或“对潜意识的清洗”。这就是冥想起作用的方式，也就意味着当你开始练习的时候，你的大脑会开始走神儿，各种无来由的思绪和念头会到处乱飞，你的思维模式会不断地重复。这没关系，只有清扫屋子的时候，灰尘才会飞起。换句话说，在你试图寻找平和与安宁的时候，大脑稍稍有点兴奋过头是很正常的，没什么大不了。当你意识到，每一个浮起的念头其实只是潜意识释放出来的时候（毕竟，你也不想继续储存它们了），你会很高兴看到它们冒出来，然后飘走的。

关注和释放那些潜意识里产生的想法，并不意味着从现在开始，你就应该贬低或忽视潜意识向你传递的所有信息。请继续使用本书教给你的方法，去和你的潜意识沟通，解决它的问题。另外，当你冥想的时候，要时刻记得以自己的本质为模板进行调整，也就是那个真实的你，从而摆脱潜意识对你的那些局限性的看法。

在冥想的过程中，我怎样才能保持专注？

一些人相信，冥想就是学习如何控制思想。我更喜欢把冥想看作创造神圣空间的过程，在那里，你的主体意识、潜意识和更高的意识将会达到平衡。对你的主体意识来说，最大的挑战就是把握好方向，着眼于现在，避免分心或牵扯进任何冥想过程中发生的事情里。根据我的经验，适度的纪律是保证思维集中和参与度的最有效方式。我的一位冥想老师曾经建议我把思维想象成一只需要驯化的小狗。当你明白自己可爱的小狗正在学习并需要你的指导时，你就不会因为它无法马上理解你而去苛责它了。所以，就算它没有在你放好的报纸上大小便，你也会耐心地把它轻轻推回到报纸上。

冥想的时候，你也可以采取相同的方式对待自己的大脑。如果它走神儿了，就用你的呼吸、内心的专注，或者你现在对身体的感觉把它轻轻地带回来，不要妄下结论。每次你成功地在冥想中调整自己的思绪，你在重新构建自己身份基础的进程中就又前进了一步。很快，这个基础就会开始为你服务，使你无论身处多么繁杂的环境中，都能够保持冷静和专注。

在学习冥想的过程中，你要始终保持对自己的一致和善意。纪律并不意味着惩罚自己，而是把它变成你的门徒，或者说处处为你着想的一个忠实的仆人。

我应该怎样冥想？

据说，想要掌握任何具体的冥想方式，你都应该至少连续练习 120 天。但是我相信，只要你能坚持连续冥想 40 天，你就可以为自己骄傲了。为了成功地培养每天都冥想的习惯，我建议你为自己创造一个尽可能轻松和舒适的练习环境。虽然传统的盘腿坐姿很好，但是如果膝盖或腿部的不适会让你分心的话，那就有悖于通过冥想去寻找内心平和与宁静的本意了。

你可以先坐在椅子上，双脚着地。理想情况下，这时你的脊柱应该是垂直的，但我再说一遍，假如这个姿势使你感觉不舒服，不要让这成为阻碍你每天冥想的借口。你也可以仰躺着。只是，你要确保自己不会立刻就睡着了。

经典的冥想手势，或者叫作手印，要求每只手的拇指和食指相扣，其余的手指舒展开。双手掌心向下放在大腿上。另外，你也可以把手放松地放在体侧，或者双手抱膝，或者两手合十于胸前，就像祈祷那样。你可以试验一下，找出自己感到最舒适和最可行的方式。

只有两个建议我希望你能够遵循：第一，在冥想的过程中合上双眼，这样你可以把注意力集中在内心之中；第二，为了避免你总想偷看手表，你最好使用某种计时器，这样就可以提示你什么时候去结束冥想。

在第十一章，我将介绍两种基本的呼吸练习，我强烈推荐你像那样练上 40 天。不过，在目前这个阶段，我还是希望你能够先专注于深入地研究一下冥想的练习。

重新调整自我：指引型冥想

指引型冥想会帮助你重新调整自我，并且在主体意识、潜意识和细胞层面上，帮助你为建立全新而强大的身份构筑坚实的基础。但是，你可能想知道，怎样才能通过冥想和幻象来与自己的细胞接触呢？

正如我在第四章提到的，潜意识会监督和调节身体的所有功能，包括细胞层面。方法之一就是通过有比喻意义的梦境来与我们进行沟通，但这需要仔细分析才能够理解它们的深层含义。反之亦然，我们也可以用隐喻的方法来有意识地与潜意识沟通，或者再进一步，与细胞进行沟通。伯尼·西格尔博士率先使用隐喻和幻象来激活与身体的联络，从而达到治疗慢性疾病的目的。比如，他教他的病人在大脑中观看绵羊、鱼或者真空吸尘器在清除和摧毁体内的癌细胞。虽然确切的过程尚不清楚，但是报道表明，不知何故，这些幻象是可以被细胞破译和解读的，进而导致癌变部位萎缩、病人迅速地康复（更多的信息可以参考西格尔的著作《平静、爱与康复》以及《爱、医学和奇迹》）。

我的一位朋友兼同事曾被诊断患有乳腺癌。在手术前，她花了两个星期的时间，在脑海里想象小鱼吞噬肿瘤细胞的画面。所以手术后，当医生告诉她肿瘤在被切除前就已经缩小了 50% 的时候，她并没有显得过于惊讶。

下面要说的指引型冥想正是利用了隐喻的方法，有意识地与你的潜意识和细胞沟通，告诉它们你正在构建一个全新的自我，它会取代你过去建立在焦虑基础上的充满局限性的旧身份。

和以往一样，你既可以记住这些冥想的步骤，也可以把自己或别人朗读它的过程录下来。同样的，你还可以从网上下载一份关于整个过程说明的简化版本。在冥想的过程中，你可以坐在椅子上、躺在自己的床上，或者泡在浴缸里——任何地方都可以，只要你感到舒服就行。

现在，集中精力开始

闭上你的眼睛，深呼吸五到六次。同时，让你的大脑慢下来，放松你的身体。把注意力放在你的眼睑上，感觉它们变得如此松弛和沉重，沉到你不得不付出巨大的努力才能打开它们，这样你就不会轻易地尝试。接下来，让这种松弛的感觉从眼睑一直传递到整个脸部，进而到你的全身。然后，集中注意力，想象着让你的本质去沟通和调整自己的大脑和身体，使自己更加稳妥和协调，并且逐步找出尚未开发的潜力。

现在把你的注意力放在心脏上，花几分钟倾听一下那里的生命律动。靠近一些，把目光聚焦在心脏下面的尖端部分。再接近一点，你会注意到一个特殊的细胞——主细胞。每一次的呼吸都能够使你更加接近它，你会越来越欣赏这个美丽、复杂和完美的细胞。

很快，你便会到达细胞膜，那里遍布着隔层、通道和出入口，营养与信息通过它们进出细胞内部。这个宏伟的细胞的复杂和完善令人敬畏。细胞膜的表层中浮动着成千上万的受体①，它们渴望着倾听其他细胞的声音，并且已经做好了沟通的准备。现在你明白了吧，你的细胞正在积极地关注着你。正是通过这些受体，你的思想和感情能够与细胞进行沟通，影响它们的工作。在这里，你可以看到自己的大脑和身体是如何进行复杂的相互联系的。

继续你的旅程。通过细胞膜上的某个入口，你很容易就会进入细胞质。在你的周围有无数的细胞器、核糖体、液泡，以及生命力量的源泉——线粒体。你会很欣慰地发现，自己的细胞当中埋藏着如此丰富的能量、生机与活力。

然而你的旅程还将继续深入，直到进入细胞的中心区域，也就是细胞核。在这个球形的东西里，储存着你的遗传编码，也就是DNA。进入细胞核，你会为DNA中储存的海量信息惊叹不已。有人曾说，如果把DNA中的每一条信息都看成一颗星星的话，那么你就会拥有整个银河系般广阔的知识。现在，你进入了内心图书馆的大厅中，那里保存着生命中所有的智慧。在这儿，所有的问题都可以找到答案，一切麻烦都会得以解决。

然而，你的本质还会把你带到更远的地方，由分子过渡到原子的层面。当你接近一个原子，你会看到它那由中子和质子构成的稳

①糖蛋白或脂蛋白构成的生物大分子，存在于细胞膜、胞浆或细胞核内。——译者注

固核心，还有许多微小的电子环绕在它的周围，这样的配置就仿佛太阳系的运转方式一样。因此，你会对“上行，下效。存乎中，形于外”产生全新的理解。你就是宇宙的一个反射面，宇宙把无限的自然法则倾注在你的身上。

现在，我们再到原子中去看看那些亚原子粒子，也就是构成你身体的最小元素。在这里，你会发现真正震撼你的东西——存在于你内心最深处的是一种近乎无限的能量体。在广袤而强大的能量场中，这些微小的亚原子粒子几乎是检测不到的。现在，你终于清楚地明白了，其实你是由这种能量构成的，而非过去那些你一直用以识别自己身份的事件。所以，从根本上讲，改变、康复和成长只是发生在你能量场当中的一些变化。这个发现带给你一种充满力量的感觉，因为你知道自己的思想、信念和情感可都以改变这种能量，也就是改变你这个人。

当你被吸引到这个充满能量的核心领域后，你会发现一道灿烂的光芒——你本质的光辉。深入地探究这种光芒，你就会意识到它的华丽和无限的潜能。沐浴在本质的光辉之中，让平和与宁静笼罩着你吧。所有的烦恼、紧张，以及感知的局限性都会在这里消弭于无形。过去的自我和陈旧的信念都会在光芒中瓦解和消失，你将重新描绘自己真实而美好的生活蓝图。

通过本质的光辉，你能够永远拥有自己内心中所有的天赋、资源和力量。现在，把注意力集中在本质中与现实生活联系最紧密的一两个特殊品质上。这些品质有可能是平和、强大、明智、怜悯、爱，或者是自我欣赏。深吸一口气，把爱和感激倾注在本质的光辉之中，你会注意到它的亮度和光芒都在增加。然后呼气，同时在心里默念“我是……”，这样，你会相应地强化自己想要关注的那部分本质。通过一呼一吸，观察你内心中的光芒是如何开始延展和向外扩散的。

继续吸气和呼气，用爱和感激来充实你的本质，使它的光芒变得更强、传播得更远。很快，你的本质之光就会将DNA的质子和分子包裹进来，并进入细胞核内，把平静与和谐重新储存进你的基因密码中。那些被恐惧与焦虑侵扰过的基因会逐渐减少，而对你的康复和成长至关重要的基因则会再度活跃起来。

经过几次这样的呼吸以及无声的“我是……”的声明，你本质的光辉会逐渐渗透进细胞质，重新唤醒和复原所有的细胞器官。最后，它进入细胞膜，修复那里所有的元素和受体，直到平衡与和谐。

现在，你的整个主细胞的光明都散发着本质的光辉，注意，这光芒可以点燃蕴藏在你身体内每个细胞中的核心能源。在呼气的时候，在内心中继续重复“我是……”的声明，看着它周围的那些细胞也逐渐闪耀出同样的光芒。

通过每次呼吸，这辉煌的能量逐渐扩大到你心中数以百万计的细胞中。一旦你的心被完全照亮，就像一个内部的太阳，它散发出的无穷光芒就会随着你的身体轻轻悸动。每条光线都会进一步点燃你胸中所有细胞，从你的腹部，到你的手臂和腿，再到你的脖子和头部。最终，你会注意到这股能量遍及整个身体。这时，你需要特别关注那些在你经历恐惧与焦虑时会感到紧张的部位。现在，你身体中数万亿个细胞，细胞之间的空间，甚至每一个器官、每一条血管都充满了本质那灿烂的光辉。

把你的本质之光从身体中发散出来，从各个角度照亮你周围的磁场。这个围绕在你身边的能量场就像你的保护伞，它可以削弱外界带给你的任何负面的影响和揣度，使你能够生活在一个平静和独立的舒适空间内。

把这个能量场扩展到一个足以令你骄傲的大小。在接下来的几分钟里，你可以在这温柔的光芒中完全地放松，重新调整自己的身心，与你的本质保持和谐的共振，做真实的自己。

最后，再呼吸三次，结束冥想。

验证完美效果

你每完成一次这个过程，本质对于你的调整就会变得更加容易和自然，很快，你的本质就会变成你的身份基础。通过这个调整过程，你会构建一个充满了自我肯定和内心平静的坚实基础，并且为自己的健康和幸福重新描绘一幅生机勃勃的蓝图。

这个过程在我的一位客户身上取得了完美的效果。

克莱尔的一生中都在和焦虑与自卑做斗争。当我第一次见到她的时候，她还不到 38 岁，但是看上去比实际年龄要老上一倍。那段时间，她的体重下降了很多。她的关节和背部越来越痛，皮肤上开始长出粉刺，而她的月经居然已经持续了五个星期之久。她告诉我，她晚上休息不好，即便是睡着了，也会被噩梦折磨。而到了早上，她还不得不勉强地爬下床，去面对处处碰壁的一天。

“我一直很注意照顾自己，”她沮丧地告诉我，“我吃得很好。我既不抽烟也不喝酒。我每天都会冥想。但是我的身体依然被持续的压力和焦虑折磨得越来越差。”

医学手段和草药偏方都没有取得显著的疗效，但克莱尔依然坚信她必须找到问题的根源并且治愈它。通过我们的努力，她很快就意识到，原来自己的身份基础一直被定义为缺失和脆弱。她生长在极端贫困的家庭中，许多夜晚是在饥饿和寒冷中度过的。在学校里，她常常因为又旧又破的衣服而被人取笑，所以她更喜欢单独待着，尽量不接近同龄人。长大以后，克莱尔决定给自己提供优越的生活条件。然而，她大部分的选择，包括那些健康的生活方式，其实还是建立在恐惧与焦虑的基础上的。在她心里，她还是太弱小、太敏感、太脆弱，以至于无法融入这个高标准、冷漠而快节奏的世界中。

在完成第一次的调整过程后，她就在自己身上发现了戏剧性的转变。“我的本质远比我所预期的要强大和可靠，”她说，“我有如此巨大的能量和潜力。只要看着它就会使我感到安全，仿佛再没有什么厄运能够发生在我身上。”

在接下来的几天内，她能够保持冷静，注意力集中，她的同事也无法再对她造成任何压力了。而在过去，这种压力通常会使她进入高度紧张的状态。但是现在，每次克莱尔在冥想中与本质沟通之后，那些积极的情绪就会变得更加稳固，而以往经常出现的压力与焦虑却减少了。很快，她发现自己的身体也在开始调整。仅仅三个月后，她的疼痛消失了，她的月经周期也逐渐稳定，皮肤变得光滑，她甚至变胖了些。克莱尔现在精力充沛，甚至有精力再次接受芭蕾舞的训练，这可是她多年没有做过的了。最重要的是，克莱尔领会到，她现在的生活正是建立在对自己本质中惊人的潜能和力量的笃信之上。

当你在核心本质的帮助下，把自己调整到一个正常的状态之后，你就可以从内心中某个平衡和中立的地方，开始着手处理自己的生活了，无论你面对的是无穷的机会还是潜在的挑战。而令人惊喜的是，仅仅需要把注意力转向自己的内心，重新联系本质的光辉，我们就可以改变自己对人生和自我的全部观点。

对于我来说，冥想改变了我的生活。事无巨细和争强好胜曾经是我的习惯。那时，我的生活是由繁杂的事务、永远不够用的时间以及对自己的不满构成的。本质的调整使我明白，不要总是不断地尝试证明自己，我也可以选择随大流，让生活的魅力展现在我的身上。这样的认识并没有把我变成一个宅男（虽然我现在确实经常宅在家里）。它以一种意义深远的方式帮助了我，将我的生活态度从永不满足转变为对自我的欣赏。

通过本质对你的调整，当然，也通过与真实自我的接触，你将不再受到外部环境的影响。你还懂得了，你拥有自己所需的一切力量和资源。重新构建信心和自主的身份基础，并不意味着你会变得冷酷、傲慢和斤斤计较。记住，你的本质也是爱与怜悯的根源。因此，当你与自己的核心结盟之后，你将有更多机会去使用这些正能量，也更容易与他人分享它们。或许，你还会发现你对自己的爱和怜悯也更多了。

通过这个调整过程，你可以在心理、情感、细胞和能量的层面上构筑自己新的身份基础，而在此之上，你可以把自己变成理想中的任何人。不过，这也给我们带来了下一章的主题：你到底想成为什么样的人？

第十章
向着自我强化突破

只有真正拥有的，才会发生改变。换句话说，为了使改变更有意义也更长久，你需要强化自己的感知，并且与自己的本质密切沟通。到目前为止，通过本书介绍的一系列方法，你已经为自己的改变做好了准备。那么，深呼吸，准备好重新定义你对自己的看法，也就是你的内在身份，然后拥有它。

请记住，无论我们尽了多大的努力，都永远无法完全体会和理解自己的真实本质，因为我们的身份太复杂、太多样化、太宽泛了。这就是为什么潜意识会运用过滤系统把海量的个人信息简化和压缩成更易于理解的模式——我们的内在身份。某些最强大的过滤系统，也就是我们的核心信念，会直接影响到我们对这个世界和对自己的认识。

有这样一句老话："阻碍我们的，不是我们真正是谁，而是我们以为自己是谁。"换句话说，我们绝不仅仅是自己相信或想象中的那个人。我们的真实身份也远非那些建立在恐惧与焦虑基础上的陈旧认识所能比拟的，因为后者往往是由某些局限性的核心观念定义的，比如说“我还不够优秀”“我一无是处”“这个世界充满了危险”。在前面我们已经讨论过了，无论你释放多少过去的情感负担，只要我们没有在根本上改变对自己的认识，恐惧与焦虑很快就会卷土重来。与我们采取的行动相比，信念才是我们取得何种成果的决定性因素，当然，也会决定我们的感觉。阿尔伯特·爱因斯坦是这样定义精神错乱的：“一遍又一遍地做着同样的事，却期待不同的结果。”难道你还没发现，尽管尝试过许多不同的方法，你的结果却从没有得到过任何改变。这是为什么呢？因为，你并没有改变自己的思维方式和信念。改变行为却不改变信仰，就像买了一辆法拉利，就想成为舒马赫一样。

在前面的章节，你已经同自己的真实本质建立了更紧密的联系。通过这样做，你构筑起了更稳固的身份基础。在这一章里，这一优势将会帮助你更深入地研究自己的局限性，把它们从你的潜意识中清除出去，进而更换为全新而强大的身份。

受制于一个局限性的信念

在马戏团里，驯象师会要求自己训练的动物在被绑到某个地方时保持冷静和听话。但是他们使用的方法会令人感到有些残忍。在大象小的时候，驯象师就会用沉重的锁链把它们拴在巨大的树干上。这样，小象无论怎样努力挣扎，也不会从树干上挣脱出去。当体力完全耗尽之后，小象就会停止尝试挣脱。而随着时间的推移，驯象师会逐渐用越来越细的绳子来替代锁链，直到大象可以很轻易地挣断绳子重获自由。但是，大象甚至都不会试着去拉拽这些绳子，因为它们从小就被自己的想法束缚住了，它们认为逃脱是根本不可能的。

作为人类，我们同样有着很多局限性的信念，这些信念来自童年和青春期，那也是我们的潜意识最容易受到外界影响的时期。这些信念并非总是我们的初衷。相反，它们是建立在父母、同伴和老师的信念、行为以及其他外界因素的影响基础上的。为了获得一个局限性的核心信念，我们不得不多次去倾听它的消息，或者体会它的每个细节，而每一次我们都会感到相对强烈的情绪反应。

在雪莉一生中的大部分时间里，她都饱受焦虑、内疚和自卑的困扰。她一出生就被抛弃了，自此，她的心头就萦系着被生母遗弃的痛苦和悲伤。而她的养母则加剧了雪莉的痛苦。那是个非常挑剔的女人，控制欲极强，有时还会非常暴力。雪莉记得，不管她做什么，从来都不会使她的养母满意。她告诉我，她四岁的时候就已经决定了，为了生存下去，并且有朝一日能够离开这个家庭，她现在必须完全服从和取悦她的养母。然而，随着时光的流逝，养母的侮辱和批评逐渐抹去了雪莉的自我意识。即使她现在成了一个成年人，拥有成功的职业和自己的家庭，雪莉的身份仍然由内疚、焦虑和自卑组成。时至今日，她依然忠实地每天打电话给自己的养母，听她那尖声的指责和无谓的羞辱。

当养母的病越来越重时，雪莉成了她的监护人，但这依然无法阻止那个垂死的女人继续责备和批评她。在她的病床前，雪莉听到的最后一句话居然是“你还能怎么样啊”。然后，老太太故意把头扭向床的另一边，就这样背朝着女儿死去了。

雪莉的丈夫、朋友和孩子都清楚，她其实只是一个屈从于母亲的怒火和虐待的可怜人。但无论别人怎样地支持和崇拜她，即使是在她养母死后，她依然坚持相信自己一无是处、不值得被爱。最后，当她到了知天命的年纪之后，严重的焦虑和痛苦终于使她鼓足勇气，她下定决心去寻找困扰自己的根本原因。

在模式解决程序进行的过程中，雪莉陷入一段回忆，那时她只有一两岁大。她回忆起养母把她放在厨房的餐桌上，轻轻地挠她的痒，用甜美的声音和她说着话。雪莉感到高兴极了，脸上浮现出灿烂的微笑。但紧接着，养母的举止突然发生了改变。她用食指戳在雪莉的小脸上，大声喊道："不，你这个坏孩子！"

带着怀疑和困惑，小女孩睁大了她的眼睛，她的身体因为紧张而变得僵硬。这时，养母的行为再度发生改变。她又变得甜蜜和慈爱，于是雪莉也笑了，然后她的养母又变得愤怒，出言威胁，这样反反复复，直到雪莉局促地哭了起来。这种奇异而残忍的行为持续了相当长的一段时间，直到最后，雪莉的养父介入进来。站在了解高地回顾整个事件，成年的雪莉终于明白了，正是由于养母害怕变得无力和失控，她才会想到把自己唯一能够控制的人牢牢地抓在手心里。而对于现在的她而言，当她的养母面对死亡、即将失去一切的时候，她依然不想放弃自己唯一可以控制的东西：雪莉。

一旦她能够将焦虑与内疚从潜意识当中释放出去，雪莉就会明白自己其实是无辜的，那些自我厌憎和局限性的信念都来自养母的影响。而最令我惊讶的是，即便意识到了这个现实，她也并没有把仇恨转嫁在养母身上。恰恰相反，在她看来，会如此残忍地折磨一个小孩子的妈妈，她的心中肯定也是饱受折磨的，对此雪莉只会感到同情和怜悯。

为什么这些局限性的信念会如此顽固?

雪莉的故事告诉我们，为什么局限性的信念是如此难以改变，我们又为什么一定要改变它。局限性的核心信念所带来的挑战之一就是我们会把它们当作现实，而不是去质疑它们的真实性。这是因为这些信念往往会自发地演变成无可争辩的现实。

用亨利·福特的话来说："不管你相信自己能还是不能，你总是对的。"这是一个不争的事实，你相信和期望的事情往往真的会发生，就是因为你相信和期望它发生。一项针对老年人跌倒概率的研究表明，那些过去曾经摔倒过并且认为自己还将重蹈覆辙的老人，他们摔伤的概率远高于那些从未摔倒过并且不知这种恐惧为何物的老人。据研究报告，由于这种局限性的、害怕再次摔倒的想法，人们往往会改变自己行走的方式，竭力去控制身体，而这进一步增加了他们再次跌倒的可能性。

即便这些负面的预期不会成为现实，但局限性的信念依然会不断地强化。你可能会喜欢雪莉这种人，或者认识类似的人，他们尽管已经取得了很大的成功，在生活中处处受人敬爱和尊重，但仍然会认为自己一无是处、不值一提。假如你认为自己一文不值，周围的大多数人都比你更有能力、更加成功、更值得去爱的话，那么无论你打算做什么，你都会认为，至少在潜意识当中认为，自己永远都不会取得成功。这不仅会使你缺乏追逐梦想的能量、自信和专注，还将导致潜意识再一次根据这种局限性的信念来过滤和理解你的行为。因此，你将会感到更加的不安、焦虑和沮丧，并进一步地强化"我还差得远"这种想法，进而增加它的存在感和真实性。最终，通过这种不断的自我暗示，这个充满了局限性的信念会变成你的身份。

在雪莉的例子中，局限性信念的发展和存在正是建立在焦虑、内疚、羞耻、悲伤和愤怒的基础之上的。这就是为什么试图在我们的大脑中"重置"一个全新的信念——比如说，通过形象化和反复强调的方式——并不会取得太好的效果。为了使局限性的信念不再得到潜意识的支持，我们必须先把那些负面的情绪释放出去。

通过前面几章的努力，你已经完成了一部分的内容。现在，你应该已经准备好用一种超然的、更加中立的角度来审视自己那些充满局限性的信念，为创建全新的自我铺平道路。

你以为你是谁?

正如我在第二章里讲过的，识别局限性的信念，特别是那些可以带来恐惧与焦虑的信念，是非常具有挑战性的。这些信念在我们身上隐藏得如此根深蒂固，以至于我们根本无法辨别出它们的本来面目。相反，我们还不得不接受这样的事实：我们都是不合格的、我们无法得到自己想要的东西，或者我们都处在危险当中。但是，这些信念不管过去有多少次被证明是真实的，在谈到未来的时候，它们仍然只能算作概括和假设。

想象一下，假如你看到自己的伴侣、孩子或最好的朋友正在用着与你相同的方式来看待生活，你会有什么反应。你会同意并且鼓励那些你深爱的人去接受这些局限吗？绝对不会。相反你会激烈地反驳他 / 她，因为你不想让这些你爱的人陷入自我限制的假设当中。

下面的过程可以帮助你检验一下自己的世界观和人生观是否会对你造成限制，是否会剥夺你的力量，或者是否会为焦虑与不安提供生长的温床。

拿出一张纸，回答下面这些问题。

- 在童年时期，你的身边都存在着哪些局限性的信念?

- 在这么多的局限性的信念当中，还有哪些是你依然坚持的?
- 生活的哪些方面会让你感到最焦虑、最不安或者最困难?
- 消极的、可以引发焦虑的内心独白有什么共同之处?

在童年时期，你的身边都存在着哪些局限性的信念?

想想你的父母、老师或周围其他重要的人，他们是怎样向你介绍金钱、工作、健康以及日常生活中的其他事情的。你还记得他们对你的看法吗?他们又是如何认识和对待自己的?那时，你听到的或经历过的事情，会给你带来焦虑、渺小或不安的感觉吗?

在这么多的局限性的信念当中，还有哪些是你依然坚持的?

你可以通过不同的方法找出小时候那些会引发焦虑的执念。其中最明显的就是，你听了某人对你说的话并且信以为真，就算这话可能伤害过你也无所谓。这种信念还可能源自别人对你的判断，比如认为你不够聪明、太敏感，或者有极大的缺陷等。

还有一种方法可以使别人局限性的信念影响到你的潜意识，那就是类比。比如说，你的父母中有一个人非常忧郁，并且对待他/她自己极其挑剔。因为我们的父母或监护人会成为我们效仿的榜样，所以我们会下意识地把这些观点和信念内化成自己的。一些客户告诉我，回过头来看看，他们会意识到，正是因为当时对父亲或母亲的焦虑和不安感到如此的同情，才使得自己变成了与他们相同的人。

第三种更加微妙的方式，就是通过从小解读其含义，我们会逐渐接纳某些局限性的信念。比如，你的父母可能告诉过你，只要你下定决心，就一定会达到自己的目标。这听起来令人倍感鼓舞，不是吗?然而，背负着成功的压力，可能最终会让你泄气。因为父母的期望似乎是高不可攀的，你开始相信自己永远也不可能完成它，于是你就会感到自己成了一个失败者。

生活的哪些方面会让你感到最焦虑、最不安或者最困难?

问问自己:"为什么我会有这样的感觉?"当你找到一个答案的时候,再接着问"为什么会这样?"或者"为什么不会这样?"而当你找到这个问题的答案后,你还可以继续向下追问,直到你找出自己局限性的核心信念为止。不用去过多地思考,只要你第一个想到的答案就好。就像我之前说的,潜意识处理信息的速度远远超过主体意识,因此在这个练习中,你最感兴趣的应该是隐藏在大脑更深处的那个答案。

下面这个例子说的就是你心中的讨论是如何发生的。

"我感到困顿。我不喜欢我的工作。"

"为什么我会有这样的感觉?"

"因为我已经找了很久的工作,却没有找到更好的机会。"

"为什么找不到工作?"

"因为我学历很低。"

"为什么学历很低?"

"因为我没有上过大学。"

"为什么没上过大学?"

"因为我怕自己考不上。"

"为什么考不上?"

"因为我不够聪明。"

看见了吧,一个局限性的核心信念就此而出。下面再来看一个例子。

"我的孩子不听我的话。"

"为什么我会这么想?"

"因为他们从来不照我吩咐的做。"

"为什么不照我吩咐的做?"

"因为他们不尊重我。"

"为什么不尊重我?"

“因为我没有给他们立下规矩。”

“为什么没有立下规矩？”

“因为我不喜欢争执。”

“为什么不喜欢争执？”

“因为我怕他们讨厌我。”

“为什么会讨厌你？”

“因为我也不太喜欢我自己。”

这就对了。再看一个例子。

“我不想再去约会了。”

“我为什么会有这样的感觉？”

“因为我已经试过很多次了，每次都很失望。”

“为什么很失望？”

“因为没有人再次联络我。”

“为什么不再联络你？”

“因为他们不想和我继续发展。”

“为什么他们不想？”

“因为我不够风趣。”

消极的、可以引发焦虑的内心独白有什么共同之处？

注意，你每天的思想可能都会关联和围绕着相同的主题，比如失败、批评、缺失、不安和孤独。而与之相关的核心信念则可能是下列之一：我一无是处、我得不到自己想要的、我很不安以及我不属于任何地方。

甚至，即便是那些看上去关于他人或外部环境的信念，比如别人都不喜欢我、我不相信任何人、我没有足够的钱来周转等，其实也是建立在你自己的局限性假设和想法之上的。在潜意识看来，之所以会产生这种信念，可能是因为你看上去过于弱小、太容易受到伤害，以至于无法应对这个危险的世界；或者是缺点太多，没有足够的吸引力来争取别人的喜爱；或者有些无能或不够聪明，因而无法变得富有。由于我们通常无法控制或改变外界的人或环境，因此这些局限性的信念就会显得不可战胜。但是，只需要问问你自己，到底是什么使你坚信这些假设和信念是真正存在的。这样，你就可以找回自己的意识和能力，把自己牢牢地掌握在自己的手中。

顺便说一下，假如现在消极的独白已经被你成功地解决掉了，那么去重温一下第六章的笔记，这样你就可以找出自己局限性的信念，它们曾经是消极想法产生的根源。

重点是让你的内心知道，在整个过程中，你不会做错任何事。也许你发现，自己找出了不止一条局限性的信念，却不知道应该先处理哪一条，或者干脆把它们都抛在一旁。信念堆叠在一起，互相支撑着，就像用纸牌搭的房屋。随便你拿掉其中哪一条，整个信仰结构都将会崩溃。所以，不管你选择先消除哪一条核心信念，都会在不经意间给你带来改变，并且丰富你内心的身份。

为了测试你是否已经找到了一条核心的局限性信念，问问自己假如你不再相信它了，会发生怎样的改变。你的想法会发生变化吗？你会摆脱童年的阴影吗？你会找到行动的动机、摆脱困境，朝着自己的目标前进吗？最重要的是，你会换一种方式来看待自己吗？现在，你已经清晰地找到一条局限性的核心信念了，只要释放它就可以改变对自己的看法。换句话说，就可以改变你内心的身份。但是，你那局限性的身份到底是个什么样子呢？

局限版的自我

每当我回忆起自己的初中时期，脑海里都会立刻浮现出一年级时某位老师的形象。我所看到的只有一丛黑色的胡子（没有脸孔），以及一个握起的拳头迅速打在我的头上。这幅画面很快就会与某个相当痛苦的细胞记忆联系起来，并且被精确地定位在他的指节与我的颅骨相接触的位置上。顺便说一下，那时候，在我们那个位于黑森林的乡村小学校里，用手敲学生的头是很常见的行为，是对学生违反纪律的最轻处罚（至少这也说明了我还不是特别的调皮）。除了这幅画面及内心的解释，在我的脑袋里（或者说脑袋上），就再也没有任何关于这个老师的回忆或印象了。

我们的潜意识对于生活的方方面面都会有一个内心的解释。和由焦虑引发的想法一样，其中的某些解释可能会漂浮在脑海中，而我们却不会刻意去注意它们。比如说，你每次去看牙医时，都会产生莫名其妙的紧张和世界末日般的恐惧感。这多少有些说不通，因为你的牙医正是以手法轻柔而著称的，而你以前的治疗经历也没有什么好担心的（愿上帝保佑那些发明了局部麻醉的人吧）。那么，这份焦虑又从何而来呢？你可能不知道自己的潜意识是如何理解和预测你与牙医预约这件事的。当你想到自己即将去看牙医时，潜意识可能会臆想出这样一幅画面：你被五花大绑地捆了起来，根本无力挣扎，而你的牙医高高地站在你面前，手持性能优越的电钻，眉头紧锁地看着你。这幅情景看起来像是某部恐怖电影的情节。不过，一旦你懂得了这种潜意识的解释，你就已经有了改变和调整其强度的能量，而这一切只需要短短的几分钟时间。在本章的后半部分，我将向你展示这是如何办到的。

当你用局限性的信念从精神和情感两方面识别出自己后，你的潜意识就会在内心中生成相对应的图像。这种基于局限性信念的潜意识理解就是你的局限性身份。

简是一个美丽而有才华的女人，她刚刚 45 岁，但是很长时间以来，她对自己的婚姻一直不满意，觉得她的丈夫令她窒息。不管她如何努力，无论是鼓励丈夫向专家咨询，还是寻求双方建立更深、更亲密沟通的方法，全都一无所获。经过数年的挫折和失望，简才发现自己的丈夫根本不愿意做出改变，更不用提去拯救婚姻了。然而，每当快要下定决心离婚的时候，简又会变得非常恐惧，因为她不知道自己那个脾气暴躁的丈夫得知这个消息时会做出什么事来。“这就是典型的我，”她告诉我，“我不够坚强，无法坚持自己的决定。”

我让简去回忆一下和丈夫发生争吵时她所感受到的那种害怕和无力的感觉。这时，一幅图像突然出现在了她的脑海中，在画面里，她的丈夫看上去要比她庞大许多，虽然事实上并非如此。那个男人就站在那里，面色严厉而愤怒，而她自己则远远地躲在黑暗当中，脸孔僵硬，紧张而焦虑地瞪着他。

“啊！”她脱口而出，“我看到自己真的很弱小，就好像他把我所有的力量都拿走了一样。”于是她意识到，当她认为自己不够强大的时候，潜意识里“看到”的那个她也会相应地变弱，这帮助她更好地理解为什么每当她打算跟丈夫提分手，总会感到如此恐惧。作为一名成功的商人和社区积极分子，简认为自己是一个非常自信和有能力的人。然而，她丈夫的存在和行为却引发了一种懦弱和无力的局限性信念。这样的信念来自她那盛气凌人的父亲。所以每当她丈夫嗓门变大的时候，就像她父亲多次做过的那样，她的力量和自豪感就会消失得无影无踪，因为这时她内心的身份就会回归到一个弱小、脆弱、无法照顾自己的孩子。

我相信，现在你也很好奇，想要找出自己的潜意识是如何规划你的局限性身份的。那么，我们就来看一看吧。

你可以舒服地坐在椅子上，闭上眼睛，深呼吸几次。然后，你可以要么考虑一些自己想要释放的局限性的信念，要么把注意力放在某个会引发这种信念及相关情绪的特定的人、事件或情景当中。

当你接触这些局限性的信念以及随之而来的情绪之后，看看内心当中出现的你是什么样子的。不要试图刻意地去想象某个画面，就让它自然而然地出现。

把注意力放在你的内心身份上，而不是其他人或环境上。首先要注意，在画面中，你是通过自己的眼睛观察（一个相互关联的视角），还是处于第三者的角度观察（一个剥离开来的视角）。接下来，看看那个画面到底是什么样的。

- 是黑白的，还是彩色的。
- 是真实的大小，还是有些夸大。
- 是明亮的、昏暗的，还是介于两者之间。
- 焦点是否集中。
- 是一幅静止的图像，还是更像一部电影。
- 是就在你面前，还是离你两三米或更远。

你可以通过决定是否存在声音、气味、味道或任何与之关联的感觉，比如体温或身体的姿态之类的，来使你对于这个局限性身份的印象更加直观。注意你现在的感受以及当你过去沉浸在那些局限性信念时的感觉。

记下这些内心画面的视觉和感官特点，这对于你用全新的身份取代局限性的信念极为重要，这一点我将在本章的后面介绍到。现在，你已经找到了新的起点。或许你还没有真正意识到这一点，因为在内心的画面中，你看到的仍然是那个不安和弱小的你。你可能会对这幅画面非常熟悉，并因此感到一点安慰。在任何情况下，我相信你都会同意，内心的身份并不完全反映出你的真实面目，它还阻碍了你去表达自己的真正潜力和目的。另外你也知道，仅仅释放那些没有用的东西是不够的。你需要替换掉自己陈旧的信念，重新创建一个新版的强大自我。所以，下面我们就来定义一下这个全新的你到底应该是什么样的。

如何赋予自己强大的力量？

每一天，电视广告都在试图说服我们，想要自信、幸福和满足地生活，最好去改善自己的生活条件。我们被告知，一辆新车、一个更加年轻的伴侣、更壮硕的肱二头肌和更少的皱纹都会让我们感觉更有价值和自在。在一次谈话节目中，我听到《与神对话》一书的作者尼尔·唐纳德·沃尔什说，他的头发就是自己的身份象征（诚然，他的头发确实是蛮“富裕”的）。同样的，在我 20 多岁的时候，也曾经用昂贵的手工皮鞋来提升自我价值感。好吧，就像我和尼尔一样，你可能发现自己也在用“我有什么”和“我看上去怎么样”来定义自己。但是这样做会阻碍我们真正的改变和成长，因为我们把过多的注意力和精力浪费在外表和外在的东西上面，却没有在潜意识当中解决深层次的恐惧与焦虑的根本原因。

我的客户丹就是一个很好的例子。

丹一心想在事业上取得更大的进步。然而，六年多的时间里，他一直都被自己正在供职的公司忽视和低估。当其他人得到晋升的时候，他还是一无所获，即使他工作得最辛苦，也体现出最大的忠诚和可靠。多年来，丹在工作方面的压力和焦虑不断积累，差不多要压垮他的整个生活。他患上了严重的慢性背部疼痛，尽管接受了全面的治疗和脊椎按摩，依然没有任何改善，他知道，自己的压力和焦虑已经失控了。

当我问丹有什么样的目标时，他告诉我，他真的希望在事业上取得更大的进步、得到更高的薪水，当然还有摆脱身体的疼痛。然而，每次丹和我分享这些目标的时候，他都会变得非常焦虑，几乎就要崩溃了。“我在骗谁呢？”他问，“我永远也不会得到自己想要的东西。我注定一事无成。”找到了！这就是那些从孩提时就开始伴随着他的局限性核心信念。

丹在他那非常严格和苛刻的父亲身边长大，对他来说，丹似乎从来就没有做对过什么事。尽管在晚年时，他父亲的性格完全变了样，但是丹的内心形象仍然受制于童年时的情感负担和潜意识局限。当丹意识到这些问题的深层次根源之后，他的心态变得平和起来，更加自信，也能够感受到自己的价值和内心中的力量了。通过有意识地重新定义和构建内心的身份，丹感到自己更加强大、满足和自信了。他平生第一次真正地欣赏和重视自己。在慢性背部疼痛消失后，他真心觉得，尽管在公司里的地位和薪水没有发生任何改变，但是他已经达到了自己的目标。

结束治疗的几个月之后，丹打电话告诉我，他的老板刚刚通知他，他得到了期盼已久的晋升。“当我已经不在乎的时候，居然真的得到了升职，这是不是很有趣？”他问道，“那些年我全心全意地工作的时候，什么也没有发生。而现在，当我自己过得更加平和快乐、把自己和家庭放在第一位的时候，我却得到了自己一直想要的肯定。我猜这可能是因为，我自己必须首先肯定自己的价值，然后，生活才能随之改变。”

什么才是全新而强大的信念？

新的核心自我一定是紧密地联系在一个新的、强大的信念上，正是它取代了你过去局限性的信念。但是你该如何定义这样一个新的核心信念呢？你该如何选择一个可以激励你、使你能够强大和快乐生活的信念呢？下面的这些参考，将帮助你轻松而有效地开发出一个新的信念。

作为一个初学者，一个全新的核心信念必须满足下面三个要求。

· 新的信念必须为你提供广阔的发展空间。

我已经见过很多次了。人们创造出了一个全新的、可以赋予你力量的信念，却很快又放弃了它，因为“那不是我”。对，它确实不应该只是你而已，因为你的目标是成长，是摆脱过去局限性的身份。如果你觉得新信仰刚好合身，那么它很可能还是不够大。所以，当你的新信念听上去更像是一个幻想或不切实际的一厢情愿时，不要过于忧虑，这其实才是你想要的。

· 新的信念需要激励你。

这似乎是毋庸置疑的，但还是有必要多说两句。假如说，你曾经觉得自己是一个失败者。但对于全新而强大的信念来说，明显的选择可能是“我一定能够成功”。不过，你或许会对“成功”这个词感到矛盾，因为它能够引发对竞争和失败的负面联想。所以更好的选择可能是“我有能力和动力去快乐地生活”，或者是“我聪明、能干，而且足智多谋”。你要确保新的核心信念会让你感到兴奋，并且渴望去实现它。

· 新的信念需要能够实现。

假如你的新信念会让你感到一些阻力，那可能是因为它非常难以实现。比如说，你正在与自卑做斗争，因为你一直深陷于债务危机，而且很长时间没有找到工作了。下面两个信念中，你更容易接受并不断关注哪一条呢——是“我很成功和富有”还是“现在，我有能力做出积极的改变了”？假如新信念看上去太具挑战性或者根本不可能实现，你很快就会失去兴趣。所以选择一个信念，就要选那些可以推动你向理想状态进步的信念，但也不要低估自己的潜力或者过于谨小慎微。一旦完全接受了自己的新身份，你完全可能追求更高层次的成功、幸福和满足。这时，你会发现自己内心中无限的资源总会提供更多的潜在力量。

所以，你想要的全新的核心信念，应该是令人兴奋的、激励的、具有挑战性的，并且可以实现的信念。说起来容易，对吧？当被要求去创建一个全新而强大的核心信念时，我的许多客户都经历了瞬间的大脑短路。“我甚至不知道从哪里开始，”他们会说，“如果我找不到一个适合我的信念怎么办？”

这些类似的担忧可能也会占据你的大脑。其实答案很简单：不要过度思考或分析“我能相信自己些什么呢？”这样的问题，相反，信任你的潜意识，它会给你答案。也许你都不会相信，这条建议居然来自《科学》——一本广为人知的正统科学研究杂志。

2006年，《科学》杂志发表了一项研究，它试图解决一个人类始终在思考的问题：什么才是做出决定的最好方式？我们应该有意识地深思熟虑所有的事实，还是相信自己的直觉？在一项实验中，研究者要求参与者从四辆假设的汽车当中选出最好的。参与者将分别接受两次测试，一次是根据四种不同的车辆属性做出判断，而另一次则有十二种。参与者被分作两组，其中一组被要求在做出决定之前花四分钟时间来分析这些数据，而另一组则可以用这四分钟时间做些别的事情（比如做字谜游戏）。然后，两组参与者被要求立刻挑出自己心目中最好的汽车。

测试的结果是非常惊人的。当只有四个属性可供分析的时候，花时间来仔细讨论和分析数据的那组人挑出了最好的车。然而，当需要考虑的是十二种属性时，被要求随意做出决定的那组人却做出了更好的决定。在这个实验中，自发的潜意识决策表现得远远优于知识分析。经过对不同产品和人的进一步测试，作者得出了结论：对简单的问题进行分析，而对复杂的事情，下意识地决定才是最好的方法。

那么，选择一辆车与选择你全新的核心信念和身份有什么关系呢？因为作为一个人，你是一个“复杂的东西”（请从最好的方面来理解这个词），所以你最好让潜意识引导你找出最适合你的信念，而不是痛苦地反复挣扎。

三个步骤，为你建立全新的核心信念

我发现，当谈到恐惧与焦虑时，最常见的局限性核心信念就是“我还不够好”“我觉得不安全”和“我很焦虑”。下面，我将以这些作为例子，来解释下面的步骤，从而为你定义一个全新的信念，并且为创造一个全新而强大的你奠定基础。

步骤 1：定义一个全新的核心信念

首先，我们需要定义一个全新的核心信念。关于这个全新的核心信念，下面是一些通用的指导原则。

- 新的信念需要肯定的陈述。“我不会焦虑”不能作为一个新的信念，因为它会诱使你的思想飘向你想克服的焦虑。
- 不过，相反的问题，比如“我表现得足够好”或者“我很安全”也被证明是相当片面的。它听起来可能过于类似你过去的信念，并且它可能，至少在潜意识里，会带来一些诸如“真的足够好吗？在哪些方面，又是对谁来说呢？”或者“什么才是安全？”之类的问题。
- 新的信念最好是关于现在的，而不是未来。告诉自己“我想变得冷静和自信”会无限推迟你实现这个信念的过程。而“我很平静，也很自信”则会把这个信念带回到现在来。
- 使信念尽量短小而简洁。冗长的句子往往缺乏力度，并且很容易忘记。

下面，让我们开始定义这个全新的核心信念。

1. 拿出纸和笔，写下10~15条与过去局限性信念相反的感觉、特点和属性。例如，与“不够好”相反的感觉可能是自信、强大、能干、有才干、有力量、足智多谋、有上进心、聪明、机智、善良、可爱、有激情或有价值；与“不安全”相反的感觉可能是信任、支持、照顾、安全、引导、自信或强大；与“焦虑”相反的感觉可能是平静、集中、平和、顺畅、轻松、自在、平衡、机智、有能力或强大。

重温一下本书的第五章，想想那些可以帮你确定目标的问题，你可能会发现一些额外的灵感。

2. 不要面面俱到，圈出三到四个单词，找出哪些是你认为最重要、最令你满意或者最吸引你的单词。让你的潜意识来做出选择。注意哪些词会在你的身体里引发积极的感觉、开阔你的心胸，即使这些感觉可能出现得相当的隐晦。

3. 使用这些关键词，为你全新的核心信念做一些说明。用“我是……”或“我有……”来开头。

通过“我是……”的语句，你可以如此定义自己的新特性：“我是个自信的人、有能力的人，还是个足智多谋的人”“我会很平静、集中和安全”“我是个平静而柔和的人”。你确定那就是你的真实面目，或者至少是你想变成的人。对于这种信念，你唯一需要注意的就是，它可能在某些时候会使你感觉还有点局限，因为它关注的只是你个人品质中的一小部分。

你也可能更喜欢“我有……”的语句，通过这种句式，你可以这样描述自己：“我有强大的资源去创造自己想要的生活”“我相信我有能力保护自己的安全”“我拥有内心的平和与冷静”。它的缺点是，你有可能还没有把它当作自己的一部分，并且你也许至少在潜意识里会担心自己会失去它们。

尝试使用“我是……”和“我有……”做开头来造不同的句子。看看到底哪一句最适合你。然后闭上眼睛，大声地把每一个句子说上三遍，再选出你感到最有力、也最能打动你的一句。

4. 假如你没有在那些“我是……”和“我有……”中找到适合自己的句子，请再试一试下面这些语句：“我喜爱和欣赏自己”以及“我信任和支持自己”。

在解决旧信念的局限和缺点方面，你的新信念会表现得很强大，其实在转变对待自己的方式方面，它同样也可以带给你更多的力量。最终，你与自己的关系将在生活中占据至关重要的地位。

当你宣称“我喜爱和欣赏自己”或者“我信任和支持自己”的时候，说明你根本不在意别人的评价，也不再尝试去按照他们的标准来衡量自己。一旦你真正地接受了这样一个新的身份，那么无论在任何情况之下，你都能够保持自己内心的强大和平静。

公然宣称对自己的喜爱、欣赏、相信和支持，可能会使你显得有些自私、自以为是或桀骜不驯。但是通过喜爱、欣赏、相信和支持自己，你确实能够用这些积极的品质来丰富自己，而这样，你也可以与别人分享自己充实的内心世界。

记住，假如“爱和欣赏自己”这样的措辞不适合你，你还可以随时改变它。我的一个客户曾经告诉我，“爱”这个词听起来不太真实，或者说令她不太习惯。因为作为一个德国人，她不太适应英语里对“爱”的随意使用。在德国，“我爱你”通常是留给亲密爱人的。这就是为什么在她听来“我爱我自己”多少有些奇怪。对这位客户来说，“我欣赏和关心自己”可能会更好些。

你还可以用“我是……”“我有……”“我喜爱和欣赏自己”和“我信任和相信我自己”这样的语句创建一个组合。比如说，“我喜爱和信任自己。我是冷静和自信的，并且拥有所有的资源来保证我的快乐和健康。”

记住，这个时候你并不一定要完全相信这个新的信念。当前最重要的，是明确定义出一个全新的、承载着你全部关注和激情的信念，至少，你要对它的承诺和潜力充满希望。

步骤 2：看着它、感觉它、相信它

现在，你已经用好的想法和积极的意图定义了自己新的信念和身份。但是为了替换陈旧的、局限性的信念，你还需要把它们翻译成潜意识的语言——图像、情感、声音和其他感觉。

1. 创建一幅自己的全新图像。把自己想象成一个能够体现新信念全部特点的人——比如说，某个平和、自信、有活力和强大的人。

确保你能够看到你自己。假如你看到的不是自己，而是透过你的眼睛在观察周围幻想中的世界，那么潜意识就只会关注那些外在的环境。事实上，你希望看到的是一个全新的、完全不受外界干扰的自己。比方说，你或许会想象未来的自己正坐在新的办公室里、夏威夷的海滩上或某个颁奖典礼现场，身边的朋友都在为你加油。你可能会看到自己过着自信和开朗的生活、仅仅 35 公斤的理想身材、驾驶着一辆崭新的红色保时捷。但是当你把这些具体的人、外在环境或身体变化夹杂在新的内心身份中的时候，你其实是在为自己的目标添加一定的限制条件。你的潜意识会这样理解画面中的条件：只有当你坐在新的办公室、在海滩上、在朋友的簇拥下、有着完美的体形或驾驶一辆崭新的红色保时捷时，你才可能感觉到自信和放松。而通过评估，你的潜意识会认为这些外部细节是无法实现或完成的，于是它会对你的改变缺乏兴趣，并减少动机的产生，因为它不想让你失败。过分在意这些条件还会使你不能专注原有的目标，这个目标原本应该避免受到外界的任何干扰，只为了能够赋予你强大的力量，帮助你实现自我价值。

现在注意一下，你全新的照片是什么样子的。

- 是黑白的，还是彩色的。
- 是真实的大小，还是有些夸大。
- 是明亮的、昏暗的，还是正常的亮度。
- 焦点是否集中。
- 是一幅静止的图像，还是更像一部电影。

2. 感官的吸引。当你变得强大起来后，你将看到、感觉到、听到、闻到和品尝到些什么？你的肢体语言和面部表情又会是什么样子？

假如说你的新信念是“我会为所有的可能性感到自信满满和兴奋不已”，想象一下，当你照镜子的时候，就会看到自己的脸上洋溢着自信的微笑。你笔直地站着，但心情却是轻松和舒适的。现在的背景可能是一首乐观和欢快的歌曲，你呼吸着清新的空气，你在品尝着甜美的鲜榨果汁或甘甜的清水。通过这些感觉，你使自己的新形象变得更加丰富和生动起来，而对潜意识来说，这个目标也更令人兴奋和易于感知了。

3. 情绪的激励。当你在内心当中看到自己的影像时，你的心情如何？考虑到你刚刚决定要变得自信、平静和精力充沛，这么问可能会显得有些多余。然而，我从自己的客户身上见到很多次类似的情况，他们创造了完美的内心形象，却忘记了把它与积极的情绪联系起来。没有柔和的轻风，你不可能放风筝；没有温暖的气候和光照，你也无法在花园里耕耘；同样，没有诱人的情感因素，你就不能去追寻一个了不起的新身份。无论你的想法多么伟大，如果你不用心去体会它们，它们就永远不会成为现实。与目标紧密相连的积极情绪可以为你提供所需的潜意识能量，去承诺和激励自己追寻梦想。

那么，你看上去到底是什么样子？想象着自己的成长，你会感到兴奋吗？或者，你还没有看到或感觉到它？如果是后者，按照下面说的做吧。

你可能会认为，自己从来没有感到过自信和强大。即使仔细地把你生命中所有精彩的时刻扫描一遍——毕业典礼、运动场上的辉煌、初吻、婚礼、孩子的诞生，你仍然相信，信心和强大与你无缘。好吧，还有一个非常有效的方法，可以把你和你渴望的情绪或生活状态联系起来，就算你可能从未经历过这些情绪或状态也无所谓。在神经语言规划（NLP）领域，我们把它叫作模仿。

我们都有一种天生的学习能力，可以通过简单地模仿他人来获得一定的技能。事实上，我们的许多行为都源自模仿。例如，注意一下你说话时所用的词语、你的语调、手势和面部表情。你难道没有意识到这些都与你的父母极其相似吗？其实不用过分惊讶，在某些时候，我们都会意识到这一点：我正在变成我的父母。

作为一个孩子，你不仅会模仿父母的举止和行为，那些书上或电影里的英雄人物也可以成为你的模仿对象。当你重现超人或神奇女侠的冒险经历，使用“超能力”来对抗黑暗和邪恶势力的时候，你就成了这些英雄。当然，飞行、徒手挡住火车或者用套索套住一个恶棍在现实中是不可能发生的，但是你的态度、动力和信心与那些你扮演的偶像是一致的。

或许你已经很久没有模仿过别人了，但你仍然可以很熟练地使用这种技巧。假如你不知道自信和强大是一种什么样的感觉，你只需要模仿一下某个你一直羡慕和欣赏的人，看看他是如何自信的就行了。这个模仿的对象可以是熟人、名人、圣人或历史人物什么的。你需要花一些时间来观察和研究这个人。注意是什么使他 / 她显得如此自信。留意这个人的姿态、身体语言、面部表情、声调、呼吸的方式，或者引用著名的人类学家格雷戈里·贝特森的话来说就是寻找“导致差别的差别”。然后，在自己身上实践这些特点，注意当你根据观察来调整自己的呼吸、面部表情、身体姿势时，你自身的能量是怎样变化的。

通常，只需要一个开放的头脑和几次这样的调整，你就会理解自己正在模仿的那个人自信的感觉。你还可以模仿不同的人，这种办法更加有效，你可以找出哪些调整能够最强烈地唤起你的信心。随着时间的推移，你会建立起自己特定的方法来感觉和表达这种情绪。当然，模仿绝不只是简单地总结自己的记忆和经验，它是通向力量的桥梁，能够为你实现之前无法想象的目标。

步骤 3：收集支持性的证据

在理想与现实之间，最大的障碍就是质疑。作为内心身份的设计师，通过前面两个步骤，你已经建立起一个清晰和令人兴奋的自我意识蓝图。然而，你可能还对这个全新的信念持有一些质疑，与之相比，那熟悉的局限性的视角就显得现实多了。你怎样才能消除疑虑，利用潜意识释放和替换自己的陈旧观念和身份呢？最好的方法就是收集一些令人信服的证据，表明你所拥有的潜力和资源足以使自己真正成为一个强大的人。

在生命的前 20 年，我常常因为笨手笨脚而感到不安。打我记事时起，每当我把什么东西掉在地上或弄洒之后，我的家人都会很生气，然后说些诸如“他又来了！”“每次都这样！”或者“一个人怎么能这么笨呢？”之类的话。而这种信念被我的小学老师进一步强化了，一到上手工课的时候，他就会打发我出去为他跑腿儿。而他对此的解释则是，这样我就不会把自己弄伤了。自此，我对自己的运动神经越来越担忧。即使简单到像吃饭的时候相互传递餐盘，或者聚会时穿上漂亮的衣服这样的事都会使我战战兢兢、汗出如浆，因为我唯恐再次因为笨拙的事故而招致别人的嘲弄，可惜天不遂人愿，这种事情还是经常发生。

但是有一天我决定做出改变，我告诉自己过去的信念全都是浮云。我想起了在医学院学习和驻院实习期间发生的很多事情，那些事足以向我证明，其实我的协调能力远比我自己认为的熟练。作为一名服务员，我在慕尼黑啤酒节期间曾经一只手端着托盘数百次地穿梭于人群之中，却从没有掉过一点东西。我还意识到，既然大学的朋友们都没觉得我是笨手笨脚的，那为什么我自己还要这样认为呢？既然所有的证据都表明我是很灵巧的，那么陈旧的笨拙身份也就不再适用了。即使我还会打翻或掉落东西，但因为我变得更加自信和轻松了，我的家人也开始承认，我的手眼协调能力确实比以前发达了。

安东尼·罗宾斯用桌子来比喻信念。支持信念的证据，就像支撑桌子的腿一样。换句话说，你找来支持自己新的信念的证据越多，桌子就越稳固、越牢靠。

这里有三种方法可以帮你找到支持性的证据，证明你已经拥有可以使自己成长和强大所需的东西了。

- 写出你在生活中已经完成十件事情、你拥有的十项技能和天赋，或者你曾经解决过的十个问题、克服过的十次困难。假如对你来说，在每个清单上都列出十项类似的经历似乎有些多，说明你对自己太过挑剔和严厉了。对于你爱和你在乎的人，你要尽可能大度和心胸开阔一些。
- 问问那些关心你的人，他们最欣赏你哪一点。他们有什么理由相信这个全新而强大的身份是你的真实写照呢？不要不好意思，大胆地去问。你不是在乞求别人的赞赏，你只是在寻找外界对你客观的评价。事实上，大多数人往往只注意自己屈指可数的一些缺点，却对自己最好的品质视而不见。可能你不会相信你听到的所有伟大的事情。但是，请仔细地思考一下，那些最爱你的人其实可以更清楚地看到你的光芒，因为你照耀到他们比你自己更多。
- 冥想，与你内心中的本质沟通（例如，通过指引型冥想来与你的本质进行互动，详见本书第九章）。考虑一下，你的本质将在哪里、以何种方式散发光芒，照亮你每天的生活。

记住，定义你和你的潜能的不只是你取得的成就和成功，还有你在看似平常与普通的生活中做出的选择。

通过寻找支持你的证据，你将会拥有一个更广泛、更宽容也更全面的角度来衡量自己和自己的潜能。你不一定需要完全认同自己强大的新信念。但是只要你意识到自己其实拥有丰富的内心资源，完全可以构建出一个全新的、更加强大的自我，那么你就会接受其实只有自己才是自己前进道路上最大的障碍这样一事实。我相信，你已经准备好了。

变成一个强大的自己

你大脑中的质疑者可能会奇怪：你怎么可能会接受一个全新的加强版的自己，却放弃了已经坚持了几十年的信念呢？首先，就像你经历过的那样，当你的潜意识工作时，时间只是相对的，而且无关紧要。

同时，你还满足了消除、释放和替换旧身份的所有四个要求。想想这些你已经做到的事情吧！

- 你已经消除了局限性信念上所依附的情感负担。
- 你已经找出了局限性身份中的核心信念。
- 你已经定义了一个全新的信念和形象，为自己赋予新的力量。
- 你已经认识到自己有潜力可以成为一个全新的自我。

也就是说，你已经做好了一切准备，接下来你要做的事情就是让潜意识来改变你内心的身份。

潜意识的身份转换

闭上眼睛，舒缓地呼吸几次，把注意力集中在自己身上。然后想象那些局限性的信念以及你过去内心身份的样子。把它放在脑海中电影屏幕的左边。然后，尝试去接触任何可能会使你联想到过去自己的情绪和感觉。

现在，再把注意力放到全新而强大的核心信念与身份上。把这个新的信念也化作一幅图像，放在你脑海中屏幕的右边。留意当你看到那个强大的自我时所产生的积极情绪。

对比左边和右边的两幅图像——也就是陈旧的和全新的自我。它们的外观有什么不同——一个比另一个更大、更亮，或者更加丰富多彩吗？哪一个在潜意识中的自我诠释会使你感觉更有吸引力呢？

调整两幅图像来提高它们之间的反差。就像你调整自己的电视或电脑显示器的屏幕一样，改变每幅图像的视觉角度。通过调整颜色、尺寸、亮度和距离，你在告诉自己的潜意识你是如何区别对待这两种内心身份的。

你可以通过下面的手段来削弱过去的你。

- 把颜色调整成黑白。
- 缩小其尺寸。
- 降低它的亮度。
- 把它拿得远远的。

通过以上“设置”，选出能够降低情绪干扰、使图像显得最为真实的调整方式。

再通过下面的手段来增强现在全新的你。

- 使它的颜色更鲜艳。
- 增大其尺寸。
- 强化它的亮度。

- 使它更接近你。

调节图像的视觉效果，使它看起来最令你兴奋，也最生动。

把你本质的光辉更多地投射到新的自我形象上去。你可以通过第九章介绍过的形象化的方法来寻求灵感。想象一束强烈的光从你的内心或笼罩在你身体周围的能量场中照射出来。虽然我们大多数人根本无法看到这种能量，但你的潜意识会感知到那道光芒，于是它会明白你正在致力于让你真实的自我显现出来。

比较两幅图像，注意哪一幅最能吸引你也最能够激励你。到目前为止，新的图像看起来绝对要比旧的更加诱人。通过对比这巨大的反差，你就可以清楚地告诉自己的潜意识你已经做出了选择。

现在是时候除旧纳新了。

- 把两幅图像都放在屏幕的中心，新的盖在旧的上面。
- 把可以赋予你力量的那幅图像缩小到邮票大小，然后放在旧的图片的左下角。
- 然后数个“一、二、变”，你会发现旧的图像很快便从内部爆裂开，碎成灰尘大小的斑点。同时，新的图像迅速扩展，直到覆盖整个屏幕。
- 感觉一下新图像带给你的正能量，然后思考或大声朗读三遍自己新的核心信念。
- 快速睁开双眼，然后再立刻闭上。深呼吸，然后试着把旧的图像重新找回来，把新图片缩到邮票大小放在它的左下角。重复步骤 2~5 五到十次，直到你几乎想不起来过去的自己是什么样子为止。

这个简单却强大的过程彰显了潜意识转变的潜力。我总是很想知道，在进行了三到四次练习之后，旧的图像是如何褪色、出现更多的暗纹和颗粒，并最终消失不见的。能够看到潜意识是如何清除不再适合你和为你服务的信念，这是多么伟大的视觉盛宴啊！同时，你也会发现，自己与那个全新而强大的自我之间的沟通会变得越来越容易和自然，直到它完全变成你想看到和感觉到的样子。

带着你的新身份走向自己的生活

你如何才能知道这个转变会真的为你带来不同呢？你如何才能知道自己不会再次陷入过去的焦虑与不安当中呢？你不知道，所以你需要对自己全新的身份进行一次运行测试。通过前面的学习你已经很清楚地知道了，自己的潜意识不会费心去辨认哪些是真实的、哪些只是想象。那么，就让我们利用这一现象，通过一次排练来创造你未来的现实吧。

带着你的新身份走进生活，在不同的情况和环境中，想象这个全新而强大的你会怎样去做、怎样去感受。从一个场景过渡到另外一个场景，从一种环境转移到另外一种环境。不要在任何地方停顿。而你需要做的就是去想象和观察，看看你的新身份是如何通过不同的方式来应对常见的焦虑的。

通过模拟这些未来发生的事件，你建立和强化了神经系统中的道路和模式，并指引你以一种真正强大的方式来思考和指引自己。即便你发现自己即将再度滑入陈旧的局限性模式当中，至少你也给了自己的大脑两种剧本可供选择——陈旧的局限性的版本和全新的强大的版本。在如何对待环境、自己和他人上有不同的选择，这本身已经给了你一种更强烈的选择、力量和平静的感觉。

还记得简吗，那个因为过于恐惧而无法走出失败婚姻的女人？

当我们一起完成治疗后，简心中的自己已经不再是原来的样子了。她看上去又高又漂亮，脸上洋溢着安详的微笑，被一片明亮的光芒围绕着。在这张照片上，她看起来好像已经拥有了轻松而优雅地面对任何挑战和克服任何困难的能力。此刻，当她想象那个内心强大的自己站在丈夫旁边的时候，精彩的时刻到了。她带着掩饰不住的笑意告诉我："他现在变得小多了，我则变得光芒万丈。这种能量包围着我，就像一个保护罩。我能想象到他所有的负面情绪、愤怒和苛责都会被它一一弹开。"通过这种转变，她感到更加自信，她可以清楚地向丈夫说出自己的决定以及她接下来想要做的事。她在和我说话的时候整个身体都是放松的。她笔直地坐在那里，呼吸沉稳，嘴角上甚至还挂着与内心当中那个自信的她同样安详的微笑。

简已经重新拥有了自己的力量。同样，你也可以。问题是，不管环境如何变化，你该怎样保持自己的力量呢？在第十一章，你将学习如何做到这一点。

第十一章

继续前进：如何保持强大和平衡的状态？

你意识到自己已经比刚翻开这本书时进步了多少吗？你学会了利用恐惧与焦虑对自己的潜意识进行调整。虽然那些影响你的外部环境没有发生任何改变，但是你一直在进步，现在已经可以用冷静、明辨和信心来面对自己的生活以及那些过去曾使你恐惧与焦虑不已的挑战了。

然而，虽然这么说有点煞风景，但现在确实不是庆祝的时候，你还不能停止努力。需要面对的现实是，多年的恐惧与焦虑已经深深地刻在你的骨子里。虽然现在经过你的努力，这些陈旧的模式可能变得有些过时和无关紧要了，但其实你并没有完全根除它们。为了让已经完成的积极成果延续下去，避免一不小心又回到熟悉而局限的情感和行为模式中，你需要进一步巩固和扩展你的新自我。在本章中，我们提出一个为期 40 天的保证计划，这个计划可以帮助你整合自己的新见解、新方法以及自我强化的信念，把它们融入你的日常生活中去。按照这个计划，你会深入理解自己刚刚学会的知识，增强其重要性。换句话说，最后一章将帮助你翻开生活新的一页。

持续的挑战

做出改变往往会比保持改变更加容易，这么说是不是很有趣？如果你曾经试图通过运动减肥来重塑美好形体，你可能会就有类似的感觉了。在减肥成功之后，一切似乎都不重要了，所有你通过努力得来的成果和良好的习惯就会被抛到一边。你会在购物车里放上一大桶冰激凌，或者找借口千方百计赖在家里。很快，体重再次直线上升，肌肉线条也不见了，你发现自己又回到了最开始的地方。

或许你正在努力完成一项自我强化的计划，就跟你现在所做的一样。最开始的时候，你精力充沛、积极主动，并且坚持不懈地践行着所有刚刚学会的见解和方法。但是几星期后，在某个糟糕的日子，你的能量突然消失了，脑子里充满了消极的念头。虽然这对你来说已经不是什么稀罕事了，但是由于你最近一直非常积极，所以你现在会感觉有些失望。在那一刻，你甚至开始相信自己或许还不如从前了，任何事对你来说都没有意义，仿佛在暗示着你放弃之前所有的努力和希望。

是的，改变很难保持下去。既然这些被证明过的方法和策略可以帮助我们达到自己的目标、使我们感觉更好，那为什么我们还要停止使用它们呢？我之前已经提到我们是如何滑落回那些陈旧、自暴自弃的行为模式当中去的。这种情况是必须全力避免的，但其实我们还面临着另一个更大的挑战，那就是避免产生自满的情绪。

几年前，我开始接触吹制玻璃这门手艺，并很快爱上了它。像所有学习吹制玻璃的学生一样，我必须首先学会如何让手上这块玻璃听话。在吹制的过程中，一个好的匠人需要在各个环节中具备耐心和韧性，从加热玻璃使它柔软和有韧性，到用特制的工具塑造出称心的形状，再到那件成品可以完好地站立在退火炉中。我们的大脑和玻璃是非常相似的。两者的变化范围都可以从清澈到浑浊，从坚硬到易碎，从完整到破裂。同样，处理思维与处理玻璃也有很多的共同点。通过应用能源和结构化的改变，我们可以把两者塑造成无数的形式。但是，只有通过悉心的呵护和不断的关注，才可以保证两者变得足够稳定和坚硬。

我们最常犯的错误之一是在开始的时候竭尽全力吹着玻璃，而接下来，一旦玻璃接近你的形状后，便立刻松懈下来，不再提供足够的热量了。这会使玻璃变硬，无法继续处理，然后完全冷却固化，并且变得非常易碎。而在谈到自我完善时，许多人也在犯类似的错误。他们全心全意地投入，致力于自己想要得到的目标和改变。然而，一旦他们到达终点，就会像第一次参加马拉松的运动员一样立刻瘫倒在地，并且把自己的大脑从“全力模式”调整到“结束模式”。结果，他们再也无法鼓起干劲儿继续工作了。

有些人选择了放弃，因为他们感到不知所措。这些人相信，考虑到从起点到达成自己的目标所花费的努力，他们已经没有能力继续保持积极的改变了。而其他人则对继续前进的过程感到自满或无聊，他们躲在自己的幻觉中，认为万事俱备，改变还将继续，进步将会永久。基于以上两种认识，诸如“我没有时间”“我不知道怎么办”“我现在就挺好的”这样的借口便会冒出来，并且打消他们继续前进的美好意愿。

在吹制玻璃时，另一个常见的错误则是加热过度和反复塑形，这将使玻璃熔化或者不稳定。这样吹出来的玻璃制品无法保持工匠希望创造出的形状。而在谈到塑造想法的时候，有些人会为了自己的成长投入太多的野心和力量。他们没有去欣赏和巩固自己已经完成的积极改变，反而变得相当不耐烦，因为一点小事便情绪起落。在完全成功之前，他们便过早地把目光投向下一个目标或自我完善的计划，希望这个新的目标和计划会为他们带来长久以来渴望的成功。结果，之前努力的全部成果就这样被破坏和冲淡了。

在整合自身能量的过程中，你如何才能让自己走上正轨、动力十足，而又不会变得不知所措、无聊或精疲力竭呢？你怎样才能做到持续成长和进步呢？与吹制玻璃一样，答案就是从开始的时候，你就必须保持持续性，一以贯之。

承诺：自信和自爱成长的沃土

承诺这个词或许会让你感到有些畏惧。虽然你理解承诺对于继续保持和扩展成长与自我强化工作的重要性，但是你确实还需要克服很多困难。你的脑子里已经装了不少东西，很难在其中添加更多的琐事了。这一点我完全理解。但是，通过信守对自己内心的承诺，你会巩固和强化自己的成果，并且加深对自己的信任和爱。

你已经扭转了形式。你不再对自己的潜意识按照恐惧与焦虑设定的陈旧模式运行袖手旁观。相反，你已经在主体意识和潜意识之间建立了一个互利互助的关系。不过，对每种关系来说，只有相互信任才会带来加深和成长。而建立信任最好的方法就是稳定和承诺。

假如说你想装修房子。经过努力寻找，你把自己的房子委托给一个承包商，他保证成本会控制在 ×× 美元的范围内，同时他还很

容易地承诺会在 × × 天之后完成这份工作。然而，过了几天，你的承包商却轻描淡写地告诉你，由于某些不可预知的原因，预算大大增加了，工期也会延后。再后来，或许有那么一天，工人们都不见了，承包商也不再接听你的电话。在这种情况下，你会在多长时间之后对你雇用的人失去信任和信心呢？

现在想一想，你曾经多少次以同样的方式对待自己。你是否经常轻易放弃自己，像鸵鸟般消失，或者丢掉自己的梦想呢？

其实这没什么大不了的，我们中的大多数人会因为对自己的失望而感到内疚不已，但其实恰恰是这种失望让我们意识到自己的损失。每次反悔和打破自己的承诺，我们都会在主体意识和潜意识中失去对自己的信任。言语失去了效力，因为潜意识不再信任我们，它可能会重新回到陈旧的保护性模式，从而导致更多的恐惧与不安。好消息是，这种事情是可逆的。稳定和承诺是潜意识当中最强大的康复力量。它们允许我们迅速地建立和巩固对自己的信心。信心这个词源自拉丁语 confidere，意思是“去信任和相信”。这个世界上还有比自己更值得我们去相信的人吗？

丽莎是我的一个客户，她一直在为自我成长的承诺而奋斗着。总的来说，她在干劲儿和动机方面没有什么问题。她是一位非常成功的企业家，还多次参加过铁人三项赛，包括 2.4 英里的游泳、在沙漠里骑行 112 英里，最后跑完 26 英里的长跑。尽管她已经取得了如此成就，但她依然饱受根深蒂固的焦虑和不安的折磨，就像大多数优等生一样，她希望通过不断的成功来尽量回避这种感觉。现在，考虑到她在工作和体育方面取得的令人印象深刻的成就，我非常确定，丽莎能够轻松地完成每天 20 分钟的自我强化任务。但是她没有。她陷入完全的不知所措中，无法对自己许下任何承诺。她只好放弃，而这再一次证明了她并不足够优秀。

通过考察丽莎的人生轨迹我们发现，虽然同样也会犯错，但是她的姐姐得到了父母所有的爱和关注。而这使得丽莎认为，只有当她得到优异的成绩，或者在运动场上跑得最快时才能得到父母的赞赏和关注。成年之后，丽莎继续秉持同样的信念，但那时她对自己的期望已经变得太高，以至于她可能永远都无法实现自己的目标。

在我们的一次谈话中，她告诉我，她觉得世界上唯一真正爱她的就是她的祖母。“奶奶从没有告诉过我她爱我，”丽莎说，“但是我知道。当我住在她那里的时候，她只关心我一个。我是她的世界里最重要的部分。当然，她也有自己的原则和期望，但我不觉得有压力，因为它们很容易完成。我爱她，因为她对我特别好，总是用一些小手势来告诉我，她在想着我。她让我感到自己真的在被人挂念。”

当我让丽莎想象着用自己祖母的视角来看待自己时，她哭了起来。那些眼泪不仅是因为她去世已久的奶奶，在我们交谈的那一刻，她自童年以来第一次感受到自己是可爱的和值得珍视的。我建议丽莎，她可以通过这样的方式重新开始自己的日常练习，透过自己深爱的奶奶的双眼来看待自己。这改变了她。她不再把自己的努力当作一种负担或者另一次失败的机会。相反，丽莎把它称为“每天爱自己的时刻”，也是爱她祖母的时刻。

假如你把这个过程当作一项烦琐的工作或说明自己有问题的信号，你将很难投入到自我促进的练习中。然而，如果你把成长和自强的承诺建立在爱和自我欣赏的基础之上，你就可以对自己敞开心扉，并由此把这个内心的改变作为送给自己最珍贵的礼物。

一种协调的感觉：对生活充满信心

医学社会学家艾伦·安东诺夫斯基以对创造健康的研究而闻名

于世，这项研究说明了为什么有些人能在最艰苦的环境下依然保持健康。在 20 世纪 70 年代，安东诺夫斯基调查了纳粹集中营幸存妇女的健康问题。他发现，只有 29% 的幸存者可以适应现在的生活，并且在心理和情绪上保持稳定。那么，这些女性是如何克服可怕的经历、重新恢复健康的呢？当安东诺夫斯基采访她们的时候，他注意到这些女人在从集中营里逃脱之后，都带着极大的自信开始自己的生活，而用他的话来说，这是一种“生活协调感”。

协调可以这样定义：在某一个阶段，各个不同的部分可以被整合成一个整体，彼此建立系统的联系。而安东诺夫斯基把这种生活协调感描述为“一种普遍、持久但动态的感觉，相信个人生存环境是可预测的，而一切事情都会在合理预期的范围内进行”。换句话说，一致性的感觉就是一种混合了信心、控制欲和积极乐观心态的声音。正是这种声音为集中营的幸存者提供了从过去的伤害中康复的基础和力量，并且让她们过上了全新而自强的生活。

还记得当你因为担忧、质疑和不安而感到不知所措时，当你怀疑自己的能力、认为自己无法成功地应对生活的挑战时的那种感觉吗？那个时候，你也许会感到无依无靠、心乱如麻，相信自己的情感和生活已经失去了控制。而通过本书介绍的各种方法和程序，你已经得到了长足的改变和成长；现在，你拥有足够的洞察力和方法来应对未来可能面对的任何恐惧与焦虑。但是，为了继续巩固这种自信的感觉，使你新建立起的信心、圆融和平静能够深深地刻在骨子里，你需要进一步把这些积极的变化和成长整合到自己的日常生活中。或者，在生活中的某些时刻，你可能已经体会过这种协调性，比如与家人在一起时、在工作当中，或者在拥有一个爱好之后。但是请想象一下，假如你的生活中充满了这种感觉，那又会是怎样一种强大的力量呢？

在研究中，安东诺夫斯基发现，生活协调感包括以下三个基本的组成部分。

- 可理解性。它阐述的是我们相信自己可以理解生活的意义，并且能够有组织、有计划地实现生活的目标。
- 可操作性。这点说的是我们相信自己拥有资源、技能和能力照顾好自己和自己的生活。
- 有意义性。其特点就是我们可以追寻并且致力于实现自己的目标和自我价值。

安东诺夫斯基的理论给我留下了非常深刻的印象，因为它恰恰反映了这本书的基本信息：真正的自信和自强需要持续清醒地认识到我们选择自己思想、情感和行为的能力（可理解性）；相信我们的潜力和资源（可操作性）；对自我价值的高度认定（有意义性）。因此，我设计了一项为期 40 天的承诺计划，希望可以在你的主体意识和潜意识当中确立三个类似的支撑基础。每一天的练习都将为你提供一个结构性的程序。通过强化自主和自强的模式，你会增强自己应对任何挑战的信心。而通过每天用爱、关注和欣赏自己来进行这个程序，你将为它赋予更深刻的含义。

通过为期 40 天的计划，你将：

- 建立一个结构性的自我强化程序。
- 巩固和扩大目前为止你已经取得的成果。
- 把你的新身份整合到日常生活中。
- 练习自爱和自我欣赏。
- 建立强大的生活协调感，带着不可动摇的信心去追求自己的生活。

40 天之后，你将学会如何用强大的协调性来管理恐惧与焦虑。而更重要的是，你会建立起一个稳定而自强的生活策略——条理清楚、信心十足且目的明确。

而最重要的则是，这个程序每天只需要 20~30 分钟的时间，再加上一点对自己意愿的关注和参与。难道这不是你能对时间与精力做出的最好的投资吗？

CARE：一个为期 40 天的自我强化的承诺

无论弹钢琴还是打网球、说外语还是跳交际舞，想要学好的最关键的三个因素就是注意力集中、重复的练习和准确的认识。思想，尤其是潜意识中的部分，只有受到持续的指引才会更好地工作，而在一天结束的时候，一些积极的刺激相当有益。在此基础之上，我建立起一项为期 40 天的计划：CARE，即关注（Center）、调整（Align）、巩固（Reinforce）和提高（Enhance）。

自古以来，以 40 天为一个周期往往具有重大的意义。埃及人要花费 40 天的时间来为尸体防腐；摩西在西奈山上接受十诫用了 40 天，耶稣在荒野中也行走了 40 天；在瑜伽界，据说如果你用 40 天的时间专注某个目标的话，你就可以打破和取代过去的模式和习惯，而这正是你打算要做的事。

CARE 的四个组成部分需要每天有序进行，它可以为你提供一个易于操作的模板，通过洞悉、自信和自我价值来重塑你的生活。每天早上，你可以通过关注和调整的步骤来开始这个 40 天的自我强化计划。在关注步骤中，你会加深自己与核心本质之间的联系。而通过调整，你能够巩固全新和自强的信念，强化你在第十章建立起来的新身份，并将其深深地烙在细胞记忆当中。在一天当中始终关注着需要强化的部分，可以为你提供一个机会，去应用到目前为止你所学会的所有技巧和方法。而在一天结束之后，你还可以通过对自己正面的肯定和赞赏来提高成长和自我强化的效果。

关注

我确信你有过这样的感觉：早上醒来时，你感到一片混乱，对今天应该注意的事情毫无头绪。你浑浑噩噩地度过了整个早晨，像被操纵着一样洗了澡，穿好衣服，抓起一杯咖啡就出了门。但事情并没有出现任何转机。随着时间的推移，你只会感到愈发心烦意乱。

在漫长的一天中，我们四处奔波。一个客户曾经说："有些时候，我觉得是生活在操纵着我，它把握了我的方向，想去哪儿就去哪儿，我一点发言权都没有。"而一天结束之后，我们疲惫不堪地回到了家，似乎现在唯一能做并且想做的就是休息，哪怕可能还有更多的事情在等着我们。

即使是在健身房里，为什么要举这个例子呢？是因为在那里，不管你是在跑步机上跑步，还是在太空漫步机上行走，脑子里想的都应该是与自己身体相关的事情，可事实上我们的注意力依旧放在阅读或看电视上，从不关注自己心里的想法。随着我们逐渐忽略自己的内心，我们与核心本质的联系消失了，我们会越来越迷茫、找不到生活的重心，直到完全失去了对生活的控制。因而，我们更容易感到恐惧与焦虑。所以，把思想和力量重新聚集到自己内心中来，是非常重要的一件事，每一天都应该如此。对于这个 40 天的自我强化计划，我建议你使用两种呼吸方法来关注自己的内心，保持与你的核心的沟通。

悠长地深呼吸十分钟

这是找回你的关注和平衡的最简单方法。“深呼吸”，当我们由于兴奋或紧张而呼吸急促时，总会听到友好这样的建议。深呼吸作为放松和释放身心压力的方法之一，是我们本能做出的正确选择。虽然过于兴奋的大脑会加速呼吸，但是有意识地放慢呼吸会对整个神经系统起到镇静的作用。就像呼吸会受到大脑的控制一样，反过来，大脑也会遵循呼吸的节奏。

作为 40 天计划的第一个日常步骤，你只需要闭上双眼，悠长地深呼吸。注意你的胸部和腹部。吸气时，通过鼓腹充分扩大你的肺腔；呼气时，稍稍地收腹，将所有的空气都呼出去。

一分钟呼吸

这是昆达里尼瑜伽中的一种技巧，是理解和关注你思维的最快捷和最有效的方法。其目标是能够吸气、屏气和呼气各 20 秒，创造出一个呼吸周期。听起来有些困难，是吧？老实说，我花了几个月才学会一分钟呼吸。所以不要把自己逼得太紧了。

在开始的时候，你可以只坚持每个步骤三到十秒的时间。但是一定要保证吸气、屏气和呼气维持同样的时间。你可以在心里数数“一、二、三……”，或者通过重复某种肯定的暗示，比如“我很冷静、集中、平和”来为这个步骤计时。

这种呼吸模式象征着生命的基本循环：吸收、消化和排泄。通常，我会问我的客户，在这个过程中哪个步骤是他们认为最有挑战性的，是吸气、屏气，还是呼气。而最令我感到惊奇的就是，他们在这个过程中所遇到的困难，往往与他们在生活中接受、保持和丢弃的过程中所遇到的问题完全一致。问问你自己，到底哪个部分会让你感觉最轻松，而哪个部分又会给你带来阻力、需要你用更多的努力来完成它。

在练习了几星期之后，你或许想要更进一步挑战一下自己。你可以做五到十次更长时间的吸气、屏气和呼气练习。每一次，等到自己快要坚持不住的时候再进入下一环节。当你发现自己内心当中产生了近乎恐慌的感觉后，请等上一两秒，然后再进行下一步，不要立刻停止。这样，当你意识到自己面对危机却没有立刻妥协的时候，会产生一种强烈的成就感。此外，假如你可以把这个过程延长几秒钟，你其实是在告诉自己，不要害怕，你现在很安全，一切尽在掌握。

不管你使用哪种呼吸冥想的方式，十分钟后，把呼吸频率恢复正常。闭上你的眼睛，再花上一两分钟的时间，通过内视与自己核心本质的光辉进行沟通完成整个关注的过程。

我相信，你很快就会同意我的一位冥想老师说过的话，他说："我们的呼吸控制着我们的思想，我们的思想控制着我们的生活。所以通过学习如何掌握你的呼吸，你将学会如何掌握你的生活。"

调整

你已经关注和接触到了自己的核心本质，这就意味着你打开了通往丰富的资源和潜能的大门。然而，无论你与生俱来的潜力多么巨大，假如你不能找到它、归纳它并且指引它为你的目标服务，一切都没有意义。通过定义一个全新而强大的核心信念和身份，你已经为全面接受并且利用自己的潜能奠定了基础。我把下面的日常练习叫作自我强化加速器，它可以帮助你完全融入这个全新的身份，并且调节好彼此之间的关系。

过去，你可能试图通过正面的肯定来改变过自己的思想和感觉。你也许会发现，出于某些原因，尽管你倾尽全力，但是那些“咒语”的效果似乎并不持久。正如我之前提到的那样，对于潜意识来说，仅仅靠言语是没有内在意义的，因此，你需要把言语解码和翻译成图像、感觉和领悟。换句话说，你需要把这些肯定的信号从你的大脑转移到你的内心，而这正是你在第十章已经完成的。但是，为了充分体现你的新身份，它需要被锁定在你的细胞记忆中。因为身体的记忆总是难忘的。

你的自我强化加速器将你的全新信念与整个身体连接起来，大大加快了全新信念的整合过程，因此，它很快就会成为你的第二天性。在结束下面这六个步骤后，你身体的每一处都将符合你全新而自强的身份，就像铁屑服从于磁铁的磁场一样。

· 步骤 1：集中注意力。

闭上眼睛，舒服地站着，做几次深呼吸，以自我为中心。为了完成接下来的几个步骤，巩固全新的信念，你要大声地或者在心中默默地重复三遍这个信念的内容。

· 步骤 2：展开想象。

就像在第十章里做过的一样，在内心中根据这个信念来塑造你的形象。调整画面中那个全新的你，改变它的大小、颜色、亮度和距离，直到图像变得最吸引人，也最值得你期待。

· 步骤 3：感同身受。

注意到那个强大的你所体现的积极情绪。你感到自信、精力充沛、兴奋、轻松或自我肯定了吗？把这些情感代入你的新身份与新生活中。保持这种专注的感觉一到两分钟（记住，就像控制呼吸一样）。

· 步骤 4：身体的语言。

把那个强大的自我形象地展现在你的面前，模仿它的肢体动作和面部表情。你的双肩低垂吗？你的身体挺立吗？你的手臂是轻松地垂在身体两侧，还是随意地插在兜里呢？你注意到自己眼中那友好的微笑了吗？你的面部肌肉是平静的还是松弛的？这样，你就可以展现来自你内心深处的强大与自信了。

· 步骤 5：表现出来。

换一个充满力量的新姿势来更强烈地表达出你的全新信念，并且保持这个姿势一到两分钟。比如说，把手臂骄傲地举向空中，享受着克服困难后的喜悦；或者张开双臂，拥抱自己和生活所给予你的一切机会。你也可以原地踏步，大幅度地摆动腿和手臂，以证明你正自信地走在前进的道路上；或者你可能只想随意地舞动几下，庆祝自己重获自由。尝试不同的表现形式，寻找能够赋予你最有力感觉也最有趣的方式。通过强化你创造出的正能量，你可以把全新的信仰更深入地渗透到细胞记忆中去。

· 步骤 6：结束。

把你的手放在胸前，做几次深呼吸，再次把注意力集中在自己身上。幻想一下全新的你是如何度过每一天的，着意充分体现你目前强大的身份。在结束前，再次重复三次你的新信念。

尽管这六个步骤只需要五到十分钟，但是当你完成它们的时候，你就会感到自己的整个身体都已经发生了转变。就像用一把音叉在拨动琴弦一样，你的整个人会随着这强大的能量和情绪颤动起来。现在，你精神百倍，准备好应对生活的每一天。

巩固

衡量任何个人改变和成长的价值，很大程度上取决于它将如何使我们在日常生活中受益。正如哲学家和物理学家巴克敏斯特·富勒说的那样："环境比意志力更强大。"换句话说，我们身边的人和环境并不总是能够加强我们的自信和自尊。每一天，我们都会遇到无数情况，同事不满的表情、堵车整整一个小时、马上就要来临的最后期限、一张意想不到的账单等，这些可能会引发焦虑或者使我们精疲力竭，我们的信心就像泄气的气球一样迅速变小。

不过，环境拥有的能量其实来自我们自身。尽管是否将我们的力量交出去的决定权在自己的手中，但事情并不总是这样的。我们往往不相信自己可以停下来，不相信自己能够决定是否要回到那种熟悉的焦虑和不安中去。这是为什么呢？要么是因为留给我们选择的时机太过短暂，在不知不觉中就错过了，或者选择的机会太少；要么是因为我们发现自己正处在选择的岔路口，却不知道如何保持冷静。

通过这个步骤的练习，你将进一步巩固和加强自己的信心以及生活协调感，让自己更具洞察力和灵活性，以面对这些生活中的挑战。

最常见的焦虑陷阱

虽然有无数的情况可以使我们从平衡和充满力量的状态跌落到失衡和无能为力的深渊，但其中很大一部分都可以归结为以下两种原因：自己的假设和别人的影响。

一般来说，假设是正常生活的一部分。原因很简单，生活中有太多的变数和可能的结果需要去考虑。而假如我们不采取行动并在假设的基础上做出决定，我们将会完全不知所措，甚至乱作一团。

不过，负面的假设会使我们感到愤怒、痛苦、羞愧，尤其是恐惧和不安。通过以下三种方式，我们会被自己千奇百怪的想法惊到，我们经常会假设有下面几种情况发生。

- 我们将失去那些自己关心的东西。
- 我们会成为外界环境的受害者。
- 我们必须改变，以便被他人接受。

负面的假设最基本的问题之一就是，我们经常不能意识到它们真正的含义。比方说，想想那些“假如……”的游戏吧。每个以“假如”开头的想法，都会给我们提供一条线索，引领我们在虚构的现实中探险。我们会在可怕的灾难、痛苦的拒绝和巨大的失败当中迷失自我，却没有意识到它们其实都是建立在一个可笑的“假如”上。还有一些句子可以更精妙地指引我们进入幻想的世界，比如“我知道他在想什么”“这可就行不通了”“她比我强得多了”。你明白了吧。我们做出总结，忽略掉某些事实，误读和错误地理解他人，一切都为了捏造出破坏内心平静和幸福的故事。

当然，从潜意识的角度来说（这里正是它们产生的源泉），负面的假设也有一个有效的目的：为我们做好准备，保护我们免遭危险、拒绝或痛苦的伤害。但就算有这样积极的意图，负面的假设也从来没有让我们感到安全过。相反，它们往往会耗尽我们的精力，破坏我们的信心，并且控制我们。

而在意其他人的看法则是我们失去力量和迷失自我的另外一个常见原因。别人的意见和行为成了我们审视自己的决定性因素。我们总是过于在意别人的看法，比如别人的评判或认同。

过于在意别人的看法也是一种潜意识的保护策略，用来避免伤害、拒绝和遗弃。但无论我们是在假设还是处于他人的影响之下，我们其实都在用外界的人或事情来取代自己的力量和想法。最终，我们放弃了自己，我们潜意识的反应更多地来自恐惧与焦虑。

下面的练习给了你机会，使你在一星期内的任意一天都可以特别地关注这些常见的焦虑陷阱。通过这些练习，你将开发出多种多样的方法，轻松而熟练地鉴别和应对这些陷阱。

克服负面的假设

对许多人来说，星期一是一星期当中最不讨人喜欢的一天了。我们害怕星期一，是因为在经过了几天美妙的欢乐、自由和放松之后，它把我们猛地推进到充满了忙碌和挑战的现实当中。我们很可能失败、受到伤害或失去某些很重要的东西。所以，如果想要注意和解决负面的假设，星期一是最合适的一天。

重点

在这一天的练习当中，注意至少做出五次负面的假设。弄清楚自己在什么时候从现实走进了虚幻。

- 你被堵在了去上班的路上。你告诉自己:“我开会要迟到了,别人会认为我是一个靠不住的人。”
- 你打电话给自己的配偶或伴侣,但是他/她不接你的电话,也不回你的短信。你会想:“不会是发生了什么不好的事吧?”
- 你送自己的孩子去学校,路上看到另一位家长驾驶着一辆崭新的汽车。你立刻就会拿自己和人家比较:“这些人活得更成功,比我更快乐。我永远也比不上人家。”

自我强化的行为

冲抵。你可以通过第六章学过的冲抵的方法来解决这些负面的假设。对于你举出的每一个正面的陈述,都以“我相信”来开头。一定要确保你与潜意识中的那个年幼的保卫者之间的沟通是发自内心的,因为它始终需要你做出一些保证。

比如说,为了克服以上这三个假设,你可以尝试对自己说下面的话:

- “我相信我会给团队带来价值,不管我有没有迟到。”
- “我相信我的配偶/伴侣是非常好的。他/她可能只是忙,没有注意到手机响了。这种事我以前也干过很多次。”
- “我相信我能够给自己带来成功和幸福。每个人的一生都是独一无二的,所以不能相互比较。”

避免事事操心。当假设诱使你试图通过疯狂的行动来控制环境时,你就需要注意了。

- 你在马路上越开越快,全然不顾车祸的风险越来越大。
- 你每隔两分钟就打电话给你的配偶,想知道他/她在做什么。
- 你打电话给你的银行,看看自己是否有资格申请汽车贷款。

这个时候，你要深呼吸，问自己下面的三个问题。

- 我被这样的假设控制了吗？
- 现在是费尽心力把假设变为现实的最好时机吗？
- 从全新而强大的自我的角度，我该如何看待和应对这种假设？

通过练习这些自我强化的模式，你会提高自己对负面假设的认识，弄清楚它们出现的频率，从而放弃目前的控制欲。你还可以增强自己精神和情感上的灵活性，以及迅速调整自己的能力，你将能够通过强大的信念和平静的内心去思考和行动。

取悦自己而不是别人

以前在德国，为年轻的医生提供一份短暂的合同却在他们肩上压上过高的期望是很常见的现象。这样，别人的意志被最大限度地放大，甚至完全超过了我们需要承担的责任！而正如你可能体会过的那样，增加压力可以导致自我认同的明显降低。

那个时候，我不仅工作非常刻苦努力，甚至还成了一个揣度主管心意的专家。虽然我会因为他们任何小小的首肯而沾沾自喜，但是，每当我的努力和勤奋没有得到承认的时候，我会更频繁地陷入自我怀疑和失望当中去。我把自己的个人价值建立在主管的赞誉之上，而不是欣赏自己、对自己的知识和技能树立更多的信任和信心，这就进一步加剧了我早已巨大的压力和焦虑。

取悦他人，无论出于何种动机，都不会为你带来内心的安宁和强大。我们寄希望于其他人会满足我们被接纳和认可的需要，却没有学会如何欣赏和认清自己的价值。随着时间的推移，这种需要和渴望被接纳的空虚感会愈演愈烈，并开始消耗我们所剩无几的自我价值。这就像是一枚旋转的硬币，硬币的一面代表了别人的首肯、认同和接纳，另一面则象征着他们的挑剔、批评和压力。问题是，你不可能老是看到硬币的同一面。赞许和表扬总是与否定和拒绝形影相随。

今天，你要专注于如何仅仅依靠自己，在独立于他人影响的情况下，让这枚硬币停下。

重点

注意，今天你对自己的认识有多少次受到了其他人想法的影响。有多少次你想取悦他人，试图让他们喜欢你，打算满足他们的期望？

- 你的姐妹打电话抱怨说她的电脑坏了。你觉得她很欣赏你，于是你立刻义务为她买一台新电脑，虽然你现在手头也不宽裕。
- 你的老板在下班之前又给你布置了一大堆的任务。于是你决定在办公室多待一会儿，以确保他注意到你无可挑剔的工作态度。
- 你在和朋友们一块儿吃午饭。像往常一样，你只是倾听和提问，却从不想与别人分享自己的问题，因为你不想被当作一个失落者或需要别人帮助的人。

自我强化的行动

一旦你注意到自己打算取悦别人，问问自己这么做是否能够增加你的自信和自尊，有没有可能反而会减少。如果是后者，从下面的应对中，选择一个或多个。

- 创建合理的界限来表达自我价值和自我意愿，而不是过分强迫自己。我的妻子喜欢说：“‘不’就是一个完整的句子。”训练自己对别人的期待说不，对自己的意愿说是。
- 通过扮演与习惯性取悦他人相反的角色，改变你与别人的动态关系。从倾听者过渡到说话者，从给予者到接受者。改变被动的局面，尝试主动出击。不再只是跟随，要做出自己的决定。
- 致力于自己的需求，取悦自己。比如，吃一些健康和营养的东西、洗个澡、预约一次按摩，或者比平时更早上床睡觉。做一些能让自己感觉良好、增加自我欣赏的事情。
- 问自己：“那些我尽力想取悦的人或组织，会给我带来真正的幸福、自我价值和内心平静吗？”这个问题显著地改变了我对自己的认识。真希望在我还是一个年轻的住院医生时就能够了解它。

变得更加独立自主，不再在意别人的看法，这样做并不意味着你就会变得玩世不恭、无知，或者漠视别人正面或负面的反馈。自主只是意味着你选择以自己作为自己的参照物。自主不仅会带来更多的自我欣赏和信心，它还会使你与他人之间的关系变得开放、平等和有意义。

做外界环境的主人

毫无疑问，某些意想不到的情况——亲人的意外死亡、严重的健康问题、一次事故、家中发生了盗窃等，确实能够使我们受到伤害。虽然我们对发生这样的事无能为力，但我们总可以选择如何去应对。令我一直感到惊讶的是，最具挑战性的条件往往更易于给人们带来最好的结果。相比那些日常琐碎的问题，人们似乎在应对不可预见的大型灾害时表现得更加自如。出现这种情况的原因之一就是，我们已经习惯于每天都被琐事包围着。

在现在这个时代，忙碌和繁重几乎成了我们存在的理由之一。随着日程表变得越来越长、空闲时间越来越少，我们心中的不安也在逐渐增长。不管我们如何努力，工作和任务依旧堆积如山，并且越积越多，我们的生活也随之黯然失色。开局不顺的挫折、毫无进展的事情，都会不可避免地变成压力、焦虑和对我们的打击。一切都变得太多和太难处理，我们不知道该从哪里开始，也不知道该做些什么。这时，我们只能选择逃避，以便不使自己感觉像一个环境的牺牲品。

我们把那些微小的过错和琐事，比如洒了一杯牛奶、放错了一份文件，或者被堵在路上理解为生活对我们个人的磨难，或者冥冥中把我们推向绝望和无力的深渊的力量。

为了避免成为牺牲品，为了成为生活的主人，我们需要在不知所措的时候负起责任来，然后做出大胆的调整。所以在这一天，我们要重点解决的是导致我们感觉被生活压迫和迫害的根本原因。

重点

注意以下这些可能让你产生压迫感和无力感的习惯性模式。

- 过分地逼迫自己，承担超过自己处理能力的事情。
- 在最后一刻突击完成任务或行动，并因此总是落在最后。
- 没有严格的界限。
- 承担别人的义务。
- 不分轻重缓急，把每件事都看得同等重要和紧迫。
- 没有为每一天的工作设置一个终点。

自我强化的方法

为了克服这种应接不暇的感觉，你可以使用以下步骤。

1. 编写一个未来几星期所有需要完成的任务计划表。表中应该只涵盖那些可以明确起止时间的任务。尽量不要把日常工作放进去，比如送孩子上学或者遛狗什么的。

2. 通过选择五到十个优先考虑的任务，压缩这个计划表。你可以根据以下几个条件来做出优先选择。

- 外部因素，比如到期的账单、工作计划或来自家庭的压力。
- 能够给你最大帮助的事情。也就是说那些能够给你带来最大变化或最能为你减负的事情。例如，更换壁橱里的灯泡、给亲戚写一封迟到的感谢卡，或者完成一项恼人的工作。
- 最令你满意和愉快的事情。例如，买一台新的咖啡机，换个发型，打电话给一个很久没有联系的朋友。

3. 给每项任务限定一个截止日期。合理地估算你的日程。这个过程并不是要培养你的野心，而是打算为你的大脑减轻一些压力。

4. 确定每项任务需要多长时间才能完成。你还可以再大度一点，假设它需要的时间比你预估的还要长一些。

5. 检查你的日程表，计划一下你打算在哪些日子做这项任务，以及这项任务需要花费你多少个小时。确保它不会占用你超过 50% 的可用时间（比方说，在八小时的工作时间内，任务所占用的不应该超过四个小时）。如果事实证明某一天你还有空余的时间可用，那么你可以选择多做一些。与以往不同的是，现在你会感觉走在时间的前面，而不是远远落后。

这个过程还有很多好处。通过限制任务的数量，你的注意力可以更加集中；通过确定它们的截止日期以及完成它们所需要的时间，可以方便你更好地协调处理这些任务。当你通过日程表合理地分配精力后，那些尚未完成的任务将不再萦系在你的心里，你心中有数，可以随意地选择是立刻做完它们还是留待以后解决。这样，在一天结束的时候，你会产生一种得心应手、心满意足的感觉。

把自己从别人的看法中解放出来

在生活中的某些时刻，我们都会遭到别人的批评、评判、规避、拒绝或忽视。对于这些不礼貌的行为，我们往往会十分介意，而不是忽视它。一个客户曾经告诉我，假如有熟人在路上遇见他却没有打招呼，或者恰好挡了他的路，他就会感觉极其愤怒，认为自己没有受到应有的尊重。他还注意到，当他在餐厅里试图召唤侍者的时候，那些人总是故意不搭理他。还有一些无良的司机经常不断地别他的车，或者干脆两辆车并排停着，堵住了他的去路。

而另一个客户则发现，人们总是对她充满了敌意。无论她是在工作还是去商场买东西，每个人看上去都在粗鲁和消极地对待她，以至于她怀疑自己是不是做错了什么重要的事情。还有一天，我甚至听到一个人说自己新买的金鱼对他非常粗鲁和不友好。

卡尔·荣格提出了一个概念，即“感知即投影”。就是说，不管我们从其他人那里感知到了什么，最终都将投射在自己的身上。当我们心情不错的时候，世界似乎也变得更加友好了。你应该还记得，其实这一切都与潜意识中那个过滤系统有关，正是它对我们从周围环境中得到的信息进行着删除、曲解和归纳。事实证明，我们都在同一条船上，这就意味着每个人都在影响着其他人。所以从理论上说，你不要把其他人的意见代入到自己身上，不管它是好还是坏，因为那些意见说的更多的是那些人自己。

不要总是用质疑和自我伤害来应对其他人的评判或不友好的行为，你更应该分析一下到底是什么造成了别人的这种行为。有没有可能是他们自己感到了不安，觉得被别人忽视、拒绝或批评呢？也许他正面对着巨大的压力，所以根本就注意不到身边的任何事或人。也有可能他们刚刚度过了糟糕的一天，心情疲惫、沮丧、孤独。你更应该同情地去替他们考虑，去了解他们行为的根源。虽然你可能永远也不会发现什么，但是你会发现，自己最初压抑的反应很快就消失了。

过分在意别人的看法可以使你有机会更充分地了解自己以及我们正在从事的事情。如果你是一名专业的赛车手，却在州际公路上被一个开着私家车的人超了车。你是把它当作对你的侮辱呢，还是充分地意识到这完全是一个偶然的事件？我敢打赌，在这种情况下你很容易就会判断出，超车与你的驾驶技术一点关系也没有。

另一方面，我们真正在意的东西通常都是我们努力与之斗争的。所以每当你因为某人说了什么或做了什么而感到不安时，检查一下，自己内心深处是否有些残留的自我局限的信念还没有得到解决？这样，你就能够把那些人当作自己的老师和自我强化的加速器。同时，你也可以把愤怒与焦虑转化为对自己的宽容和欣赏。

今天，我们的首要目标是把过分介意变成自得其乐。

重点

当你过分介意别人的言论、观点或行为时，你必须立刻做出清醒的判断。注意当时你的思想、情感和能量的变化。你是怎样看待这个人还有你自己的呢？你感到焦虑和难为情吗？或者是暴躁和愤怒吗？你的能量在逐渐减少吗？对此，你会感到动摇和无稽吗？

自我强化的行为

要求自己弄清问题的真相。考虑以下问题，这会有助于你看清形势，并且果断阻止自己下意识的反应。

- 这个人真的了解我吗，他 / 她真的知道我的喜好吗?
- 这个人的行为更多的是针对我，还是他 / 她自己?
- 如果有更多的同情和理解，我会对这个人产生不同的看法吗？
- 是我自己把主动权交给了这个人吗? 如果是，这是我最好的选择吗?
- 当我选择接受别人的影响时，我自己该相信什么呢?
- 我真正希望相信的又是什么呢?

转变你心中的看法。当你过分在意某些事情的时候，你的潜意识可能会对某种情况采取扭曲的认识态度。我在前面章节里提到过的那个不敢和自己丈夫离婚的简就是这样的人。而当你创建一个全新的身份之后（使用我在第十章描述过的方式），你就可以完全改变潜意识对于那些你过分在意的事情的理解和感觉。你可以这样做：

1. 闭上你的眼睛，在内心中观察这种情况的图像。

2. 注意画面的颜色、大小和亮度、它距离你有多远，以及它的所有细节。比如说，在画面中，你是否要比那个你过分在意其行为的人要渺小呢? 这个人看上去是否比你更加显眼或者明亮呢?

3. 调整这些角度，给你的潜意识传递一个信号，那就是你要收回自己的能量了。

4. 想象一下，你可以用怜悯与理解的光芒笼罩住那个人，并且逐渐把他 / 她从这幅内心的画面中抹去。

在练习了这些步骤之后，你会发现对于你来说，过分地在意任何事情都变得不那么容易了。就算你依然会受到某些影响，你也可以轻而易举地收回自己的能量。

表现自己，为自己代言

艾达从不认为自己的兄弟姐妹真的在乎她。事实上，每当表达出自己的观点和意见时，她都会觉得自己遭到了嘲笑和轻视。随着她变得格格不入，她开始害怕参加家庭活动，因为那总是会使她觉得紧张。“为了避免受到嘲弄，”她告诉我，“我觉得我还是屏住呼吸，让自己消失掉算了。”

在日常生活中，我们对融入和适应的需求往往会压制住表达真实自我的渴望。我们经常会对抛头露面、被人批评和拒绝或者孤立于群体之外抱有一份深深的恐惧。因此，畅所欲言和表达自己就成为引发焦虑的一个主要原因。即使是面对那些最熟悉的人，我们也不会与之分享自己的想法、情感和需求。我们不会去澄清那些伤人的言论和误解，因为我们不希望发生任何的冲突。我们也不会谈论自己的痛苦、忧虑和弱点，因为我们不想使自己看上去弱小，从而变得缺乏吸引力。这是一个我们都不愿去承担的风险。

所以我们压抑着自己。我们不允许自己购买喜爱的汽车，因为这会使邻居认为我们过于浮华、功利，或者会陷入中年危机。当有单身的朋友在场时，我们会尽量不和自己的配偶或伴侣做一些亲密的举动。或许我们应该穿得更加保守，以避免过于招摇，就像一位年轻女士跟我说过的那样，她不敢穿紧身的衣服，因为她担心这样会招来女儿学校其他妈妈的非议。我们甚至会弱化自己的天赋、优势和成就，因为我们不想让别人难过或嫉妒。

感觉只能有条件地被接受，这使得我们丢掉了自己的力量和自我意识，认为真正的自己应该被隐藏起来。结果，要么我们只敢显露自己自信、愉快和好商量的一面，要么我们只能徘徊在卑微、疏远和孤独之中。

否认自己表达真实意愿的权利，与潜意识对我们乐于接受别人的假设息息相关。让我们还是用艾达来做例子吧。

艾达假设自己并不受家人的待见，这就使她过于在意他们的反应，把轻微的否定当成了严厉的拒绝。而一系列的慢性疾病最终使艾达意识到，她消失在家人面前的习惯正是源于自己不够完美或者不够可爱的信念。尽管她的家人或许是导致这种信念的来源，但是她也承认，现在应该做出改变的是她自己，而不是她的家人。

“现在，我对兄弟姐妹有了更多的同情和理解，”她说，“我可以想象，他们把我的不安当成了某种不适或者威胁，因为这会使他们想起自己那些尚未解决的问题。”

学会如何去爱自己和欣赏自己的天赋与价值之后，艾达变得自强起来，并且开始走上探索自己精神和灵魂的道路。在过去，自行其是会使她感到离自己那个传统的天主教家庭更加遥远。现在则恰恰相反，她相信自己的幸福和内心的平静对每一个人都有好处。在家里的又一次感恩节聚会上，她公开宣布了自己新发现的灵性以及更深奥的信念，全然没有任何会被批评和拒绝的担忧或假设。让她感到高兴的是，在晚饭前她被要求主持祈祷①。而且从那时起，家里的成员经常会向艾达寻求建议和支持。

我知道，开诚布公地表达真实的自我是需要勇气和力量的。但是正因为你越来越习惯去展示自己的光明与力量、去表达自己的需求和弱点，你会进一步加深自我接纳的程度。而一旦你接纳了自己，你就自由了。

今天的重点就是突破自我的限制，充分地表达自己。

①在西方天主教家庭中，正餐前全体成员会向上帝祈祷，感谢上帝的佑护，而带领大家祈祷的通常都是家庭中最重要的成员或者最尊贵的客人。——译者注

重点

- 注意什么时候你在压抑着自己。什么时候你不愿意表达自己的意见、说出你想要的东西，或者发表自己的想法。
- 注意在哪些时候，对别人意见的担忧会阻止你去做自己想做的事情。例如，你可能会和同事一样在自己的办公桌上吃午餐，其实你更想到外面公园的长椅上去。或者你可能不愿意穿着浴袍去外面拿邮件，因为你怕邻居会看到你这个样子。或者你可能自始至终留着保守的发型，却不愿意做出一次更加有趣也更吸引人的改变。
- 找出那些你试图融入人群或者干脆消失的时刻。例如，你可能会低着头走在大街上，不去看任何人，或者你可能会避免穿着色彩明亮的衣服。你总是坐在剧场的最后一排，或者躲在餐厅的角落里吃饭。

自我强化的行为

练习用手势来表达自我，比如运用下面这些方式。

- 表达自己的意见。对你感兴趣的事情发表自己的意见；当你与某人意见相左，或者被招惹的时候，大声地说出来；提出自己的需求或请求别人的帮助。
- 吸引别人的关注。穿戴色彩鲜艳的领带或披肩；与同事分享一个自己的故事；告诉别人自己的一项成就或某种特殊的技能。
- 与别人接触和沟通。给一位久未联系的朋友或家人打电话；在咖啡厅或者公交车站和一个陌生人聊天；用眼神与你遇到的人交流。

- 尝试任何形式的创造性表达。在开车或者洗澡时大声歌唱；画画；写一首诗、一封信或一个故事；烹饪一道新菜；拿出你的照相机，照一张相片。

通过让这个世界认识真实的你，你允许自己充分地拓展和实现自我，并且激发很多其他的人也像你这样做。

星期六 净化自己的能量

总有那么一些时候，尽管积极的肯定、意图和强大的自我激励会产生一定的效果，但你仍然会感到自己的渺小和脆弱。在那些日子里，离开自己的家会让你感到焦虑和不安，而你真正想做的就是藏在床上的毯子里。躲藏起来可以使你感到极大的舒适和满足。但这并不是长久之计，在大多数时候，它甚至不应该成为你的选择。

也许你经常会在去商场购物或者与朋友聚餐后感到身心俱疲。看了电视里的新闻，你感到这个世界充满了痛苦和压抑。在工作中与同事发生了矛盾，你会觉得泄气和沮丧。你认为自己过分敏感，无法用一种可持续的方式与这个世界沟通。

如果你可以在上面说的那些例子中找到自己的身影，那说明你非常易于受到别人的能量和情绪的影响，这是由于你有着极强的同理心和过于敏感的反应，它是潜意识的另一种保护策略。童年时期的缺乏沟通、混乱和未知性都有可能促使你的潜意识开发出某种感知能力，从而使你更好地领悟周围环境发出的微妙暗示。为了自己的安全，你的确需要了解其他人的想法和感受。但是这种策略的缺点是，在某个时刻，你内心中的雷达变得过于灵敏，你开始吸收和接受他人的能量，却失去了和自己的沟通——这就是过于在意别人看法的一种极端表现。你的潜意识需要得到训练，以便把别人的感受和能量与自己的区分开。它需要学会如何避免受到外界环境的侵袭，用坚定的自我意识核心为你建立起一条健康而充满弹性的隔离带。

另一种形式的潜意识能量紊乱则是对某种情形或人产生持续的依赖，而这会占据我们全部的注意力和时间。你有没有发现自己在星期六的早晨仍然在思考工作，或者午夜梦回，却发现几天前的一次不愉快的对话依然萦绕在你的心头？这样的经历就像刚刚参加完一场摇滚音乐会。卧室里非常安静，但你的耳中却不停地响着噪声。同样的，那些曾耗尽我们全部能量的特定情形，其强度会始终回荡在潜意识当中。为了使大脑能够全力地工作，摆脱外界的刺激和行为，练习净化潜意识是非常重要的。

今天的重点是你自身的能量，并且通过练习把你从外界影响中解脱出来。

重点

- 注意你在一天中的情绪变化。当你注意到这样一个变化时，问问自己你感觉到的是自己的情绪，还是受到了别人情绪的影响。
- 当你在公共场所的时候，看看你能否感觉到自己的能量波动。你会不会毫无理由地高兴或失落、轻松或焦虑呢？
- 注意是哪些人或环境正萦绕在你脑海中、吸收着你的能量或使你无法集中注意力。你还在想着办公室的同事、没有完成的任务，或者因为自己某个无能为力的时刻而忧心忡忡吗？

自我强化的行为

- 净化你的潜意识。练习第八章学过的引导型冥想，通过阅读或者听 MP3 里的录音来“根据自己的本质重新进行调整”。

这种冥想有助于从你的潜意识和细胞记忆中找出任何可以使你受到外界影响的残留能量。

- 摆脱和恢复。使用这种引导型冥想，你能够暂时有意识地摆脱某些人和情景，正是它们一度占据了你的大脑、阻止你享受自己的星期六时光。
- 当你出现在公开场合时，感受和观察一下你在冥想时产生的能量保护区域。想象这种能量保护你免受外界影响的压力，为你提供了一个安宁、平和与自主的舒适空间。

作为一个可以更加安全和自主地接近世界的所在，保护盾是一种非常有效的工具。通过避免受到别人的能量和情绪的影响，你会逐渐开始习惯于净化自己的潜意识，使之独立于外界的影响，而你则成为自我意识的核心与基础。

强化一星期以来的知识和进展

让我们再来看一看自己的假设。我们的大部分假设实际上并不是负面的，而是与生活当中的方方面面相关，关于我们天天都能见到的东西，比如说一部可以使用的手机、一辆能够行驶的汽车、一个可以回的家、一副每天早晨都能够从被窝里爬起的好身板等。我们把这些都看作生活中正常而稳定的事情，从不过多地放在心上，直到它们不再存在。然后，我们会变得沮丧，发誓今后一定要按时缴纳电话费，照顾好我们的车、所爱的人以及自己的健康。

有多少事情你认为是理所当然的呢？有多少次你曾经简单地认为做一位好家长、一名可靠的员工、一个品格高尚的人、一个贴心的朋友没有什么了不起，却忽视了自己为之付出的努力和贡献呢？

在 CARE 的最后一个步骤中，我们会进一步讨论这个主题。而现在的主要问题是：你意识到自己过去一星期学到和进步了多少吗？还是你只是把这样的结果视为理所当然的。

星期日是一个你想舒服地躺着、反思并且享受自己辛勤工作成果的日子。与其做一次集中训练和自我强化的行为，不如来简单地回答一下下列问题。通过对它们的思考，你可以磨炼自己刚刚获得的洞察力，巩固你已经取得的进展，并且为新的一星期继续成长打好基础。

- 在这一星期中，哪三件事情是你最欣赏或最令你高兴的？
- 你是在什么情况下表达自己全新而强大的身份的？
- 你成功地克服了哪些负面的假设？最后，这些假设都被证明是虚幻的吗？
- 这一星期你是如何照顾好自己的？
- 为了避免不知所措，你做出了哪些积极的选择？
- 这一星期发生过哪些过去曾经使你过分在意、如今却能够一笑而过的事情呢？
- 你选择了怎样一种独特的方式在更广阔的舞台上表达自己呢？

形成一种生活习惯

当你开始进行七天的练习过程，你会发现在自我强化之旅中，某些主题要比其他主题更加迫切。那么，你可以选择把注意力更多地集中在这些主题上。例如，假如取悦他人是你最主要的问题，那么你就可以把其他的练习替换掉，连续几天重复自己需要的步骤，而不是一天一换。

40 天计划的强化部分有一个主要的目的：形成一种生活习惯，

体现出你真实的意图与方式。每一天，你把精力集中在这些方式和练习上，你就能够进一步把目前已取得的成果整合到生活当中去。

提高

这里有一种奇怪的现象。虽然感激和欣赏是一种自然的情感，但是我们表达起来却总不那么自然。小时候，当我兴奋地打开美轮美奂的玩具——那些都是我的叔叔和阿姨送给我的生日礼物或圣诞节礼物，说声谢谢却从不是我脑子里想到的第一件事。说实话，每次都是妈妈督促我给亲友们写一封感谢信或是打电话表达一下自己的谢意，这多少有点煞风景。但是，当别人因为我烤的小饼干或亲手制作的小礼物向我表示感谢时，我的心里却总是美滋滋的。

欣赏不仅仅是一种礼貌的行为，它还是我们为了其他人的行为给予的奖励或礼物。想象一下，假如你的老板希望你总是全力以赴，却认为你所做的都是理所当然的。他从不表扬你，反而经常对你的努力大加指责或者干脆视而不见。听起来不怎么样吧？但是我们不也经常这样对待我们自己吗？

正如你已经知道的，在许多方面，潜意识就像一个忠诚的仆人，总是时刻是准备好服从我们的命令，渴望着能够保护或取悦我们。当然，潜意识更加喜欢听到感激的反馈，而横加指责和消极的对待只会导致它对你失望和不信任。每一个驯兽师都明白，积极的鼓励加上少量的惩罚才是训练动物的不二法则。

不幸的是，对于大多数人来说，自我欣赏是一片尚未开发的处女地。在小的时候，一些善意的说法，比如“不要去炫耀”“不要自我感觉太好”或者“骄兵必败”都使我们相信，赞扬自己只会带来骄傲和自满，进而导致拒绝和失败。一般来说，我们更加相信他人的看法，所以自我欣赏似乎完全就是在浪费时间。

举个例子来说，我总是会让我的客户写出至少三条可以使他们每天都感觉良好的理由。他们中的许多人很快就会把这个作业抛在脑后；而其他人则尽职尽责地写下自己所欣赏的一切，但就是没有他们自己。请别误会，我绝对相信，感谢生活所赋予的天赋和资质会给我们带来巨大的力量。但是为了建立信心、自信和自爱，你更需要找出的是那些定义了你真实身份的天资。这就让我回想起潜意识和 CARE 计划中巩固的步骤。

每天晚上，在一个特别的笔记本上写下这一天你最欣赏自己的事情，至少三件。在写的时候，你需要记住下面三个要点。

· **要有特点。**

不要只是片面强调自己的聪明或友善，写下（至少要写下一些重点）今天发生过哪些使你深有感触的事情。

· **确保这些事情主要是“关于”你的。**

我见过很多人在自己的功劳簿上罗列了一大堆他为公司、家庭以及社区所做的贡献。虽然这也是朝着正确方向迈出的一步，但假如你看重的只有自己的贡献和成就，那么自我欣赏就可能很容易地变成有条件的批准，这会阻碍你实现完全接纳自我的目标。你的“所作所为”并不一定真的“是”你。比方说，多注意一下那些你的本质之光照耀着的地方，也就是使你显得如此独特和才华横溢的那些品质。承认自己的幽默感、你的创造力，或者有能力去爱别人。多想一想那些你展现自己同情心和良心发现的时刻，或者那些你停下来享受美丽的瞬间。

· 要敞开心胸。

用开放的心态去面对每一天，欣赏那些自己习以为常的和还没有真正意识到的品质。用心去真正地感受和品味对自己的赞赏，因为不加回味的感谢就像一份永远也打不开的礼物。

CARE 的总结

每一天你都要照顾好自己[①]，你为自己的成长添加了一层新的自主和自强的保护罩。顺便说一下，在 40 天之后，请随意进行上述步骤。我的一些客户为了追求卓越的生活和内心的平静，一直在不间断地以这个计划作为自己心理和情感上的架构。根据尤吉·巴赞大师的说法：“建立一个习惯要花去 40 天的时间，巩固它需要 90 天，而真正地掌握则需要 120 天。这是每个人都知道的事情。”难道你不希望自己变成一个以乐于表达真实自我，同样善于激励别人发现、拥抱和表达他们真实自我的习惯而闻名的人吗？

通过十分钟的长呼吸或一分钟呼吸训练，关注自己的内心世界。

通过六个步骤的自我强化加速器，调整你的大脑、心脏和身体，使之符合你全新而自我强化的身份。

---

①此处的“照顾”有两层含义，一层为本意，另一层说的是上文提到的CARE计划。——译者注

通过每天不断改变自我强化的重点，去巩固你业已获得的见解、方法和进步。

- 星期一：克服负面的假设。
- 星期二：取悦自己而不是别人。
- 星期三：做外界环境的主人。
- 星期四：把自己从别人的看法中解放出来。
- 星期五：表现自己，为自己代言。
- 星期六：净化自己的能量。
- 星期日：强化一星期以来的知识和进展。

通过每天晚上写下当天你最欣赏自己的三个具体方面，提高你自信和自主的感觉。

在每一天结束后，你可以通过填写图 5 中的表格来检查自己的进展。

1	2	3	4	5	6	7	8	9	10
11	12	13	14	15	16	17	18	19	20
21	22	23	24	25	26	27	28	29	30
31	32	33	34	35	36	37	38	39	40

图 5：40 天养成新习惯

卷末语

同恐惧与焦虑等情绪重归于好

美国经济大萧条期间，富兰克林·德拉诺·罗斯福总统在发表就职演说时，曾经说出这样著名的话："我们唯一要恐惧的就是恐惧本身——一种莫名其妙的、丧失理智的、毫无根据的恐惧，它把人们转退为进所需的种种努力通通化为泡影。"他说出了大多数人的心声。因为恐惧与焦虑所带来的负面品质，这些情绪感觉上好像是我们真正的敌人，我们必须与之战斗并征服它们。

我猜想，当你拿起这本书的时候，你其实是希望自己最终可以摆脱恐惧与焦虑。现在，既然你已经快要完成整个过程了，那么我需要确定你清楚，自己并没有失去创造恐惧与焦虑的能力。你知道，恐惧与焦虑本身并不是一件坏事。你已经丢掉的只是你感知和应对这些情绪的自我局限的方法。

你可能仍然像过去一样，总是担心着恐惧与焦虑及其潜在的后果会压倒性地卷土重来，这使得你战战兢兢、如临深渊，就像攀岩者一样，为了活命不放过任何可以抓住的东西，哪怕只是一根草。

其实你大可不必如此，因为假如你低下头，就会发现其实你离地面不超过五厘米。你有着解决恐惧与焦虑所需要的一切：洞察力、资源、策略和工具。你完全可以积极而自信地放手一搏。

我们害怕自己不明白的事情，同时又在躲避着这种恐惧，这是一个不利于改变的循环。我们需要勇气去面对自己的情绪，耐心去倾听它们的消息，以智慧去了解它们更深层次的含义。所有这些美德都可以帮助你克服对恐惧本身的恐惧，并对它的真实目的产生更深层次的全新理解。恐惧与焦虑对你来说有了不同的意义。过去，正是它们的可怕才使你产生了去掌控和抑制这些感觉的渴望，后来，你又学会了理解自己的潜意识，它会把你的利益放在最重要的地位。这使得那些感觉变得如此强烈和无可否认，因为正是它们起到了某些重要的作用，这种作用我喜欢称之为“治愈恐惧与焦虑的力量”。

你已经完成了本书介绍的所有步骤，因此，你直观地了解到这些情绪是如何帮助你从过去的伤害中康复起来的。它们敦促你走进自己的内心，审视那里积存下来的情感负担，处理和解决产生局限性信念的更深层次根源。通过深入了解自己的恐惧与焦虑，你会发现并重新整合潜意识中那些分崩离析的角色，释放陈旧的想法、感觉和自我局限的模式，恢复你的完整性。恐惧和焦虑就是通往你内心的桥梁，通过它们你可以找出并去拥抱你真实本质的光辉。而这些情绪最终会帮助你创造赋予自己强大力量的新身份、一个可以调动起你真正潜力的身份。

你可能想知道，今后，恐惧与焦虑还可以用来做什么？有一天，一位朋友跟我谈起他的冥想导师说过的话：“考虑到我们现在所面对的个人挑战和全球挑战，焦虑已经成了一种我们享受不起的奢侈品了。”事实上，大多数人已不再把焦虑作为一种自我放纵的习惯了。与其把时间和精力用在和恐惧与焦虑的斗争上，还不如去关注其他更加重要的事情。初听起来，这样的言论似乎还有些道理，除非恐惧与焦虑在分散我们的注意力、消耗我们的精力之外，还有某个更重要的目的。现在，你知道它确实如此。

回顾过去，你也许也认为，引发恐惧与焦虑其实是很容易的，只要把你恐惧和焦虑的东西变成现实生活，甚至是身份就可以了。就像宇宙中的黑洞一样，恐惧与焦虑似乎可以吞下我们所有的力量和理想，使我们感到渺小和无助。然而，通过阅读本书可以看出，恐惧与焦虑既不需要夺取我们的权利，也不会把我们变得无足轻重。在许多方面，我们的自我毁灭其实是源自我们对这些感觉传递来的信息的曲解。

通过与你的消极独白合作，也就是那个“年幼的心灵保卫者”以及潜意识中的其他方面，你同恐惧与焦虑的关系和沟通已经发生了显著的改善和提高。同恐惧与焦虑和平相处的关键就是避免陷入它们当中，同时正确地解读它们传递出来的有价值信息。然后，在理想的情况下，你可以做适当的调整。

我希望你看一看我的恐惧和焦虑备忘录，其中包括了最常见的恐惧和焦虑诱因，你也可以依靠它来准确地找出自己感到焦虑和担忧的原因。当你开始注意到自己有些焦虑或担心时，通过回答备忘录中的问题，你将能够从被动地忍耐进化到主动地去控制自己的情绪。然后通过解决它们的根本原因，比方说，使用你在为期 40 天的 CARE 计划中学到的那些巧妙的方法，你就会很快克服它们。更重要的是，你能够充分利用恐惧与焦虑带给你的成长机会，改善生活的重心。

恐惧与忧虑的备忘录

在这个过程中，你将获得更多的信息，了解为什么潜意识会通过恐惧与焦虑来和你交流，以及它究竟传递你给一些什么样的东西。

当你开始感到不安、紧张或者缺乏自信的时候，问问自己下面的问题。不用过于在意答案。相反，直观地感觉一下，下列主题中哪些引起你最多的共鸣，哪些需要着重地解决。

1. 我是否因为……而失去了力量？

- 过于在意某些人或事。
- 需要外部的目标或提示才能意识到自己的价值。
- 试图取悦他人或满足他们的期望。
- 使自己更渺小，或者把自己隐藏起来，以便不会被别人评判或拒绝。

2. 我是否因为……而没有照顾好自己？

- 忽视自己的身体需要或滥用身体。
- 没有让身体得到足够的休息。
- 手足无措，或者给自己施加了太多的压力。
- 担负了别人的能量、情感或问题。
- 突破了自己的底线。

3. 通过……，我是否偏离了自我的中心？

- 做假设，并且生活在一个“假如……”的世界里。
- 徒劳地与内心的冲突做斗争。
- 忽视了自己更好的知识、价值观和信仰。
- 拘泥于某件事情，而不知放手。
- 不会欣赏自己和生活赋予你的天赋。

这个备忘录有足够的空间，你可以继续发展和充实它。我可以想象得到，你已经在考虑向里面添加自己关于恐惧与焦虑的看法了。尽管你可能并不喜欢这些潜意识里的备忘录。比如说，谁会愿意想到自己将再一次把力量交到别人的手中呢？但你可以肯定的是，回答这些问题的确可以为你带来数不清的好处。

你的康复和突破之旅走到现在，你已经不再需要鼓足勇气才能直面自己的恐惧，更无须避让它们。对你来说，恐惧与焦虑已经发生了改变。你不再把它们当作致命的敌人，而视它们为朋友和导师，当你需要的时候，它们就会出现，帮助你宣示自己的力量，并且表达出对真实自我的爱。因此，我认为对焦虑的忽视才是一个我们承受不起的奢侈品。或许应该扩展一下罗斯福总统的名言了：我们唯一要恐惧的是对恐惧本身的恐惧。

图书在版编目(CIP)数据

别让小情绪害了你 /(美)肖普(Schaub,F.)著;于非译.—长沙:湖南文艺出版社,2014.6

书名原文:The fear & anxiety solution

ISBN 978-7-5404-6711-1

Ⅰ.①别… Ⅱ.①肖…②于… Ⅲ.①情绪—自我控制—通俗读物 Ⅳ.①B842.6-49

中国版本图书馆 CIP 数据核字(2014)第 090237 号

著作权合同登记号:图字 18-2014-053

上架建议:心理自助·通俗读物

别让小情绪害了你

著　　者:[美]弗雷德曼·肖普(Friedemann Schaub)
译　　者:于　非
出 版 人:刘清华
责任编辑:薛　健　刘诗哲
监　　制:刘　丹
特约策划:张小雨
特约编辑:田　宇
版权支持:文赛峰
封面设计:利　锐
版式设计:李　洁
插　　图:张小雨
出版发行:湖南文艺出版社
(长沙市雨花区东二环一段 508 号　邮编:410014)
网　　址:www.hnwy.net
印　　刷:北京市兆成印刷有限责任公司
经　　销:新华书店
开　　本:700mm × 1000mm　1/16
字　　数:233 千字
印　　张:18
版　　次:2014 年 7 月第 1 版
印　　次:2014 年 7 月第 1 次印刷
书　　号:ISBN 978-7-5404-6711-1
定　　价:36.00 元
(若有质量问题,请致电质量监督电话:010-84409925)